Para ....

Gracias por acompañarme en
esta nueva aventura. Espero
disfrutes inmensamente con
mis nuevos amos.

Con todo mi cariño,

Nisha Scait

La Traviesa Alumna del
MAESTRO

Blackish Masters 1

NISHA SCAIL

La traviesa alumna del Maestro

Blackish Masters 1

©Edición 2017

© Nisha Scail

I.S.B.N. 10: 1544887140

I.S.B.N. 13: 978-1544887142

Portada: © www.fotolia.com

Diseño y Maquetación: Nisha Scail

*A mis Amos del **Blackish**.*
Gracias por darme tanto, por enseñarme el camino correcto
y manteneos en pie cuando todo se derrumba alrededor.

CAPÍTULO 1

—Ya puedo ver los titulares: *Fanática de las películas en blanco y negro, encontrada en un set de rodaje colgada de cadenas como un jamón* —musitó con los ojos abiertos como platos—. *Probable causa de la muerte: Se murió nada más traspasar la puerta.*

Si le quedaba alguna duda al respecto de por qué no debería estar allí, la enorme sala que se extendía ante ella se la había quitado. ¿Quién en su sano juicio vendría voluntariamente a un lugar como este?

—La loca de mi hermana.

Esa manía de hablar en voz alta, pensó llevándose las manos a la boca.

Y su cordura tampoco es que estuviese probada dada su presencia allí. No señor. Nadie cuerdo vendría voluntariamente a un seminario impartido en un club de BDSM.

—Segundo posible titular: Cómo morirse dentro de una peli de Gánsteres... solo que sin los chicos del traje a rayas y sí con muchos elementos de tortura y otras cosas raritas.

El decorado le iba que ni anillo al dedo al nombre del local; *Blackish*. Aquí todo era en blanco y negro, la estética

monocromática llevada al extremo. Solo las plantas situadas junto a cada columna que iba del suelo al techo y que dividía la estancia sobre ella en dos pisos, así como el peculiar y acojonante mobiliario sacado de una mazmorra del siglo XIII, rompían esa dualidad de color.

Se obligó a respirar profundamente, tanto que terminó tosiendo al atragantarse con el aire atrayendo la indeseada atención de algunas de las parejas que habían entrado delante de ella y que se dividían entre charlas animadas y miradas tan acojonadas como la suya propia.

—Atención indeseada, mira qué bien —masculló entre dientes. Sonrió y sostuvo la mirada de los individuos hasta que estos la apartaron o la deslizaron sobre ella. Sí, sabía que su aspecto contrastaba bastante con la modernidad de la de ellos. Había salido directamente del trabajo y llevaba puesto su uniforme de batalla. Comparada con cualquiera de las mujeres presentes parecía recién salida de un antiguo internado para señoritas inglés; emulando al profesorado, no al tórrido alumnado—. Maldita sea, Luna, ¿por qué sigues aquí parada?

Una mujer cuerda e inteligente habría no estaría perdiendo el tiempo hablando consigo misma, habría hecho un giro completo y salido de allí sin respirar siquiera.

—Desgraciadamente mi cordura e inteligencia se perdieron en ese maldito cuarto de baño la semana pasada —reflexionó, una vez más, en voz alta.

Y la culpa la había tenido la reunión de antiguos alumnos a la que habían decidido asistir. ¿Por qué diablos había tenido que escuchar a Cass para empezar?

No había un solo nombre en toda la orla que pudiese recordar con mínimo de cariño, aprecio o sin ganas de hacerle tragar tabasco extra picante. No, ni uno. De hecho, a algunos los incluiría con sumo placer en la lista de pasajeros del *Titanic*. Su etapa universitaria había sido un asco, lo único bueno que había sacado de esos años fue terminar la carrera, conseguir ese master y conocer a su hermana de fraternidad... ¿lo peor? ¿Por dónde empezar? La lista era tan larga... Aunque el mayor de ellos era el que la encabezaba; liarse con un auténtico capullo.

Él había sido el motivo de que acabase encerrada en el baño de mujeres del restaurante, sentada sobre la impoluta tapa del W.C. y contando mentalmente hasta cien para recobrar la serenidad.

Ni siquiera debería haberle afectado su presencia, debería incluso sentirse aliviada, pero las miradas que empezaron a volar por la sala a lo largo de la velada, los cuchicheos a sus espaldas y la radiante sonrisa de ese mentecato le dijo sin necesidad de palabras que habían esparcido algún rumor indeseado y totalmente falso en el que ella era protagonista.

—Luna, podemos coger los abrigos e irnos. No tienes que encerrarte aquí por culpa de ese imbécil, ¿has visto el pedazo lagarto que lleva colgado del brazo? No sabría distinguir cuál es el bolso y cuál el putón.

La cantarina vocecilla al otro lado de la puerta la hizo sonreír. Cassandra era su hermana de fraternidad, su mejor amiga, su compañera de piso y, en raras ocasiones, también su voz de la conciencia. Físicamente no podían ser más distintas, mientras ella era morena con ojos pardos, su amiga era rubísima, con unos bonitos ojos color miel que resaltaban en una cara de duende. Si bien ninguna era

precisamente material de pasarela, ambas tenían sus atractivos, unos a los que solían sacar partido de la mejor manera posible. Otra cosa era que hubiese hombres lo suficiente inteligentes como para apreciarlos.

—No me he encerrado por culpa de él —replicó—. Ni siquiera estoy encerrada.

—Sí, ya, y yo soy Vilma Picapiedra —resopló la chica y tamborileó con los dedos en la puerta cerrada—. Ábreme, estoy segura que ahí dentro hay sitio para las dos.

Resopló, retiró el pestillo y dejó que la menuda chica se colase cerrando de nuevo tras ella.

—Es un hijo de puta y los demás son seres unineuronales con síndrome de rebaño. Ni siquiera merece que se te corra el rímel por sus balidos —declaró extendiendo los brazos hacia ella, entrelazó sus dedos y posó la frente sobre la suya como solían hacer en la hermandad—. ¿Has visto lo gordo que se ha puesto? ¿Y el horroroso tinte que lleva Judith Súper Star?

Parpadeó y la miró a los ojos.

—Ambas sabemos que el hijo de puta está en perfecta forma física —resopló, entonces chasqueó la lengua—. Pero te daré la razón con respecto al tinte, se le notan las raíces.

—La vaca tiene entradas.

Puso los ojos en blanco.

—¿Desde cuándo necesitas gafas?

—Y ha echado papada como los cerdos —insistió su amiga sin dar tregua—. Vamos, como lo que es.

—Cass...

Se separó, se llevó las manos a las caderas y resopló.

—¿Qué? ¿Ahora vas a decirme que no es un gilipollas de tomo y lomo?

—Por supuesto que no, lo es y de los grandes —aseguró—. Además de mentiroso, traidor y con un dudosísimo gusto por la moda... —se estremeció—. Dios, sigo sin poder quitarme esa imagen de la cabeza.

—Nena, alguien que se pone tus mallas, no juega en el bando correcto —aseguró llena de razón—. Él fue quien perdió la partida, no tú. La patada que le diste debió de ser incluso más grande, sobre todo después de la cerdada que te hizo.

Ese había sido precisamente el motivo por el que lo había mandado a paseo e incluso denunciado a la universidad. Pero al final, como siempre, el que tenía el dinero ganaba y ella solo tuvo la satisfacción de dejarle las pelotas azules.

—Lo único que me molesta de todo esto es que no lo hubiesen expedientado y largado de la universidad, pero no, *«fue todo parte de una broma de fraternidad»*. ¡Broma para su puta madre!

Apretó los dientes al recordar cómo había caído en su trampa, cómo le había hecho una encerrona a sus espaldas y como parte de la maldita fraternidad masculina había colaborado.

La habían asustado, la habían amenazado con armas de fuego y cuchillos que luego resultaron falsos, crearon todo un plan para fingir un secuestro y una violación... fue al llegar a ese punto que las cosas empezaron a írseles de las manos y solo gracias a su temple, a que Cass andaba con la mosca detrás de la oreja y a que algunos miembros de la hermandad decidieron que la broma estaba yendo

demasiado lejos, que pudo librarse con nada más que unos rasguños y un brutal ataque de pánico.

Su denuncia en la universidad no llegó a ningún sitio, el rector era un hijo de puta machista, así que al final había tenido que coger las cosas en sus manos y vengarse.

Sí, se le daba bien llevar la revancha, especialmente cuando se trataba de ponerle las pelotas azules a alguien y, además, contaba con Cass, quién era una actriz de primera.

Así fue como el risueño y popular capitán del equipo de fútbol universitario terminó drogado, atado y vestido de mujer en los vestuarios femeninos, con los huevos y la polla atada con cinta aislante y un enorme pene hinchable atado en su lugar.

Todavía sonreía cuando le decían que había gritado como un cerdo mientras le quitaban la cinta aislante en el hospital.

Por supuesto, él había sabido que era ella, se lo había dejado muy claro, pero su acusación jamás llegó a ningún lado, puesto que toda la fraternidad de su casa *kappa psi omega* habían asegurado que ella había estado con sus hermanas todo el día.

Sí, era bueno tener una fraternidad a las espaldas y una hermana como Cass.

Su ruptura había dado mucho de lo que hablar, habían especulado, unas partes culpaban a las otras, pero nadie sabía la verdad. Nadie sabía que todo había comenzado con unas mallas rosas de mujer.

—Hiciste lo que tenías que hacer —insistió su amiga—. Ese cerdo fue el que se pasó de la raya. Tú no eres de las que comparte, Luna. Nunca habrías sido feliz con alguien como él. Tienes demasiado carácter, no

bajarías jamás la cabeza ante nadie que no fuese incluso más fuerte o cabezota que tú. Lo que necesitas es un buen Dom, alguien que sepa usar la polla para algo más que meneársela. Um... si no me gustasen tanto los tíos, te pervertiría y te arrastraría al lado oscuro de la fuerza.

Puso los ojos en blanco y la miró de soslayo. Su amiga era sumisa, se lo había confesado en la universidad después de haber pasado una racha realmente mala. Al principio pensó que se trataría de algo pasajero, pero con el tiempo vio que esa nueva visión la estaba ayudando a ganar confianza, la había hecho crecer en muchos aspectos y solo pudo alegrarse de que por fin hubiese encontrado lo que buscaba. Habían hablado mucho sobre el tema una vez le dijo que lo era, le había sugerido incluso que la acompañase alguna noche a su club de confianza, pero... ¿Estar bajo las órdenes y darle el control a otra persona? ¿Aceptar someterte a los caprichos de alguien más? No, eso no era para ella.

Sacudió la cabeza, miró la puerta del baño y resopló.

—Necesito una pistola de pintura y un blanco en movimiento.

La chica se rio y señaló con el pulgar por encima del hombro.

—El capullo sería el blanco perfecto para eso.

Tenía la respuesta en la punta de la lengua y estaba a punto de dejarla salir cuando se abrió la puerta del cuarto de baño y escuchó las últimas palabras de una frase.

—Eso no fue lo que yo oí —escuchó una voz femenina con un deje sureño que identificó como una de las asistentes a la reunión de antiguos alumnos—. Alonso me comentó en confidencia que fue Josh quien la dejó...

que toda la movida que se montó sobre el fingido secuestro y demás fue orquestado por ella.

—Siempre tuvo aspecto de putilla —comentó alguien más—. ¿Cómo sino iba a llevarse al tío más deseado de la universidad?

—Además, ya sabéis que a Josh le va la marcha... le gusta zurrar y esas cosas... es un Amo.

—¿Un Amo? ¿Cómo en ese rol de Amo y Esclava?

—Eso me dijo Alonso —corroboró la primera—. Y al parecer a ella... esto que no salga de aquí, chicas... le gustaba... ya sabes... más de uno a la vez.

—¿Qué me estás contando?

—No jodas...

—Por aquella época se decía que Cassandra estaba metida en esos temas y que fue Josh quién la metió... —continuó la mujer—. Parece que no solo se tiraba a Luna, sino a la otra también.

Tuvo que coger a su amiga del brazo e indicarle que guardase silencio cuando la vio dispuesta a descubrirlas y lanzárseles encima.

—Tía, pareces estar súper enterada del tema.

—Alonso quiere probar, pero yo me niego —replicó la que había hecho la aclaración—. Nadie va ponerle una mano encima a este perfecto culo.

—Pues eso no es lo que se contaba en la fraternidad.

Luna reconoció al instante esa voz y, a juzgar por la reacción de Cassandra, no fue la única. Ninguna de las dos guardaba buenos recuerdos de Judith Ivory.

Se escuchó el correr del agua y las conversaciones quedaron un poco ahogadas.

—Lo que yo oí es que fue ella quien rompió con él —comentó la chica—. En la casa había rumores sobre

tonteos entre Luna y Cassandra… algunas llegamos a pensar que ellas eran pareja hasta que Luna empezó a salir con Josh. Según he oído, Josh le propuso a su chica hacer un trío con la otra y esta aceptó… parece que las dos se pusieron… ya sabéis, muy calientes y lo excluyeron.

—Qué morbo…

Un coro de risitas secundó el tono jocoso de la narradora.

—Bueno, pues debe de haber algo cierto en esto último, porque ambas han venido juntas y sin pareja —comentó alguien más—. ¿Y habéis visto el pelo de luna? ¿Quién se pone mechas azules hoy en día?

—Será que le pone a su amante.

Nuevas risitas se unieron a las primeras.

—De todas formas, haya o no algo entre ellas, está claro que a Josh todavía le llama la atención la mosquita muerta —continuó Judith—. Alonso y yo estábamos cerca de él e incluso aunque esa nueva novia suya no se despegaba de su brazo, había cierta tensión sexual no resuelta en el ambiente.

—Sería la tuya, que siempre andas más salida que el pico de una puerta.

Las risas volvieron a opacar las palabras.

—Apuesto a que, si Josh le susurra al oído, es capaz de abandonar a Cass y llevársela al baño para follársela —declaró alguien más—. ¿La habéis visto bien? Tiene el aspecto de una bibliotecaria y esas son siempre las peores.

—Leslie, trabaja en la Biblioteca Pública, eso lo dice todo —corroboró Judith—. ¿Qué podría esperarse de una putilla como ella? No sé ni cómo ha tenido el valor de dejarse caer por aquí teniendo en cuenta todo lo que se dice de ella…

—Es el nuevo tema de conversación de esta noche —comentó la primera en tono confidente—. Después del frío saludo que corrió entre Josh y ella y la forma en que Cass la ronda, han vuelto a surgir los chismes. Con todo, hay quién dice que ella sigue bebiendo los vientos por él, que se la ve babear cuando no mira...

Las voces se fueron apagando al tiempo que se oía de nuevo la puerta del baño y las mujeres abandonaban el tocador.

—¿Puedo arrancarle los pelos ahora o me vas a tener esperando mucho rato más?

La voz de Cassandra hizo que arrastrase la mirada de la puerta en la que la había clavado de nuevo hasta su amiga.

—¿Ves? Por cosas como estas es que odio las reuniones de antiguos alumnos y no tenía ningunas ganas de venir —replicó con voz calmada.

Su amiga entrecerró los ojos, estaba que echaba humo, quería salir ahí y patear culos.

—¿Y bien? ¿Esperamos hasta que se me suba el azúcar?

Le dedicó una irónica sonrisa, quitó el pestillo de la puerta y la invito a salir.

—¿Esperar? ¿Estás loca? Vamos a patear algunos culos y arrancar algunas cabelleras.

Si había un enorme defecto del que Luna era consciente era su incapacidad para quedarse callada, uno que se había agudizado tras su paso por la universidad. Se había cansado de que la prejuzgaran. Su aspecto y profesión a menudo llevaba a la gente a tomarla por una mujer demasiado tímida, sobria incluso, pero la realidad era muy distinta. No era de las que se quedaba callada, no

cuando tenía algo que decir y esa noche tenía mucho que rebatir.

—Que dé comienzo el espectáculo.

Sonrió con calidez a quienes se las quedaban mirando mientras caminaban, codo con codo hacia el otro extremo de la sala. Le dedicó un guiño a un antiguo compañero de clases y se detuvo un segundo al ver que llevaba una bebida.

—No te importa, ¿verdad? —Se la quitó de las manos, le dio un sorbo. Se lamió los labios y asintió—. Perfecta. Con mucho hielo.

Le dedicó un último guiño, giró sobre sus altos tacones y vio a Cass cuadrándose con las manos en las caderas delante de Judith, quién volvía a compartir espacio y tertulia con su ex.

No le llevó más que unos pocos pasos llegar hasta ellos.

—Josh Gardy Jr.

Su nombre resonó en la sala con suficiente contundencia como para que todos y cada uno dejasen lo que estaban haciendo y buscasen el origen de la voz. Él se giró, pues hasta ese momento había estado admirando el culo de Cass, y vio cómo sus ojos la reconocían al momento.

—Ey, Luna, ¿has decidido unirte a la parte interesante de la fiesta?

Se rio con suavidad, una risa sensual con la que sabía captaría su atención.

—En realidad... —deslizó la mano sobre su hombro—, he decidido que ya es hora de que zanjemos un asuntito que tenemos pendiente.

Tal y como esperaba, él se enderezó, el deseo despertando en sus ojos, sabiéndose el centro de atención.

—¿Y cuál asunto sería ese, encanto?

—El dejar claro a toda la universidad, que fuiste el hijo de puta que intentó prostituirme con tus amigos de fraternidad después de arrancarme de tu cama en plena noche a punta de cuchillo —alzó la voz haciendo que todo el mundo pudiese escucharla—, que fue el rector, el cual se tiraba a tu madre, quién te salvó el culo de ser expulsado y perder la beca deportiva y que yo fui la que rompió contigo porque te gustaba demasiado vestirte con mis mallas rosas de hacer deporte.

Tiró de la cintura del pantalón y levantó el vaso en un obvio gesto de advertencia.

—La próxima vez que mentes mi nombre, cabrón, espero que lo hagas con absoluto decoro, para ensalzar la estupenda chica que fui contigo y la única que te ató la polla con cinta aislante, te vistió de mujer y te dejó en el vestuario de mujeres.

Dejó caer el líquido y el hielo dentro de los pantalones, le entregó el vaso a alguien que tenía al lado y le dio la espalda mientras lo oía bufar.

—Ah, una cosa más —levantó la mano manteniendo el centro de atención de todos los presentes—. A las zorras que acaban de pasar por el baño de mujeres. Ha sido una conversación de lo más interesante y vigorizante, pero por favor, la próxima vez que quieran dejar sus huellas, abran las ventanas y utilicen ambientadores, si alguien enciende una cerilla ahí dentro, saltaremos por los aires.

Jadeos de indignación, risitas, parecía que reunión por fin empezaba a coger cuerpo.

—¿Cómo te atreves?

—Zorra mentirosa...

—¡Qué gran mentira!

Y tal y como esperaba, las damas se descubrieron a sí mismas ellas solitas.

—Cass —la invitó.

—Gracias, hermanita —canturreó ella caminando hacia las mujeres en cuestión—. Judith, querida, tú también estabas allí, como buena perra consejera que eres. Ahora, si todas me prestáis atención, gracias... me gustaría comunicar a vuestros novios y parejas... os sugeriría que no las dejaseis ir juntas al baño, chicos... la cosa ha llegado a ponerse tan intensa que los jadeos empezaban a ponerme cachonda a mí también. Y vaya, es una pena no, porque yo no soy lesbiana, pero podría hacerme si seguían con esa intensa orgía unos minutos más. Quizás deberíais invitarles a ellos a que se uniesen a la fiesta, sería una orgía bestial. Y os agradezco en el alma que hayáis pronunciado mi nombre y el de mi hermana kappa, pero... es que nosotras ya tenemos pareja... y a nuestros amos no les gusta compartir.

Dicho eso, giró sobre sus talones, se echó la melena por encima del hombro y sonrió beatífica.

—Esto más que una reunión de antiguos alumnos, parece una *«Convención de Zorras y Desempleados necesitados de Polvos»* —sacudió la cabeza con afectación y preguntó beatífica—. Ya me he deprimido suficiente por una noche, ¿nos vamos de marcha, Lunita?

—Después de ti, Cass, después de ti.

Sin duda había sido una noche memorable, no sabía si habrían callado muchas bocas, pero seguro que les habían dejado tema de conversación para rato.

Nada más salir del restaurante y recibir el aire de la noche en la cara, se habían mirado.

—¿Quieres que seamos perracas totales?

—¿Qué tienes en mente? —preguntó su amiga.

—La venganza definitiva.

Cass enarcó una ceja, entonces abrió los ojos como un búho.

—¿Todavía lo tienes?

—¿De verdad piensas que podría deshacerme de algo así?

—Nena, saca el móvil y mándame esa foto —sonrió pícara—. Tengo justo aquí el grupo de wasap de la reunión de antiguos alumnos.

La miró dudosa, entonces sacudió la cabeza y resopló.

—Al demonio —sacó el teléfono, buscó la famosa foto de su ex con sus mallas de deporte de color rosa y se la mandó al número de su amiga—. Haz los honores, Cass.

—Con sumo placer, Lunita, con sumo placer —declaró ella sacando el móvil para reírse a carcajadas al ver la foto—. Cielo, después de esto, necesitaré una copa.

—Apoyo la sugerencia.

—Y ahí va… —dijo enviando la foto al grupo—. Feliz noche, capullos.

—Bien, vamos a tomarnos esa copa.

—Después de ti, hermana.

Eso las había conducido a la última parte de esa desastrosa noche y al motivo por el que seguía plantada

en la entrada del club, sin saber si dar un paso hacia delante o dar media vuelta y salir corriendo.

Sentadas en una mesa al final de la sala, con la luz atenuada y la música tan alta que prácticamente necesitaba gritar para hacerse entender, había levantado el tercer chupito de la noche.

—Por las exnovias inteligentes y cabronas, o sea, yo.

Se bebió el contenido de un trago mientras su hermana de fraternidad se reía.

—Es un cabrón —asintió Cass bajando su propia copa—. Pero has estado... ¡sublime! Por poco y me provocas un orgasmo allí mismo.

Enarcó una ceja y chasqueó la lengua.

—No seas vulgar.

—Nunca podrás acusarme de tal cosa —canturreó—. Soy la viva imagen del decoro y la elegancia.

La miró con gesto asombrado.

—¿Quién te ha contado esa enorme mentira?

—El Amo Wolf —ronroneó. Entonces hizo una mueca y se llevó el índice a la boca, dándose unos toquecitos sobre los labios—. Aunque todavía no sé si lo decía de verdad o solo estaba siendo amable. Del Amo Horus me lo esperaría, pero de la polla caliente de Wolf...

Amo. Su mejor amiga tenía una vida sexual de lo más interesante y también aterradora.

—¿Cómo es? ¿Cómo puedes...? —sacudió la cabeza. El alcohol empezaba a hacer efecto en su cerebro—. Es igual. No creo que soporte saber lo que hacen con esos látigos, cuerdas y demás mecanismos de tortura.

Cogió otro de los vasitos que había alineados sobre la mesa y se lo bebió de golpe.

—Hablas como una vieja beata —chasqueó Cass—. Te sorprendería lo que ocurre realmente dentro de un club de BDSM, podrías incluso aprender unas cuantas cosas de ti misma. ¿Nunca lo has pensado?

La miró con ironía.

—Claro, como que ardo en deseos de entrar en uno de esos locales y dejar que alguien me zurre el culo con uno de esos látigos de tiras.

—Se llama *flogger* y… créeme, es más… caliente… de lo que tú crees.

—Caliente es cómo debe quedarte el culo después de eso —chasqueó la lengua y asintió con exageración—. Sip. Tiene que ser jodidamente interesante que un tío te diga lo que hacer y te zurre en el culo si no obtiene la respuesta correcta. Oh sí. Que lo intente conmigo y ya veremos quién zurra a quién.

La cantarina risa de la chica la llevó a componer una mueca.

—Tú no serías una buena sumisa, Luna, eres demasiado mandona.

Arrugó la nariz.

—No soy mandona —la apuntó con el dedo—, retira eso.

Se echó a reír y se apoyó en la mesa.

—Puedo imaginarte en medio de una escena diciéndole exactamente al amo lo que tiene que hacer —se echó a reír a carcajadas—. Ay dios, esa imagen es tan tú…

—No es verdad…

—Claro que sí, lo harías —canturreó tomándose ella uno de sus chupitos—. Es más, te reto a que vayas.

—No estoy interesada en que me zurren, gracias.

—¿Lo ves? Porque les zurrarías tú a ellos.

Nuevas risas, cada cual más alta. El alcohol empezaba a hacer estragos en ellas.

—No, no lo haría. Expondría los inconvenientes de tal ofensa con mucha clase e inteligencia.

Se inclinó hacia delante todavía entre risas y la señaló con el chupito.

—Um… el *Blackish*, el cual es mi club, por cierto, suele hacer talleres un par de veces al mes —le dijo al tiempo que sus labios se estiraban de lado a lado—. Apúntate a una de las sesiones y demuéstrales esa clase e inteligencia tuya… —se echó a reír una vez más—. Ay, qué me meo…

—¿Crees que no puedo? —entrecerró los ojos.

—Sé que no puedes —aseguró divertida—. Tú eres muy tierna, incluso tímida… te pondrías de colores nada más te digan que te arrodilles… No, espera, lo más seguro es que salieses corriendo.

—No es verdad.

—¿Qué te apuestas?

No estaba muy segura de qué había pasado a partir de ese momento, ambas habían terminado tan pedo que el levantarse al día siguiente había sido una tortura. Pero algo debían haber hecho, sobre todo ella, porque esa misma semana había recibido un correo electrónico de un tal club *Blackish* en el que le informaban de la hora y el lugar en el que iba a impartirse el taller: *Iniciación a la Sumisión y Dominación*.

Volvió a mirar a su alrededor e hizo una mueca. Estaba loca, tenía que estar totalmente demente para haber venido aquí después de todo.

—Pero no tan loca como para no pensármelo mejor —murmuró, dio media vuelta.

No lo vio venir, estaba demasiado avergonzada consigo misma que no levantó a tiempo la mirada y tropezó con alguien.

—Ey, despacio, cariño. —Unas manos la estabilizaron y, antes de que se diese cuenta, se encontró volviendo a girar sobre sus tacones y empujada suavemente en dirección contraria a la puerta—. Pasa, el taller está a punto de comenzar.

La caliente mano se deslizó por su espalda y la abandonó mientras el alto y enorme desconocido de pelo negro continuaba hacia el fondo del local. Vestido con vaqueros negros y camiseta del mismo color con el logo del club y abajo en letras blancas AMO WOLF a la espalda, el hombre debía andar cerca del metro ochenta, si no lo sobrepasaba.

—Bienvenidos al *Blackish* —levantó la mirada hacia la voz y vio bajar a dos hombres desde el piso de arriba, el cual se parecía más a la zona de estar de una cafetería que al de un club como aquel—. Soy el Amo Horus, él es el Amo Fire y el Amo Wolf acaba de unirse a vosotros —las miradas de los presentes fueron de unos a otros para finalmente detenerse en el hombre con el que había tropezado—. Seremos vuestros tutores durante el taller de hoy.

La voz masculina y profunda le provocó un escalofrío. Horus, si es que ese era su verdadero nombre, era de tez canela, pelo negro corto, unos impresionantes ojos azules y aspecto europeo. Él era quién parecía llevar la voz cantante, a juzgar por la manera en que se movía y gesticulaba. El hombre que bajaba detrás de él, el Amo

Fire, era lo contrario, con el pelo castaño claro, la piel bronceada y la constitución de un jodido armario, poseía un aura luminosa pero no por ello menos letal. El hombre no tenía un solo gramo de grasa en todo el cuerpo a juzgar por cómo se le marcaba la camiseta negra que tenía en la parte frontal logo del club. Su aspecto no era tan refinado o elegante, sus gastados vaqueros y las *Doc Martin* que calzaba, lo convertían en alguien si cabía más peligroso que su elegante compañero.

—Hoy contamos además con la presencia del Maestro Logan y su sumisa —presentó a la pareja que estaba al lado de Wolf al tiempo que se reunían todos en el centro de la sala, de modo que pudiesen atender a la clase—. Ellos son quienes harán algunas de las demostraciones prácticas de la clase de hoy.

La mirada que intercambió la pareja hablaba de complicidad. Vio la sutil caricia que él le prodigó en el brazo y la forma en que el rostro femenino se iluminó a pesar de no moverse del lugar. No pudo evitar sentir curiosidad por ella, una sumisa y esa actitud tranquila y segura que parecía esgrimir.

—Serán cuatro horas repartidas en dos turnos: dos horas de teoría y dos horas de práctica —continuó el Amo Horus, quién parecía estar al cargo de la sesión—. Como se trata de una clase de iniciación, iremos despacio. Os invito a preguntar abiertamente, si tenéis dudas, nosotros estamos para resolverlas.

—Ay madre, ¿en qué acabo de meterme? —musitó en voz baja. Miró disimuladamente a su alrededor y se mordió la lengua para no maldecir. La mayoría de los presentes eran parejas, contó cinco parejas y tres mujeres, incluyéndola a ella.

¿Sería demasiado tarde para escabullirse por la puerta e irse a casa?

CAPÍTULO 2

Brian no podía dejar de mirar esas mechas azul eléctrico que se mezclaban con el pelo negro de una de las participantes del seminario. La chica estaba nerviosa, la manera en que se movía, la tensión en su cuerpo y esas fugaces miradas a su alrededor le decía sin necesidad de palabras que estaba deseando largarse de allí a la velocidad de la luz. Posiblemente lo habría hecho si Wolf no hubiese tropezado con ella, empujándola en dirección al grupo.

Horus seguía hablando mientras les explicaba a los presentes cómo se desarrollaría el seminario, pero ella no prestaba atención. Entrecerró los ojos y la vigiló durante unos minutos, concentrándose en su lenguaje corporal, adivinando su proceder y sabiendo que debía gestarse una importante dicotomía en su interior. El curioso pelo bicolor estaba recogido pulcramente en un moño bajo, pero eso no hacía gran cosa para disimular las rayas azules que le salpicaban la cabeza y se curvaban rebeldes sobre su mejilla. Incluso su aspecto era sobrio, intentando restar importancia a un cuerpo voluptuoso y bastante sexy a su juicio: falda por debajo de la rodilla, una impecable blusa debajo de la chaqueta de traje abotonada, sencillos

zapatos de elevado tacón… una pequeña y estricta secretaria.

—…y recordad que todo debe hacerse en un ambiente seguro, sano y siempre con el consenso de ambas partes —concluyó Horus con la presentación.

Ella se sobresaltó entonces, giró la cara y sus miradas se encontraron por primera vez. Esos enormes e intensos ojos pardos se encontraron con los suyos con firmeza. Estaba nerviosa, dispuesta a dar media vuelta y salir corriendo, pero eso no hizo que vacilase o apartase el rostro. La gatita poseía un espíritu que contrastaba con su apariencia. No había timidez en esos ojos, si acaso curiosidad y eso lo llevó a sonreír para sí. La saludó con un gesto de la cabeza diciéndole que la había visto y volvió a centrar su atención en las palabras de su socio. Quería ver que iba a hacer ella a continuación, cuál iba a ser su reacción sin sentirse observada y pendiente de cada uno de sus movimientos.

Su socio seguía explicando la dinámica de esa clase a los presentes, detallando las claves de la clase teórica. Algunas parejas parecían realmente interesadas, otras, posiblemente solo uno de los miembros seguiría explorando el camino que iniciasen hoy. Vio a Logan inclinándose sobre Sio por el rabillo del ojo, la pequeña sumisa asintió a algo que le había dicho su Dom y sonrió en respuesta. Estaba tranquila, radiante, en su mirada había una confianza que no había visto en meses y eso se debía a la tutela de sus dos nuevos Maestros. Camden había declinado asistir como «profesor», conocía lo suficiente al chef para saber que deseaba ese tipo de experiencia para Siobhan, que abriese sus horizontes, pero también que no estaría cómodo aleccionando a su sumisa

delante de otras personas en una clase. Así que había optado por enviar al poli, quién disfrutaba de ese tipo de escenas.

—Dominantes, la seguridad de vuestra sumisa siempre es lo primero —añadió el Dom con voz clara, firme, dejando muy claro que no se aceptaría otro tipo de conducta y aleccionando a los nuevos amos—. Como amos estáis obligados a ayudar en el crecimiento de vuestras sumisas, el diálogo es una parte fundamental en toda relación, tenedlo presente. Divertíos, disfrutad y hacer disfrutar a vuestras parejas en igual medida.

Paseó la mirada sobre los presentes hasta detenerse de nuevo sobre ella, quien acusó su atención una vez más, como si presintiese su mirada.

—Una sumisa siempre será el reflejo de su maestro. Si lo hacéis bien, encontraréis que ella también disfrutará complaciéndoos, su sumisión será el regalo más importante de todos —continuó Horus y miró a la pareja—. Logan, si te parece bien, Sio creo que puede darles a las nuevas sumisas o aquellas que estén interesadas en explorar la sumisión una visión de primera mano de cómo debe ser su comportamiento.

El poli asintió y miró a su compañera.

—Sí, señor, será un placer —replicó ella con educación, sin necesidad de más explicaciones y echó un vistazo a los presentes—. Hola a todas y todos. Mi nombre es Siobhan y llevo varios años siendo sumisa, si bien hace poco más de siete meses que he conocido a mis señores.

Pequeña valiente, pensó complacido al ver cómo se dirigía a los demás sin vergüenza o condicionamiento, Logan acusó ese orgullo de pie a su lado. No eran fáciles de entender las relaciones poli amorosas, considerándolas

en ocasiones como desleales. Muchos deberían aprender de ellas.

—En una relación D/S, al igual que en cualquier otra relación, la base principal es la confianza —continuó ella—, y para una sumisa la confianza en su Dom es todo. Nosotras somos, a fin de cuentas, el reflejo de su buen hacer, por lo que debemos saber comportarnos acorde a sus necesidades y adelantarnos a ellas.

Volvió a echar un vistazo por encima del público asistente y vio a la chica de pelo azul arrugando la nariz, estaba escuchando lo que decía Sio, pero no parecía del todo conforme con sus palabras.

—Hay algunas reglas básicas que siempre debéis tener en cuenta —continuó—. Una sumisa no debe mirar a los ojos a su amo a menos que él se lo ordene o a menos que tu amo, como es mi caso, te diga expresamente lo contrario.

—Personalmente yo prefiero los ojos de Sumi sobre mí —añadió Logan—. No dicen por nada que la mirada es el espejo del alma, aunque algunas veces es el espejo de las rabietas, las miradas fulminantes, los «*te haré picadillo, maestro*», ese tipo de cosas.

Las risas se elevaron entre los presentes, haciendo la lección más distendida.

—Una sumisa, no debe hablar a menos que su amo le dé permiso y debe mantener un tono educado en todo momento —continuó ella y miró a su maestro—, aunque a veces sintáis ganas de estrangular a vuestro señor.

—Yo también te quiero, Sumi.

A juzgar por la mirada que le dedicó Logan, la pequeña sumisa estaba metiéndose en problemas.

—Y, sobre todo, una buena sumisa no debe cuestionar las órdenes de su Dom y las acatará al momento —concluyó—. Y aquí es precisamente dónde entra lo que os decía antes sobre la confianza. Cuando conoces a tu señor y él te conoce, sabe lo que necesitas, sabe hasta dónde puede empujarte y si debe hacerlo. Si tenéis dudas, nunca os calléis y habladlo entre vosotros. Ellos pueden pretender ser grandes y malos, pero en el fondo son como ositos de peluche.

—¿Ositos de peluche? —Wolf se rio entre dientes—. Tu sumisa tiene ganas de juerga, Logan.

El aludido estaba sonriendo de oreja a oreja, mientras el público reía, pero sus ojos decían claramente que su chica iba a ser castigada.

—Gracias por la explicación, amor, creo que ha quedado muy claro que eres una sumisa muy obediente.

Ella asintió con una divertida sonrisa a la réplica de Logan.

—No hay de qué, maestro.

Sí, la pequeña Sumi iba a ser castigada, no le cabía la menor duda, pero eso era sin duda algo que estaba deseando a juzgar por el brillo de expectación en sus ojos. Sinceramente, le alegraba que ver había recuperado la confianza en sí misma al punto de empujar a su dominante sin temer las consecuencias. Ella sabía que nada malo le ocurriría en manos de Logan, que cuidaría de su bienestar y que era su deber actuar en consecuencia.

—Estas podrían considerarse reglas estándar, las que os aconsejamos tengáis presente —dijo Horus retomando la lección—. No están escritas en piedra, cada uno debéis encontrar el equilibrio que creéis necesario, aquel que os

permita sentiros cómodos con vosotros mismos y vuestros actos.

Hubo un nuevo coro de murmullos mientras las parejas hablaban entre ellas, comentando con otras e intercambiando opiniones. Volvió a buscarla con la mirada y cuando la encontró parecía incluso enfurruñada, parecía estar moviendo los labios como si hablase consigo misma mientras miraba en dirección a Sio. La curiosidad le llevó a rodear el grupo y acercarse desde atrás.

—¿Osito de peluche? ¿Pero tú has visto al tío que tienes al lado, criatura? Si te podría merendar a cualquier hora del día —la escuchó rezongar, haciendo mohines—. No es inteligente darle tanto poder a un hombre, ¿quién demonios va a querer obedecer ciegamente? Pero ella parecía burlarse de él, lo estaba haciendo a propósito... supongo que esto es a lo que hacía alusión Cass con la confianza. Ay dios, en qué lío me he ido a meter.

¿Hablaría siempre sola o lo reservaba para los momentos en los que estaba nerviosa? Tenía que admitir que su monólogo resultaba divertido.

—En esta primera parte de la clase, os hablaremos sobre el protocolo —continuó Horus llevando el peso de la clase. Era algo que se le daba bien y, además, le gustaba enseñar—. Sobre cómo se establecen las bases, qué pactar y cómo hacerlo. Logan y su sumisa harán una demostración, para que entendáis de qué estoy hablando, después, podréis ponerlo en práctica con vuestras parejas.

—¿Y si no tenemos pareja?

La pregunta llegó en apenas un hilo de voz. Una tímida mano se levantaba al otro lado de la sala y localizó a una menuda rubia cuyos ojos se abrieron

desmesuradamente al verse el centro de atención. ¿Habría puesto sus pensamientos en voz alta sin darse cuenta?

Sonrió, esa gacela era el tipo de chica que sin duda atraería a un dominante como Horus. Él sentía debilidad por las damiselas en apuros y su timidez despertaría al momento su necesidad de protegerla.

—Dado que esta es una sesión grupal, a los que hayáis asistido sin pareja se os asignará una —replicó su socio con voz firme y suave a la vez—. Y ya que estamos hablando sobre protocolo... Cuando os dirijáis a un dominante, amo o Maestro, la manera correcta de dirigirse a él es llamarle «señor» o por su título de amo. Y recordad que solo vuestro dominante tiene el honor de ser llamado «mi señor» o «mi amo», así como reconocer a una sumisa como «suya» ante la comunidad.

—Una sugerencia, omitid «Superman» —intervino él—. ¿Sabéis lo anti erótico que es verte a ti mismo como un tío vestido con mallas azules y los calzoncillos por fuera?

Nuevas carcajadas.

—No sé, señor, las últimas recreaciones de Superman han mejorado bastante su traje —comentó una de las mujeres dándole al mismo tiempo un codazo a su pareja.

Sonrió.

—Ya veo que eres una entusiasta de *Henry Cavil*.

Nuevas risas.

—Para un dominante la sumisión y la entrega de una sumisa es un inestimable regalo, uno que debe ser valorado y atesorado como tal —insistió Horus, retomando el tono formal—. Hace falta mucha confianza

en una persona para permitirle que tome decisiones por ti o dirija tus actos, incluso dentro de un juego.

—¿Lo has entendido, mascota?

La chica dio un respingo, sus mejillas subieron de color y asintió tímidamente.

—En voz alta, por favor, que lo oiga —la empujó Horus. Estaba disfrutando de veras de ello.

Tuvo que contener una carcajada al ver como la pequeña se sonrojaba incluso más. Si seguía así, iluminaría ella solita la sala.

—Señor. Sí. Yo sí.

Brian se obligó a morderse la carcajada que bullía en su garganta. Tenía que reconocer que la pequeña era mona en su timidez.

—Creo que la fórmula que estás buscando es *«sí, señor»* —recomendó a la chica.

Ella se sobresaltó una vez más, lo miró y pareció incluso enrojecer todavía más antes de empezar a balbucear.

—Sí… siii señor.

Asintió risueño, entonces miró a Horus quién, tras intercambiar una mirada de complicidad y propia diversión, optó por ocuparse de la tímida sumisa.

—Um… ¿señor? —Una mano se levantó entre los presentes. Una de las mujeres que había venido solas—. ¿Puedo hacer una pregunta?

—Cielo, tienes a cuatro Doms para que te la contesten —le dijo Horus visiblemente divertido—. Adelante.

Ella se sonrojó visiblemente, carraspeó y señaló a Siobhan.

—¿Por qué lleva un collar? Quiero decir, me parece muy *cuqui* y eso, pero, ¿tiene algún significado en especial?

Brian se mordió una risa y miró a Horus, quién parecía igual de divertido.

—Cuando una sumisa firma un contrato permanente y es reclamada por su amo, lleva su collar —explicó respondiendo así a la pregunta.

—Ah, genial. Gracias, señor.

—No hay de qué, mascota.

Miró a los presentes esperando por si alguien más quería hacer alguna pregunta o comentario y prosiguió.

—Y ahora llegamos a la que, si cabe, es la norma más importante dentro de las prácticas de BDSM —miró a todos y cada uno—. Siempre se establecerá una palabra de seguridad antes de dar inicio a una sesión o juego. Recordar que la consigna del BDSM es: *Sano, Seguro y Consensuado*. Para que esto se dé cada parte tiene que ser muy consciente de qué límites no franquear o cuando detener una escena. Sentaos a hablar antes de hacer una escena. Decidid cuales son los límites, lo que vais a hacer y lo que no permitís o no queréis practicar. Jugad siempre con seguridad.

Wolf se adelantó entonces, reuniéndose con Logan.

—Logan y su sumisa os enseñarán ahora cómo se daría inicio a una sesión —retomó su compañero de trabajo—. Qué normas se deben observar, qué posturas debe adoptar cada parte y cómo dar comienzo al juego.

El poli parecía genuinamente divertido por la manera en que conducía la clase, asintió y se giró hacia su compañera.

—Sumi, por favor.

Ella no vaciló.

—Sí, señor.

Se arrodilló de manera grácil, se mantuvo quieta con la mirada baja y las manos sobre los muslos parcialmente separados y con las palmas hacia arriba. Llevaba un vestido corto que se le subió dejando sus muslos cubiertos por medias de liga; sin duda un fetiche propio de Logan.

—Esta es la que se conoce como posición de espera —comentó Logan empezando a explicar el protocolo—. Podéis hacer que vuestra sumisa la adopte mientras preparáis la escena o el juego que queráis realizar, también como bienvenida a la presencia de su dominante o cuando necesitéis leerle la cartilla.

El hombre deslizó la mano por la cabeza de la chica en una tierna caricia, le rozó la mejilla con los dedos y vio el sutil movimiento de inclinación que ella le obsequió.

—Mirada baja, muslos abiertos, espalda recta... —enumeró haciendo hincapié en cada parte de la posición—, pechos dispuestos... Imaginaos las posibilidades cuando vuestra sumisa no lleva ropa alguna encima...

Hubo una serie de risitas puramente masculinas en respuesta a su comentario, así como algún que otro resoplido de parte de las compañeras. Brian deslizó de nuevo la mirada sobre la mujer de mechas azules y la encontró frunciendo el ceño; su mirada hablaba por sí sola. Era una respuesta común en alguien que se acercaba por primera vez a ese mundo, cuando lo que normalmente consideraría inaceptable o incluso degradante para una mujer entraba en conflicto con los deseos ocultos y despertaba la curiosidad.

—Si vais a dejarla mucho tiempo en esta posición, es aconsejable que esté cómoda —insistió Logan—. Un cojín,

una alfombra... recordad siempre que ella es vuestra para cuidarla y protegerla, que su sumisión es una entrega voluntaria y esa entrega es solo por vosotros.

Su ceño se agudizó ante las palabras de Logan, su mirada fue del dominante a la pequeña sumisa y pareció tensarse un poco. A juzgar por la forma en la que miró disimuladamente a su alrededor esperaba encontrar su mismo pensamiento en el resto de asistentes, pero la gran mayoría estaba concentrada en las explicaciones de Logan.

Pobrecilla. Parecía un pez fuera del agua. Su inexperiencia en ese mundo era obvia y, a juzgar por sus reacciones, no le sorprendería verla correr de un momento a otro a través de la puerta.

—Lo primero que necesitáis hacer es ganaros la confianza de vuestra sumisa —continuó el Dom—. Hablad con ella, conocerla, dejad que os conozca y ante todo que siempre haya sinceridad.

Tocó el hombro de Sio y esta obedeció al momento levantándose.

—Hay un juego que siempre recomiendo en las primeras escenas y que puede reportaros no solo placer para ambas partes, sino daros mucha información sobre vuestras sumisas —se llevó la mano al bolsillo trasero y extrajo un pañuelo—. El juego de la venda.

Sin más le vendó los ojos a su compañera y dio un paso a un lado.

—Cuando se priva del sentido de la vista, los demás sentidos se agudizan —declaró resbalando los dedos sobre el brazo desnudo de la chica—, todo se magnifica y los estímulos se desbordan. De esta manera podéis aprender lo que despierta a vuestras parejas —una nueva caricia y los labios de la sumisa se separaron en un pequeño

jadeo—, dónde debéis tocarlas, dónde son más receptivas… y, en definitiva, extraer más información.

Mientras los asistentes estaban concentrados en la escena, continuó su propio recorrido hasta situarse detrás de la incómoda mujer. Era bastante más menuda de lo que había pensado, especialmente dados los altísimos tacones que calzaba. Su figura curvilínea rellenaba la ropa de una manera dulce y tentadora. Su lenguaje corporal lo previno con hacer movimientos bruscos o abordarla de golpe, su cuerpo parecía la cuerda de un arco a punto de romperse. Se movió un poco más haciéndola consciente de la nueva presencia a su lado, levantó la mirada con un pequeño sobresalto y abrió incluso más esos curiosos ojos pardos.

—Ay dios —la escuchó farfullar.

—Tranquila —replicó en voz baja, visiblemente divertido—. El equipo de asalto todavía no ha entrado en el edificio.

Parpadeó. Tenía unas pestañas espesas y largas que se agitaron varias veces, dio un paso atrás para acomodarse a su altura y ladeó la cabeza.

—¿El qué?

La había cogido por sorpresa, descolocándola tanto con su presencia como con el inesperado comentario. Le señaló la puerta de salida con un gesto de la barbilla y mantuvo el mismo tono distendido.

—Parecías esperar que entrasen los *SWATS* o algo así.

Sus mejillas se arrebolaron, la vergüenza tiñó momentáneamente sus ojos, pero la desechó rápidamente.

—Eso sería algo altamente improbable y también una pérdida de tiempo.

Asintió de acuerdo con ella.

—Sin duda lo sería —aceptó y dio un paso más hacia delante solo para verla tensarse de nuevo. Pero no retrocedió, sin duda eso era un punto para ella—. La puerta permanece abierta, por si quieres saberlo.

Hizo una mueca, su color aumentó, pero volvió a replicar.

—Es bueno saberlo —replicó con un mohín—. Será necesario cuando empiecen a salir corriendo.

Sonrió al ver como ella barría a los presentes con la mirada.

—¿Te parece que tienen intención de hacerlo?

Se lamió los labios y lo miró de nuevo.

—Ellos puede que no, yo no estaría tan segura.

Optó por deslizar la mirada hacia la zona de demostración y señaló a la pareja con un gesto de la barbilla.

—Si prestas atención verás que Sumi no está ni siquiera un poco incómoda —comentó sin mirarla todavía—, de lo contrario, su amo lo sabría y actuaría en consecuencia.

—¿Zurrándola?

La indignación en su voz hizo que se volviese hacia ella. Pero no era eso lo que reflejaban sus ojos, sino curiosidad.

—¿Cómo te llamas?

Su inesperada pregunta hizo que se tensara de nuevo. Un nombre poseía demasiado poder, podía ver cómo funcionaba su cerebro, decidiendo que hacer a continuación.

—Yo soy Brian. —Le tendió la mano dándole su nombre real, algo poco usual. Solía utilizar un alias

precisamente para mantener el anonimato, pero ella le inspiraba confianza—. Amo Fire, dentro de estas cuatro paredes.

La vio mirar su mano, entonces levantó la suya y se la estrechó con más seguridad de la que parecía contener ese pequeño cuerpo.

—Luna Coulter —musitó—. Y sigo llamándome así tanto dentro como fuera de este edificio.

Retuvo su mano solo unos momentos antes de soltarla.

—Un placer conocerte, Luna —aceptó, entonces indicó a la pareja—. Y, en respuesta a tu pregunta. No. Su maestro nunca la castigaría por sentirse incómoda o tener miedo. Haría que se sintiese cómoda, borraría cualquier clase de temor y escucharía lo que tuviese que decirle.

La forma en que se curvaron sus labios, la fugaz mirada que le lanzó a la pareja le dijo que no estaba segura de si creer en sus palabras o se trataba simplemente de parte del protocolo de la sesión.

—Si te quedas hasta el final de la demostración es posible que las dudas que albergas desaparezcan —comentó, ofreciéndole otra salida más aparte de la que ya barajaba.

Esos curiosos ojos volvieron a vagar entre la exhibición y la sala para luego caer sobre él.

—Si quisiera marcharme ahora, ¿podría hacerlo?

La miró con detenimiento. Su respiración se había acelerado, estaba nerviosa, miraba demasiadas veces a los lados.

—Sí, por supuesto. —Dio un paso atrás dejándole espacio para marcharse. Una muestra de que ella tenía el poder de hacer lo que desease—. Todo el mundo es libre

de entrar y salir, no atamos a nadie sin su... expreso consentimiento.

La vio hacer una mueca ante su doble juego de palabras.

—Pero imagino que habrás tenido una motivación para asistir al taller en primer lugar.

Una ligerísima vacilación bailó en sus ojos.

—Enajenación mental y un montón de alcohol —replicó casi al instante y su respuesta le arrancó una sonrisa.

—Esa sin duda es una buena motivación.

Sacudió la cabeza, su pulcro peinado ni siquiera se movió.

—Ahora mismo no me la parece, la verdad.

Su nerviosismo continuaba, pero no se debía a su presencia, sino al de ella misma en ese lugar.

—Quizá deberías quedarte hasta el final —sugirió una vez más—, puede que entonces encuentres el verdadero motivo de tu presencia aquí.

—Enajenación mental y alcohol, ya te lo dije.

Sonrió de soslayo.

—Ya te lo dije, *señor*.

Su pequeña corrección la tensó al momento, pero en vez de bajar la mirada como lo haría una buena sumisa, lo enfrentó irónica.

—¿Estás en el ejército?

Su inesperada pregunta le arrancó interiormente una carcajada, pero se encargó de no dejar que se reflejase en su rostro.

—No.

—¿Militar en reserva?

Se cruzó de brazos. Esto prometía ser divertido.

—De nuevo la respuesta es no —declaró intentando no reírse.

—Entonces no veo motivo alguno para llamarte de esa manera...

—Puedes llamarme Amo Fire —la interrumpió con la misma actitud distendida.

Enarcó una ceja y replicó al momento.

—Dijiste que tu nombre era Brian —le recordó.

No pudo evitar que se le curvaran los labios, la pequeña tenía respuesta para todo.

—Muy bien, Amo Brian entonces —le permitió—. Con eso será suficiente por ahora, mascota.

El recurrente apodo la sobresaltó.

—Yo no soy ninguna más...

Un *«shh»* llegado de alguna parte censuró su charla e hizo que ella se callase al momento, sus mejillas adquiriendo un tenue rubor.

—Deberíamos guardar silencio y atender a la demostración antes de que nos echen a los dos —atajó y utilizó esa interrupción en su beneficio. La atrajo hacia él, posando ambas manos en sus brazos, manteniéndola quieta—. Solo voy a mantenerte junto a mí, puedes desasirte si lo deseas, no te retendré. Quizá tú no quieras estar aquí, pero toda esta gente sí y deberíamos permitirles asistir a la clase.

Esperó paciente, notando su rigidez, su cuerpo tieso en un intento de mantenerse alejado del suyo. Casi esperaba que se zafase de un momento a otro y emprendiese la huida, pero la chica volvió a sorprenderle. Ya fuera por llevarle la contraria o demostrarse algo a sí misma, se quedó dónde estaba y guardó silencio mientras asistían a la demostración al otro lado de la sala.

Luna quería gritar. ¿Quién se creía ese hombre que era? ¿De verdad esperaba que le obedeciese así porque sí? Si se había quedado era para no protagonizar un espectáculo y que todo el mundo se la quedase mirando. Se marcharía, claro que sí, en cuanto terminase esa escena, se marcharía.

Lo miró por el rabillo del ojo. Era una jodida montaña. Podía sentir sus palmas calientes a través de la blusa, como si la tela no fuese suficiente para mantenerle lejos y, fiel a su palabra, no la estaba agarrando. Podía librarse de su contacto en cualquier momento, entonces, ¿por qué demonios no se movía?

Porque no quiero llamar la atención. Sí. Por eso. Me iré cuando termine la función.

Levantó la barbilla y echó un fugaz vistazo a su alrededor. Las parejas que asistían al seminario se habían acercado hacia delante, atendían con curiosidad y atención a las palabras del hombre que había vendado los ojos de la muchacha delante de ellos. Incluso la chica que había visto al principio tan perdida o más que ella observaba el espectáculo ahora acompañada por uno de los instructores.

¿Qué demonios hago aquí?

Esa era sin duda la pregunta del día.

Ni siquiera sabía por qué había venido, podía haber descartado la inscripción que no recordaba ni haber hecho y quedarse en casa o ir a pasear, como solía hacer después de salir del trabajo.

—Yo y mi enorme bocaza. —No pudo evitar musitar.

Si no hubiese asistido a esa maldita reunión el sábado pasado, nada de esto habría ocurrido para empezar. Ni ella ni Cass habrían terminado en ese pub y no se encontraría ahora en esta bizarra situación.

Pero Cassandra lo disfruta. Pensó. *Nunca la has visto tan feliz como en los últimos años, tan... ella misma.*

Su amiga había cambiado y eso era un hecho. Poseía un aura de felicidad y satisfacción que parecía envolverla en todo momento y exhibía una serenidad interior que, para ser sincera consigo misma, envidiaba.

No. No la envidias. Tienes un trabajo estable y del que disfrutas, un techo sobre tu cabeza y no te mueres de hambre. ¿Qué más puedo necesitar?

Y sin embargo su vida era tan monótona. Todos sus días eran iguales, con una rutina aprendida, sin altibajos, ¿qué había sido de la Luna que había entrado en la universidad llena de ilusiones y sueños?

¿Qué ha pasado conmigo?

—¿Siempre hablas en voz alta contigo misma?

El inesperado murmullo en su oído la llevó a dar un respingo, giró de golpe la cabeza y se encontró con su mirada.

—No.

Sus labios se curvaron lentamente, sin llegar a sonreír, pero obviamente divertido.

—Pues para no hacerlo hablas mucho —le aseguró, entonces indicó con un gesto de la barbilla un punto por delante de ellos—. Te recomiendo que mires. Puede resultar muy instructivo.

Abrió la boca, pero volvió a cerrarla en el acto cuando vio como la miraba. Se giró de nuevo e intentó prestar atención.

Voy a largarme.

Dejó escapar un pequeño suspiro y levantó la mirada, su atención quedó subyugada al momento por un único motivo; la íntima caricia de los dedos que se prodigó la pareja antes de que él se separase de la mujer y su actitud cambiase a algo más oscuro, más inflexible y a la vez, terriblemente erótico.

Bueno... me iré... después de esto.

CAPÍTULO 3

Logan ajustó la venda y deslizó los dedos por la suave piel del cuello femenino que hoy lucía su collar. Sumi estaba nerviosa y expectante, sabía de qué iba la escena, lo habían hablado antes de llegar al club y había estado de acuerdo... o algo parecido.

Adoraba a esa pequeña sumisa. Se había convertido en una constante en su vida en los siete meses que llevaba compartiendo su hogar y su tiempo. Ella había dado un nuevo significado a su día a día y también había conseguido que Camden volviese a ser el hombre que fue una vez.

Cam estaba colado por ella. Podía ejercer de amo estricto, volverla loca con sus cosas, pero era el primero en consentirla, apoyarla en cada una de las decisiones y mover el maldito sol con tal de verla sonreír; la verdad era que los tenía a ambos besando el suelo por el que caminaba. Sin embargo, su amigo se regía así mismo por un código muy particular, uno que dejaba a un lado las demostraciones públicas o seminarios como aquel. Podía asistir al club siempre que podía, ya fuera solo con su sumisa o los tres, pero lo de tener audiencia que él no deseara... era demasiado celoso de la mujer que amaba.

—¿Lista, mascota?

—Sí, señor.

Su voz sonaba firme, pero su cuerpo decía otra cosa. Los nervios estaban presentes, la privación de la vista agudizaba sus otros sentidos y la hacía receptiva al placer; su placer.

—La palabra de seguridad de esta noche es *Rojo* —le comunicó al oído—. Confía en mí y en que sabré hasta dónde puedo empujar.

—Confío en ti, Maestro —musitó—. Siempre.

La besó en los labios.

—Céntrate en mí, solo en mí y estaré justo ahí para ti.

Se relajó entregándose a él y solo a él, dándole su confianza ciega a sabiendas de que la guiaría y cuidaría como solo su amo podría hacerlo. Este era el regalo de la sumisión, uno que atesoraría para siempre.

—Cuando vuestra sumisa esté privada de alguno de los sentidos o de movilidad, sois vosotros los que tenéis la batuta, pero también la responsabilidad de su cuidado —explicó en voz alta—. Sois los que guiais, los que debéis estar atentos a cada cambio de su respiración, a cada señal de su cuerpo que os indique cómo progresa la escena. Si tenéis dudas, siempre podéis preguntar. ¿Cómo estás, Sumi?

—Bien, señor —respondió ella al acto.

Acarició sus dedos, deslizó las palmas por sus brazos, le ahuecó ligeramente los pechos y le mordisqueó el cuello extrayendo de ella un pequeño jadeo y el temblor de su cuerpo.

—Todas las señales están aquí —declaró indicando varias partes del cuerpo, lo que la excitación rebelaba—, solo tenéis que estar atentos y reconocerlas.

Bajó sobre su boca, besándola en los labios, calmándola y recordándose a sí mismo lo afortunado que era de poseer a la mujer con el corazón y el alma más grande que había visto en toda su vida.

No podía olvidar esa noche en el *Purgatorio* de la *Crossroad* Company. Dudaba que ninguno de los tres pudiese olvidarla jamás, pero en especial Camden y él. Sio les había entregado esa noche su confianza, todo lo que era y les había abierto las puertas de su corazón de par en par. Otra mujer posiblemente no habría visto más allá de las palabras que se cruzaron esa noche, de los relatos descarnados que salieron a la luz después de tanto tiempo en la oscuridad. Otra sumisa no habría llorado por ellos, no los habría abrazado y consolado, no les habría concedido el indulto que llevaban tiempo deseado obtener.

«Si tú mismo no te perdonas, ¿por qué habría de perdonarte alguien más? No es sabio anclarse en el pasado, nada bueno surge de remover las cenizas, solo tienes que ser consciente de que una vez allí hubo un fuego y tú lo apagaste. Lo importante es quién eres ahora y en quién te convertirás en el futuro».

Ágata siempre había tenido buenos consejos, había sido una mujer sabia a pesar de su juventud, una niña con alma de anciana que se había llevado con ella parte de los hombres a los que rescató de la oscuridad. De muchas formas, a esa bondadosa alma le debía el que su mejor amigo hoy siguiese allí, disfrutando por fin de la merecida felicidad.

Sio había dado sentido por fin a esas palabras, los había obligado a enfrentarse al pasado, a mirarse a los ojos y aceptar lo ocurrido sin vergüenza, sin culpabilidad y como algo que había impedido que las cosas fuesen ahora distintas.

«Si el amor, en cualquiera de sus formas, es un pecado, prefiero ser una penitente reincidente que vivir toda una vida entre mentiras y soledad. No quiero tener que elegir, no quiero amar a uno y odiar a otro. Sois los dos o ninguno. ¡Y a la mierda lo que opine la sociedad! Los dos sois mis Maestros, mis Amos y los hombres a los que he entregado mi corazón. No vine a este mundo para ser perfecta, así que espero que podáis quererme igualmente».

Su pequeña Sumi había borrado esa noche todas y cada una de las cicatrices, había personado cualquier pecado existente en sus almas y los había convertido a los tres en una familia; su familia.

Amaba a esa mujer, quería a su hermano de la vida y no se avergonzaba, ni se culpaba o lo culpaba a él por lo que ambos habían necesitado para emerger de la oscuridad. Había muchas formas de amor y ellos eran afortunados de haber conocido más de una.

Devoró la imagen de su sumisa con la mirada, se relamió interiormente y se inclinó para susurrarle al oído.

—Gime para mí, Sumi —ronroneó al tiempo que la desnudaba y despertaba en su cuerpo el deseo que, en estos momentos, solo le pertenecía a él.

Había muy pocas cosas que se podían ocultar en la vida, pensó Brian, y la excitación era una de ellas. Podías disimular, podías cubrirte el rostro con una máscara, pero el cuerpo al final era el que daba las pistas necesarias y descubría aquello que quería ocultarse a un ojo experto. Luna estaba subyugada por la escena, su reticencia inicial había despertado el morbo que vive dentro de todo ser humano, ya sea hombre o mujer, el que hace que te excites ante algo que solo admitirías mirar de soslayo o a través de un agujero.

Era una escena realmente caliente, la maestría de Logan correspondía a la perfección con la entrega de su sumisa, una maquinaria bien engrasada que solo funcionaba cuando dos almas se compenetraban tan bien como ellos. Resultaba hermoso verlos, de una manera tórrida y en muchas circunstancias tabú, era un espectáculo digno de apreciar.

Se movió lentamente, acercándose a ella, manteniendo las manos en todo momento en sus brazos para finalmente susurrarle al oído.

—¿Estás lista para irte ahora? —le susurró al oído y notó como temblaba un segundo antes de sobresaltarse. Miró a su alrededor como si acabase de salir de un trance, notó casi al instante sus manos y su cuerpo reaccionó tensándose—. Quieta.

Pero ella no acusó su orden, por el contrario, la escuchó gemir y empezó a debatirse como una pequeña gata obligándole a rodearla, girarla en sus brazos y atraerla contra su pecho. Le sujetó las manos a la espalda y se encontró con esos bonitos y sorprendidos ojos pardos.

—Tranquila, Luna. —Bajó el tono de voz, sumergiéndose en esa segunda piel que prefería por encima de todas las demás—. Estás a salvo.

Lo miró a los ojos, desafiante y temerosa a partes iguales.

—Suéltame. —No era una petición, ni de lejos y el hecho de que se atreviese a exigir le hizo gracia.

—Lo haré cuando te calmes —sentenció directo, observando su reacción, la forma en que tensaba los brazos y tiraba intentando deshacerse de él. La aplastó contra su cuerpo y el contacto fue como una descarga eléctrica en su interior. Le gustaba esa sensación, esa blandura contra su dureza—. Respira profundamente.

—No… no puedo… me estás espachurrando los pulmones —protestó pegada a él.

Sonrió para sí y notó como ese pequeño cuerpo se relajaba unos milímetros.

—Tienes respuesta para todo, ¿no es así?

—Lo intento. —No se molestó en negarlo—. ¿Me devuelves los pulmones, por favor?

—Por favor, señor —la aleccionó una vez más—. Inténtalo.

—No quiero. —Levantó la barbilla con gesto terco—. Dijiste que podía marcharme y da la casualidad que me estás reteniendo.

Su respiración seguía siendo acelerada pero ya no había en sus ojos ese temor y desconcierto inicial, ahora sencillamente estaba de mal humor.

Optó por soltarle las manos lentamente, dejándola tomar consciencia de su libertad paulatinamente hasta que pudo dar un paso atrás y recomponerse la ropa.

—¿Qué te ha parecido la escena? —Optó por el diálogo, ya que parecía responder bien a ello.

Levantó la barbilla después de acomodarse la blusa.

—Deplorable.

Sonrió de soslayo y bajó la mirada por su cuerpo.

—¿Y por eso frotabas los muslos?

La tensión fue instantánea y le dijo lo que sus apretados labios y sonrojadas mejillas proclamaban a voz en grito. Sus ojos se clavaron en los suyos y parecía realmente ultrajada.

—No es verdad.

Enarcó una ceja ante su vehemencia.

—Te excitó, Luna.

—De ninguna manera.

Chasqueó la lengua.

—Ya has oído al Maestro Logan, la sinceridad debe estar por encima de todo.

Ella bufó y dio un paso adelante, acercándose de nuevo a él.

—La sinceridad está sobrevalorada —declaró en voz baja, manteniendo la conversación solo entre ellos—. Y la paciencia, ya ni te cuento.

—La paciencia es todo un arte en sí mismo —declaró mirándola a los ojos—. Algunos lo dominan y otros no.

Un nuevo resoplido.

—A mí anótame en la columna de *«ni gota de paciencia»* —replicó—. Y ahora, si me disculpas, me marcharé.

Estaba decidida a hacerlo y, sin embargo, él necesitaba empujarla, ver hasta dónde podía llegar sin que estallase. Luna prometía ser esa clase de sumisa, una que

no se plegaría de buen grado a ningún dominante a menos que confiase completamente en él.

—Como ya te dije, la puerta está abierta —aseguró y, como si las luces del club se pusiesen de acuerdo con él, empezaron a bajar de intensidad.

Ella se sobresaltó ante ese inesperado cambio.

—¿Qué demonios…?

—Las luces se atenúan para la segunda parte del taller —le explicó al ver su incomprensión—. Es más fácil interactuar si se cuenta con un mínimo de privacidad. Al mismo tiempo, dado que es una clase de iniciación, hay luz suficiente para detener una escena o dirigirla.

Su mirada recorrió la sala. Las parejas hablaban ahora con Logan y con su sumisa, otros hacían algún comentario que Horus rebatía o corroboraba creándose un ambiente de consenso. La excitación estaba en el aire, había parejas que habían decidido quedarse y otras que preferían dar por terminada ahí la demostración, todas ellas encantadas o interesadas en futuros talleres.

—Si estás decidida a marcharte, adelante, si prefieres quedarte y tener una primera toma de contacto con la sumisión, será un placer guiarte. —Le ofreció las dos alternativas que había y les indicó a las dos parejas que ya se despedían—. Como ya te dije, no retenemos a nadie.

Su mirada fue de estas parejas a las otras, para finalmente caer sobre la sumisa que Horus había adoptado al principio del seminario y con quién hablaba de forma distendida. Posiblemente estaría pactando con ella alguna breve escena introductoria.

—Ella ya ha decidido —le dijo. No era muy difícil saber qué pasaba por su mente.

Los ojos pardos se volvieron hacia él y encontró de nuevo esa dicotomía. Quería irse, pero al mismo tiempo también quería quedarse.

—No confío en ti, ni siquiera te conozco.

Asintió, era una respuesta válida y aceptable dada las circunstancias.

—Motivo por el cual no saldremos de esta sala y no iremos más allá de una leve iniciación.

Entrecerró los ojos.

—Explícate.

Ah, la gatita estaba interesada.

—No entraremos en el terreno sexual —declaró sincero—. Como bien has apuntado, no me conoces y yo tampoco te conozco lo suficiente como para saber hasta dónde puedo llegar contigo en el sexo.

—No tienes problema en llamar a las cosas por su nombre.

Sonrió de soslayo.

—Una relación D/S no se diferencia mucho de una vainilla, Luna —le aseguró—. La confianza y la comunicación son la base de todo. Entonces, ¿cuál es tu respuesta, sumisita? ¿Estás dentro o te vas?

Arrugó esa pequeña y pecosa nariz.

—Nada de sexo.

Le tendió la mano.

—Parece que hoy vas a ser mi alumna.

Los delicados y largos dedos se posaron en su mano y cerró los propios alrededor, aceptando tenerla a su cuidado.

CAPÍTULO 4

En algún momento de las dos últimas horas debía habérsele fundido los plomos. Y no solo eso, sino que había adoptado una afición por los deportes de alto riesgo, ya que era la única explicación que le encontraba al hecho de aceptar quedarse a las «prácticas».

—Si te tensas un poco más te vas a romper, Luna.

Unas fuertes manos cayeron sobre sus hombros, los dedos se cerraron sobre su carne e iniciaron un lento masaje.

—No puedo evitarlo, esto es...

Sus dedos hicieron un poco más de presión y su boca descendió sobre su oído.

—Antes de que te metas en terreno cenagoso, vamos a acordar unas cuantas normas. —Su voz la sobresaltó, intentó retroceder, pero sus siguientes palabras la congelaron—. Estate quieta.

Se estremeció, durante un breve instante dejó incluso de respirar.

—En esta escena yo soy el dominante y tú la sumisa —le dijo enderezándose, dejó sus hombros y la rodeó para

mirarla ahora de frente—. Y como sumisa, hay unas normas que debes observar.

Indicó con un gesto de la barbilla hacia el otro lado de la sala.

—Ya has observado la manera en que se comportó Sio durante su escena, la forma en que se espera que responda —le informó, sus ojos puestos sobre ella—. Ya que eres nueva y, deduzco que este es tu primer contacto con el BDSM…

—Lo es.

Levantó la barbilla.

—La fórmula correcta para ti es: Lo es, *señor* o lo es, *Amo Brian* —corrigió en el acto.

La manera en que se la quedó mirando y enarcó una ceja le dijo al momento que esperaba una confirmación de sus palabras.

—Lo es, señor.

Asintió complacido.

—Muy bonito —murmuró. La recorrió unos momentos con la mirada y finalmente continuó—. La escena que vamos a realizar es muy sencilla, se trata de negar un sentido para potenciar los otros. Te vendaré los ojos, pero podrás oír y sentir lo que le haga a tu cuerpo.

Tragó, de hecho, casi se atraganta con su propia saliva ante sus palabras. No pudo evitar que acudiese a su mente la escena protagonizada por la pareja y que la había puesto caliente. Tembló incapaz de retener el escalofrío y sus pupilas se dilataron lo suficiente como para que él notase esos sutiles cambios.

—Tu rostro es como un libro abierto, sumisa.

—Yo no soy…

—Lo eres, solo que careces de experiencia. —La interrumpió con voz pensativa, la miró de nuevo como si estuviese buscando algo que le confirmase su afirmación—. Quizá este sea el comienzo adecuado para probar la sumisión y decidir si es lo que necesitas o no.

Sintió como sus mejillas subían de temperatura y demonios, le cabreaba sentirse tan vulnerable y ser tan clara para un completo desconocido. Miró una vez más a su alrededor replanteándose su decisión.

—Piensas demasiado. —La sobresaltó de nuevo con ese tono de voz profundo que la atraía—. Casi puedo ver cómo giran los engranajes de tu cerebro.

Levantó la barbilla, no le gustaba estar en inferioridad y, sin embargo, se había metido precisamente en una situación en la que ella era la que estaba de rodillas.

—Tengo un cerebro muy ocupado.

Sonrió de soslayo.

—Eso puedo verlo —murmuró—, de hecho, estoy pensando en cuál sería la mejor manera de apagarlo.

Abrió la boca para responder, pero la interrumpió.

—La palabra de seguridad del club es «*rojo*». Es un estándar y fácil de recordar —le explicó—. Piensa en ello como en los colores de un semáforo. «*Verde*», todo va bien y podemos continuar. «*Amarillo*», tienes dudas, miedo, necesitas preguntar algo... la pronuncias y pararemos la escena, hablaremos de lo que te inquieta y veremos cómo proceder desde ahí. Si por el contrario no quieres seguir, sientes dolor, molestias o te aterras por el motivo que sea, di «rojo» y detendré la escena en el acto. ¿Ha quedado claro?

—Como un semáforo. Sip. Lo tengo.

Su penetrante mirada sobre ella la hizo fruncir el ceño.

—¿Qué?

Sacudió la cabeza.

—No sé si eres despistada o lo haces a propósito, mascota —aseguró con un tono de voz que podía pasar por divertido—. Cuando te dirijas a mí, *«siempre»*, hazlo con el debido respeto.

Se ruborizó una vez más. *Oupss.*

—Sí, señor. Lo siento, señor —arrugó de nuevo la nariz—. Er... ¿soy a la única que le parece estar en el ejército?

—Vas a darme trabajo, ¿eh?

Se encogió ligeramente de hombros.

—Soy muy nueva en esto —aceptó sin más—. Señor.

—Nueva en casi todo, ya veo —chasqueó—. Esto va a ser interesante.

Interesante sin duda era la palabra, pensó replanteándose de nuevo su presencia en el club. Como si necesitara asegurarse de que no se había quedado sola volvió a echar un vistazo a su alrededor solo para darse cuenta de que algunas parejas se habían diseminado ya y escuchaba risitas y otros sonidos.

—Tus ojos en mí, Luna. —La orden la hizo dar un respingo y girarse de inmediato a él—. Eso está mejor. Ahora, quítate la chaqueta, por favor.

¿La chaqueta? Sí, vale. Eso no era un problema.

—Y la blusa.

—¿Disculpa?

—Y también el sujetador —insistió mirándola—. Con eso será suficiente.

—Pero...

—Cuando lo hayas hecho, permanece como estás y cruza las manos a la espalda.

Parpadeó varias veces.

—Sí, claro. Ya puestos, ¿por qué no te hago un striptease?

—Si eso es lo que quieres, puedes hacerlo... después. —Él ya se había dado la vuelta y caminaba hacia una de las paredes más alejadas, en las que había algunos muebles.

Abrió la boca y la cerró de golpe. ¿Cuándo aprendería a ponerse a sí misma un candado?

Estás en un club de sexo, estúpida, ¿qué esperabas? ¿Hacer manitas?

Se quitó la blusa con lentitud, le costaba desvestirse delante de un hombre, especialmente uno desconocido y, si ya quedarse en ropa interior era malo, quedarse en cueros... ni lo contaba.

Voy derechita al infierno y sin frenos. ¡Qué alguien me pare!

—Buena chica.

Su inesperado regreso y la apreciación en su voz le provocó un inesperado calorcillo en el bajo vientre o quizá fuese más bien debido a los ocasionales sonidos puramente eróticos que emergían de aquí y allá.

—Como esta es tu primera vez y no hemos jugado nunca juntos, quiero que me digas si algo resulta demasiado para ti —le informó. Entonces dejó caer al suelo una bolsa de cuero negro y tras abrirla sacó de ella una cuerda de seda japonesa de color azul—. Para hacerte las cosas más fáciles, te voy a atar las manos a la espalda ya que es obvio que no vas a mantenerlas ahí por ti misma.

Cuando cogió su muñeca derecha se quedó sin respiración. ¿Estaba hablando en serio? ¿Atarla?

—Espera, espera, espera…

—Un color, Luna —le dijo sin mirarla siquiera, haciendo una bonita atadura en su muñeca. Podía notar la cuerda suave contra su muñeca, como una ancha pulsera que la oprimía, pero no le hacía daño.

—Yo… a… amarillo… amarillo. Muy amarillo. Color limón.

Lo escuchó reírse entre dientes.

—Respira —le ordenó—. Inspira profundamente y deja salir el aire.

Se encontró respondiendo mecánicamente, permitiendo que el aire entrase en sus pulmones, atragantándose con él.

—Esto… esto no va a fun… funcionar.

La ignoró.

—Despacio. Otra vez.

Hizo un par de inspiraciones más hasta sentir que sus nervios decrecían.

—¿Mejor?

Asintió renuente.

—En voz alta, por favor.

—Sí, creo que sí.

La miró de nuevo a los ojos, un mudo recordatorio que funcionaba a la perfección.

—Sí, señor —repitió sintiendo unas inexplicables ganas de levantar la mano y hacerle un saludo militar.

Se limitó a asentir con la cabeza antes de deslizar la mano sobre su brazo desnudo, haciéndola consciente al momento de algo que había olvidado; tenía las tetas al aire.

Se mordió el labio inferior y esperó que el calor que sentía en la cara no se extendiese al resto de su cuerpo.

No pudo evitar tensarse cuando esos dedos fuertes y callosos le aferraron la otra muñeca y le ató las dos a la espalda. En esa postura, sus hombros tiraban hacia atrás, obligándola a sacar pecho lo cual era incluso más indignante y, al mismo tiempo, ¿erótico?

Joder. Me estoy excitando.

El hecho le pareció tan sorprendente que no pudo evitar echar un vistazo por encima del hombro para verle. El Amo Fire, Brian como se había presentado, uno de los Doms del club *Blackish,* no era alguien que pudiese ser ignorado. La complexión de su cuerpo, unida a esos penetrantes ojos verdes y un rostro cincelado, con una sombra de barba cubriéndole el mentón y delineando su labio superior, así como el corto pelo en punta, lo convertían en un espécimen demasiado sexy y también aterrador. Esa combinación de masculina arrogancia y peligro debería de espantarla, pero la encendía.

Levantó la mirada como si fuese consciente de que lo estaba mirando y encontró con sus ojos. No la esquivó, le devolvió la misma intensidad y eso hizo que sus labios se curvaran en una enigmática mueca que podría pasar por una sonrisa.

El contraste de él completamente vestido mientras ella estaba desnuda de cintura para arriba la puso incluso más nerviosa. Tuvo que recordarse a sí misma que él estaría más que harto de ver pechos desnudos si trabajaba allí.

—Repíteme cual es la palabra de seguridad del club, Luna.

La forma en que pronunció su nombre le provocó un nuevo escalofrío que fue reflejado por su cuerpo. Se aventuró a echar un nuevo vistazo por encima del hombro

y vio como las líneas de expresión de sus ojos se arrugaban con diversión.

—Rojo, señor.

Su respuesta pareció agradarle, puesto que asintió, comprobó que las ataduras estuviesen en su sitio y la rodeó hasta quedar de nuevo delante de ella.

—¿Alguna molestia en los hombros o en las articulaciones? —preguntó deslizando ahora las manos sobre su piel desnuda y caliente—. Tira de las muñecas, dime si te molestan o las notas demasiado apretadas.

—Son cuerdas, ¿dónde has visto que una cuerda no apriete?

—Luna. —Su advertencia fue breve y directa.

—Están bien, señor.

Lo estaban si consideraba el estar atada como una diversión y el no poder defenderse en caso de necesidad. Volvió a echar un rápido vistazo a su alrededor, el corazón le latía incluso más rápido mientras su cuerpo acusaba la indefensión y el miedo hacía un salto mortal en su interior.

—O quizá no lo estén tanto… —musitó notando la boca demasiado seca, la garganta cerrándosele—. No… no puedo… respirar… no… no puedo…

—Respira. —Ambas callosas manos se deslizaron por sus brazos, proveyéndola de apoyo y calor. Su presencia la ancló de nuevo permitiéndole respirar de nuevo, haciendo a un lado el afilado miedo—. Despacio. Otra vez.

Tomó un par de bocanadas de aire, inspiró y espiró para finalmente asentir con la cabeza.

—Tus ojos en mí, Luna. —Cada vez que pronunciaba su nombre era como si sonase un timbre dentro de su cabeza, uno que pedía *«dilo otra vez»*—. Mira a tu alrededor, escucha con atención.

Lo hizo, las parejas se habían diseminado, pero podía ver las siluetas, escuchar ahora jadeos y suaves gemidos, no estaban solos en esa sala.

—Eso es. —Le acarició una vez más los hombros—. Lo estás haciendo muy bien.

Levantó la mirada y se encontró con sus ojos. Dios, sentía ganas de llorar. ¿Qué demonios le pasaba?

—¿Lista para continuar?

Sacudió la cabeza. Dios, no. No lo estaba. Ni una pizca, pero las palabras no le salían de la garganta. Jesús, ¿ella sin palabras? Inaudito.

—Está bien, sigue respirando lentamente —instruyó sin dejar de tocarla—, no tenemos prisa.

Se lamió los labios. Quizá él no la tuviese, pero ella estaba más que dispuesta a salir por patas en ese mismo momento.

—No me importaría terminar con esto ya. —Se las arregló para murmurar—. De hecho, insisto.

Lo vio sonreír, una sonrisa auténtica que le iluminó hasta los ojos.

—Es una pena que tú no estés al mando —le aseguró, entonces le acarició la mejilla. Ese gesto la tomó por sorpresa, la sacudió lo suficiente como para que no le diese tiempo a protestar cuando le cubrió los ojos con un suave pañuelo de seda negra que la dejó ciega al momento.

—¡Oh, joder!

Tiró de las manos solo para comprobar que no podía soltarse, ladeó la cabeza, pero no podía ver. Estaba atrapada, completamente y no había modo de que pudiese escapar.

—Me va a dar un ataque al corazón.

Sí, era una melodramática, pero diablos, la ocasión lo requería.

—No te muevas. —Unas manos la estabilizaron, su voz se hizo incluso más profunda y exigente en esa impuesta oscuridad. Agudizó el oído intentando guiarse, saber dónde estaba él—. Respira profundamente.

Lo hizo, era eso o boquear como un pez.

—Necesito que camines en la dirección en la que voy a girarte —escuchó su voz alta y clara al oído—. Mis manos son las únicas que están sobre ti —deslizó una de ellas entre sus omóplatos—. Da pasos cortos. Empieza.

—No sé si mis piernas querrán obedecer…

—Empiezo a tener unas ganas irrefrenables de castigarte —la sobresaltó con un borde afilado—. ¿Cómo debes dirigirte a mí, sumisa?

Sumisa. Sumisa. Empezaba a odiar de veras esa palabra y no la había escuchado más que un par de veces.

—Lo siento, Amo Brian, pero me pone extremadamente de mal humor el no ver por dónde camino y estar atada con las manos a la espalda, sobre todo cuando tengo las tetas al aire.

¿No querías educación? Pues toma educación.

—Yo, por el contrario, encuentro extremadamente sexy el que esos dos bonitos y cremosos montículos estén disponibles —le soltó y, para remarcar sus palabras, sintió esas enormes y callosas manos acariciándoselas un instante antes de empujarla para que caminara—. Dos pasos más al frente.

Avanzó a tientas, con tan solo la conciencia de su presencia a través de la mano que la guiaba.

—Detente.

Empezaba a sentirse como un soldado en la instrucción, solo que en su caso tenía las manos atadas y no veía un pimiento. La privación de vista y movilidad hizo que sus otros sentidos se agudizaran, especialmente el oído y el olfato. Ahora podía reconocer el exótico *aftershave* que envolvía al dominante, una mezcla entre sándalo y algo más cítrico que le picaba en la nariz. Le gustaba el aroma pues encajaba bastante bien con el enigmático hombre en cuyas manos había depositado su estupidez. Porque sí, eso era estupidez y no confianza.

La mano que la había acompañado hasta el momento abandonó su espalda, aguzó el oído un poco más intentando escuchar sus pasos, notar su presencia, pero todo lo que oía era su propio corazón tronándole en los oídos.

—A partir de este momento no quiero oír ni una sola palabra que no sea «amarillo» o «rojo» —le susurró al oído haciéndola dar un respingo. Unos dedos se cernieron entonces alrededor de su barbilla, le levantaron la cara y al momento notó el caliente aliento de una boca cubriendo la suya. Tomó sus labios exigiendo una respuesta que llegó en forma de jadeo, incursionó entonces con su lengua, saqueándola, haciéndola consciente de su sabor a menta y algo más oscuro, íntimo. Tiró de sus manos solo para darse cuenta de que no podía tocarle, su cuerpo acusó el recordatorio, pero no entró en pánico, por el contrario, empezó a calentarse justo en el momento en que rompió el beso—. Serán mis manos las que sientas sobre ti, mi boca o mi lengua. ¿Lo has entendido?

Asintió, aunque no le hubiese prohibido hablar, tampoco encontraría las palabras, su mente se había convertido en papilla.

—Te tocaré tan íntimamente como crea conveniente —continuó deslizando sus labios hasta su oído—, si algo no te gusta o te resulta incómodo, «Amarillo» estará bien para empezar.

Una callosa y cálida mano le cubrió el seno derecho mientras que la otra le acariciaba el costado haciéndola temblar.

—Recuerda, Luna, nada de palabras a menos que quieras que me detenga —insistió mientras el pulgar hacía círculos sobre la aureola y el pezón se endurecía al punto de resultar doloroso—. Por lo demás... puedes gemir cuanto quieras.

Tironeó de su pezón y solo pudo inhalar con fuerza ante las intensas sensaciones que la recorrieron desde los pechos al centro de su sexo.

Si antes se había mojado al ver la erótica demostración del Maestro con su sumisa, ahora su humedad amenazaba con resbalar entre sus muslos descubriendo su excitación.

Esas manos la cubrieron por completo, abarcaron cada pedazo de piel e hicieron que el calor en su bajo vientre aumentase. Podía notar cada caricia, cada pellizco con una intensidad que la apabullaba. Sus dedos se movían de un lado a otro, girando un pezón entre ellos hasta hacerla ponerse de puntillas o dedicarle una húmeda caricia con su lengua.

Las sensaciones fueron in crescendo, pasando de eróticas y tolerables a jodidamente calientes. Cuando posó los labios sobre uno de sus senos y succionó la dura cúspide notó como una oleada de humedad se escapaba entre sus piernas y le empapaba el ya mojado tanga. Se obligó a morderse el labio para no hacer otra cosa que

gemir, de algún modo su voz seguía resonando en su cabeza diciéndole que si hablaba se detendría.

Estaba indefensa, completamente a merced de lo que él quisiera hacerle, de lo que un completo desconocido estaba haciendo con su cuerpo. Lo curioso es que, en vez de importarle, de pensar en lo vergonzoso del asunto, le estaba resultando más y más excitante.

¿Era esto lo que había hecho que Cass se aventurase en este estilo de vida? ¿Era el hecho de entregarse a otra persona, de dejar todo lo que eras en sus manos y no poder hacer otra cosa que rendirte lo que la había subyugado?

Jadeó cuando sintió los dientes cerrándose sobre el otro pezón creando un relámpago de caliente y excitante dolor que fue directo a su entrepierna. A estas alturas ya no podía mantener la boca cerrada, no si quería respirar pues el aire parecía ser escaso. Sus pezones parecían haber engrosado, ponerse más y más duros y era incapaz de escapar de esas sensaciones, como tampoco la de su clítoris despertando de necesidad.

Sintió un dedo deslizándose por su mejilla, resbalando sobre algo mojado, ¿estaba llorando?

—Me gusta el color que han adquirido tus mejillas, lo rojos que se han puesto tus labios y por encima de todo me gusta la música que emana de tu garganta. —La mordió allí, un suave pellizco en la piel del cuello que la hizo saltar—. Estás excitada, sonrojada... ¿y mojada?

Apretó los muslos por acto reflejo, tembló de pies a cabeza, pero no de temor. Dios, estaba tan excitada, jamás se había sentido de esa manera. Notó como una de sus manos seguía jugando con su erecto pezón mientras la otra sumergía los dedos en su moño y deshacía el recogido

al tiempo que tiraba de su cabeza hacia atrás. Su boca la succionó entonces, le lamió la junta entre la base del cuello y el esternón y continuó torturándola.

La pulsación entre sus muslos empezaba a hacerse insoportable, la necesidad pulsaba en su sexo deseosa de atención, la misma que prodigaba a sus pechos.

—Estás siendo una buena chica, mascota. —Su aliento volvió a resbalar en su oído—, una buena y dulce chica.

Sus palabras la derritieron. ¿Alguien le había hablado alguna vez con tanta ternura? No que ella recordase. El capullo de Josh había sido del tipo de hablar poco y follar mucho, solo ahora se daba cuenta de lo banal que había sido realmente esa relación, o los breves interludios que había tenido después.

—Veamos si puedo hacer que rompas las reglas...

¿Romper las reglas? Estuvo a punto de preguntar en voz alta a qué se refería, pero su lengua se trabó en el mismo instante en que la mano que jugaba en su abdomen bajó hacia la cintura de la falda. Su espalda y sus manos quedaron atrapadas contra la dura espalda masculina haciéndola todavía más consciente de lo enorme que era él y lo pequeña que eso la dejaba a ella. Notó como los duros dedos se deslizaban bajo el encaje de la ropa interior y rastrillaba el recortado vello de su pubis antes de entrar en contacto con los húmedos pliegues de su sexo.

—Mojada y calentita. —Le mordió el arco de la oreja—. Eres toda una caja de sorpresas, Luna. Te excitas de una manera adorable. Separa las piernas ahora, dulzura.

Su instinto la llevó a hacer justo lo contrario.

—Luna.

¿Por qué tenía que sonar tan sexy su nombre en boca de ese hombre? Especialmente cuando lo decía con el tonillo de un maestro de escuela aleccionando a su alumna.

Gimió interiormente, su mente quería protestar, pero su cuerpo tenía otros planes y terminó separando las piernas permitiéndole acceso a su sexo.

—Oh dios...

No pudo evitar que las dos palabras escaparan de sus labios cuando la penetró sin previo aviso con un grueso dedo. Sus caderas se arquearon por sí solas, buscando más, deseando más.

—¿Qué te dije sobre decir una sola palabra? —la reprendió, pero no había otra cosa que satisfacción en su voz, especialmente cuando incluyó un segundo dedo al primero y la hizo jadear de nuevo—. Caliente y pequeña Luna... ¿sabes lo que le ocurre a una sumisa cuando no obedece a su amo?

Sacudió la cabeza contra su hombro, sus pies se habían puesto de puntillas incluso a pesar de los tacones, necesitaba más, quería más.

—No... no tengo ni... idea... pero ahora... no es que me importe... ay dios... —Sus dedos se hundieron con más fuerza arrancándole un jadeo.

—Se la castiga, Lunita. —Utilizó el diminutivo de su nombre—. Pero esa es una lección para otra clase.

Volvió a introducir los dedos en su interior y a retirarlos, su pulgar encontró también su clítoris y la fricción que ejercía el movimiento amenazó con volverla loca.

—Córrete para mí —le susurró al oído—, dame lo que todavía no le has dado a nadie, sométete a mí.

Su cerebro se hizo pedazos en el mismo momento en el que un duro y rabioso orgasmo estallaba en su interior y barría con todo dejándola laxa en brazos de ese demonio de hombre.

—Buena chica —le pareció escucharle decir un instante antes de rodearla con los brazos y mantenerla pegada a él, como si temiese que fuese a espatarrarse en el suelo en cualquier momento. Y la verdad, no le sorprendería si terminaba haciéndolo pues sus piernas se habían convertido en gelatina.

CAPÍTULO 5

Luna era sumisa. Podía ser nueva, no comprender todavía la dinámica de una relación D/S, de hecho, posiblemente fuese una buena candidata para las clases de iniciación, pero lo supiese o no, era lo que era.

Tenía una boca que iba a meterla en problemas con un Dom. Posiblemente pasara más tiempo siendo castigada que premiada, pero su lenguaje corporal hablaba por sí solo, era mucho más sincero que y abierto y le diría a cualquiera que supiese observar cuales eran sus necesidades. Incluso ahora, en el cuidado posterior a la escena, se reclinaba en él, entregándole una confianza de la que posiblemente ni siquiera era consciente. Le levantó una de las manos y estudió las marcas que se irían en un par de días. Su pecho subía y bajaba mostrando unos pezones rosas intenso hinchados y usados, todavía podía notar su textura en la boca; su insatisfecha polla dio un respingo.

Le había encantado hundir su pene dónde habían estado sus dedos, pero ella no estaba preparada para tal intimidad con un completo desconocido y él difícilmente

podía implicarse más allá de una lección ocasional. Una cosa era jugar, hacer de instructor o realizar alguna escena con una mujer dispuesta otra distinta reclamar a una principiante como Luna como su sumisa.

Comprobó las marcas de la otra mano sintiéndola revolverse en su regazo. Le había masajeado los hombros facilitando de nuevo la circulación, vigilándola con ojo crítico mientras estaba sumergida en esa fragilidad que traía consigo el momento post orgasmo. Tenía que asegurarse de que podría caminar recta cuando decidiese marcharse.

Esa pequeña sin duda había luchado interiormente consigo misma, replanteándose una y mil veces qué demonios hacía en el club. Había tenido que empujarla un poco para obligarla a decidirse, hacer que admitiera unas necesidades que posiblemente desconocía y que ahora la harían cuestionarse su propia conducta. El descubrimiento de su condición de sumisa podía ser tanto un punto de partida como de regresión. Necesitaba sentirse segura de sus pasos, de sus decisiones y sobre todo al mando de ellas.

—¿Cómo te sientes? —rompió el silencio cuando la notó revolverse otra vez.

—Como un helado derretido —murmuró en somnolienta respuesta.

Sabiendo que debía reforzar sus enseñanzas sobre el protocolo que a menudo tendía a olvidar, le pellizcó el pezón con la dureza justa para espabilarla por completo.

—¿Cómo debes dirigirte a mí?

—¡*Auch*! Mierda… eso no fue divertido… señor.

—No pretendía que lo fuese. —Acarició suavemente la tierna carne que había pellizcado viendo como el pezón

engrosaba de nuevo. Esa pequeña era una cosita receptiva.

La empujó lentamente, obligándola a dejar su regazo y ponerse en pie. Bien, las piernas le respondían.

—Arrodíllate, por favor. —La empujó ahora a ello. La vigiló mientras se dejaba caer al suelo de manera poco graciosa—. ¿Recuerdas cuál es la postura de espera que adoptó la sumisa del Maestro Logan?

Ladeó la cabeza, arrugó la nariz llena de pecas y adoptó lentamente una postura. Bastante bien para ser su primera vez, especialmente dado el hecho de que no le había replicado ni cuestionado sus órdenes.

—Separa un poco los muslos —la instruyó—, espalda recta y mirada baja. Esto es. Esta es la postura correcta.

—Pues no es precisamente…

—Luna.

—…cómoda, señor.

Sacudió la cabeza y se reclinó en el banco para mirarla.

—Tus ojos en mí, mascota.

Levantó la mirada con un ligero ceño.

—¿Es necesario que me llames así, señor? Es… bueno… no me gusta.

La palabra que había estado a punto de saltar de sus labios sin duda sería un sinónimo de «denigrante». Ese intercambio de poder que se llevaba a cabo podía ser difícil de entender para alguien como ella.

La observó en silencio. A juzgar por su manera de hablar, su dicción y los recursos que utilizaba era una mujer culta, posiblemente con carrera universitaria lo que hacía que tuviese problemas para aceptar órdenes. ¿No le había cuestionado acaso desde el primer momento

preguntándole si estaba en el ejército para tener que llamarle señor?

Sí, tenía que ser alguien en un puesto de importancia, con un trabajo en el que ella fuese la que llevaba la batuta.

—¿A qué te dedicas, Luna?

La pregunta la tomó por sorpresa. Al principio pareció dudar, pero finalmente se encogió de hombros como si hubiese llegado a la conclusión de que no había nada malo en decírselo.

—Trabajo en una biblioteca.

Su respuesta lo sorprendió. Sin duda era la última opción que habría esperado escuchar.

—Interesante.

—¿Y tú, señor?

Era una chica curiosa, ¿eh?

—Yo soy el que hace las preguntas, tú la que las responde —le recordó la posición que ocupaba cada uno. Todavía no se había terminado la clase, por lo que ella era su sumisa—. Y todavía no has respondido adecuadamente a la primera.

Enarcó una ceja, obviamente no le había gustado un pelo ese cambio de actitud.

—¿Qué sientes en estos momentos? —la empujó—. Estás de rodillas, medio desnuda, con los pezones duros y rosados.

Su cara fue aumentando de color a medida que hablaba.

—Extraña —replicó. La gatita estaba intentando mantener el tipo—. No es como si todos los días dejo que alguien me ate, me vende los ojos y me haga… esas… cosas…

Las palabras se fueron espaciando, su mirada se volvió retrospectiva y supo el momento exacto en que los hechos acontecidos se hicieron más reales en su mente. Luna empezaba a ser consciente de lo que había ocurrido, luchaba para pactar con ello.

—Dios... eso es precisamente lo que he hecho, ¿no?

Enarcó una ceja recordándole el protocolo a seguir.

—Um... señor —murmuró. Ahora estaba incómoda, consciente de su desnudez, lo que provocó que levantase los brazos.

—Luna, los brazos sobre los muslos, las palmas hacia arriba.

Su orden la sobresaltó y la bibliotecaria volvió a salir a la luz, pasando por encima de la sumisa. Luchaba contra la compulsión de obedecer, su mirada volvió a desviarse.

—Tus ojos en mí. —Imprimió una nueva orden en su voz haciéndola obedecer de inmediato—. Gracias.

Esos bonitos ojos pardos lo miraban llenos de mortificación y un toque de rebeldía.

—Está bien, Luna —la tranquilizó, suavizando ahora el tono sabiendo que lo necesitaba—. Solo piensa en cómo te has sentido, en cómo te ha hecho sentir el estar privada de elecciones, el tener que entregar el control en manos de alguien más.

Abrió la boca y volvió a cerrarla, arrugó una vez más la nariz.

—No sé... yo...

—Cierra los ojos. —Se inclinó hacia ella y le tocó los párpados con los dedos—. Ahora piensa en cómo te has sentido cuando te até. En la cuerda rodeando tus muñecas, en la sensación de las ataduras cuando intentabas separar las manos... ¿Qué sentiste entonces?

La vio temblar, todo su cuerpo se estremeció y tensó al mismo tiempo.

—Enfado.

—Muy bien, estabas enfadada —confirmó sus palabras—. No podías evitar que te tocase y eso te produjo angustia… y también te excitó.

Un nuevo temblor recorrió su cuerpo.

—Y cuando te vendé los ojos, cuando la oscuridad anuló tu visión…

—Miedo —contestó al momento, su cuerpo reaccionó a sus palabras—, dudas… y… ¿expectación?

Le acarició el pelo.

—Lo estás haciendo muy bien —la premió—. Expectación… deseo… te excitabas ante lo desconocido.

Se mordió los labios y esas bonitas mejillas empezaron a enrojecer.

—Te excitó estar atada, te excitaron mis manos sobre ti y el hecho de que no podías hacer otra cosa que recibir —insistió susurrándole ahora al oído—. Tu cuerpo lo deseaba, quería esas atenciones, quería entregarse voluntariamente y dejar de preocuparse por el qué hacer…

Su cuerpo se sacudió, pero fue la forma en que intentó cerrar los muslos lo que le dijo todo lo que necesitaba.

—Esas suelen ser las necesidades de una sumisa —concluyó la explicación—. La necesidad de entregar las decisiones en manos de otras personas, de obedecer y sentirse libre por primera vez.

Abrió los ojos de golpe, su mirada colisionó con la suya y arrugó una vez más la nariz.

—Yo no soy…

Sonrió, le acarició la punta de la nariz y se levantó tendiéndole la mano.

—Es suficiente por hoy. —Decidió dar por terminada la clase, cogió su mano y tiró de ella hasta ponerla en pie—. Ha sido interesarte conocerte, Luna. —Le retuvo la mano y le levantó la barbilla con la otra—. Espero que la clase te haya servido para explorar lo que hay en tu interior.

Dicho eso, indicó el banco.

—Tienes tu ropa ahí mismo —le informó—. Pórtate bien.

Dicho eso, la comprobó una última vez y la dejó. No podía quedarse más tiempo junto a ella, su norma era jugar y marcharse.

.

CAPÍTULO 6

—Luna, Lunita, hora de levantarse.

El canturreo de Cassandra hizo que levantase la manta por encima de la cabeza y gimiese. No quería levantarse, apenas había podido pegar ojo. Cada vez que lo hacía lo veía a él, escuchaba su voz y notaba sus manos. Su fugaz locura la había dejado más confundida que nunca.

—Tengo el día libre —rezongó bajo las sábanas—. He cambiado el turno con Becca.

Sin saber qué iba a encontrarse y siendo una mujer previsora había preferido contar con un día libre después de su aventura; sus instintos no le habían fallado esta vez.

—He traído Donuts para desayunar —ronroneó y lo siguiente que supo es que el colchón se hundía de golpe debajo de ella y tenía a una mona titi sobre ella—. Son de cobertura de fresa con pepitas blancas.

—Eres cruel —gimió. No le quedó otra que asomar la nariz—, sabes que son mis favoritos.

Una enorme y traviesa sonrisa le curvó los labios.

—Y eso que no te he dicho todavía que también los cogí de crema de avellanas y chocolate.

Su estómago protestó en el acto recordándole que anoche no había cenado nada. Deslizó las manos fuera del calor de la cama y empujó lo justo la ropa para sacar los brazos y empezar a sentarse.

—¿Café?

—Moka y nata, como a ti te… —Sus palabras desaparecieron con un jadeo. Antes de que pudiese incorporarse bien, Cass se incorporó de un salto hasta quedar de rodillas y estudiando su muñeca—. La madre que te… ¿Lo has hecho?

Sintió como su cara empezaba a enrojecer. Sus muñecas guardaban todavía las marcas de las cuerdas, tendría que ponerse algo con puños el día de hoy.

—Lo que he hecho es cometer una enorme estupidez —replicó recuperando su mano.

Su hermana de fraternidad arrugó la nariz.

—Ay dios, esto fue por lo de los chupitos, ¿verdad? —Soltó una retahíla de insultos en voz baja—. Llamé de verdad al club para anotarte en el taller de aprendizaje. Oh, joder, ¿por qué no me pegaste con algo en la cabeza?

—Porque las dos estábamos como cubas.

—Ay dios, tenías que habérmelo dicho, habría ido contigo.

—La culpa es toda tuya —le soltó con un resoplido—. Te pasas el día hablando de los beneficios que trae consigo ser una sumisa, de cómo eso ha cambiado tu vida y me desafiaste… ¡Y ya sabes lo bien que llevo yo los desafíos!

—Soy una bocazas, ¿no? —Se mordió el labio inferior. No necesitaba preguntarle para saber que ahora se sentía culpable.

Resopló y le cogió la mano.

—No, hermanita —negó con la cabeza—. Es mi cerebro el que no funciona bien últimamente, prueba de ello es que no aguanté los chupitos y terminé asistiendo al taller.

Suspiró e hizo una mueca.

—Al menos has terminado en el club y no en otro lugar.

Ahora fue ella la que arrugó la nariz.

—¿Qué diferencia habría entre elegir ese lugar u otro? En ambos zurran, amordazan y atan a las mujeres como si fuesen… vaquillas en un rodeo.

Dejó escapar un enorme resoplido.

—No me digas que has estado jugando con el imbécil de Wolf. —Puso los ojos en blanco—. Ese Dom piensa que todas las sumisas son vacas y tiene que echar el lazo.

Sacudió la cabeza.

—Pues no, no le vi echar ningún lazo. —La frenó antes de que empezase alguna nueva cruzada—. De hecho, se limitó más bien a servir de apoyo. La clase fue impartida por el Amo Horus, con la colaboración de una pareja que llevaron a cabo la parte práctica… por decirlo así.

¿Era posible que los ojos de una persona se abriesen todavía más? Cass conseguía ese efecto y era… preocupante.

—Espera, espera, espera… —Se sentó cobre sus talones—. ¿Me estás diciendo que la clase la dio el Amo Horus?

—Básicamente. Ese tal Wolf y Brian solo intervenían para hacer acotaciones.

—Hiperventilando, hiperventilando —jadeó espatarrándose sobre la cama—. Tienes que contármelo todo, con pelos y señales, no te dejes nada.

Gimió, no quería hablar de ello. No cuando unos deliciosos Donuts la esperaban en la cocina.

—No puedes venir aquí, despertarme, decirme que mis adorados donuts y mi café me esperan y querer que te hable del mayor desastre del siglo.

Le dedicó esa mirada que ambas sabían tenía consecuencias; no saldría de esa cama hasta que hablase.

—Habla, Luna Moon o atente a las consecuencias. —Utilizó ese tonito de señorita remilgada.

—Dios, deja de llamarme así.

—Ey, es culpa de tu madre el haberte puesto el mismo nombre en dos idiomas —se justificó.

Sí, su locuaz y un poco excéntrica madre había tenido la genial idea de ponerle el mismo nombre en dos idiomas. Quién viese a la mujer de casi cincuenta y cinco años con un atuendo sacado de la época hippy pensaría que estaba chalada y no que dirigía el Departamento de Literatura Clásica de UCLA.

—Vamos, suéltalo. —Bajó la mirada sobre sus muñecas—. Es obvio que te prestaste a realizar una escena. ¿Cómo te fue? ¿Quién fue tu compañero? ¿Qué te ha parecido la experiencia?

—Cass.

—Venga, cuéntamelo —insistió—. No puedes dejarme así. No necesito detalles escabrosos… bueno, sí los necesito, pero me conformaré con un nombre para empezar.

—¿Qué parte de «fue el mayor desastre del siglo» no has comprendido?

La miró a los ojos y le costó mantener la mirada. Solo le costaba con ella.

—Sabes, la primera vez que decidí coger el toro por los cuernos y me adentré en un club, me temblaban hasta las piernas —le soltó de pronto—. Yo sí me metí en la boca del lobo, me vestí y me fui una noche a un club. Salí mucho más confundida de lo que estaba cuando llegué. Al día siguiente quería darme de cabezazos contra la pared por haber ido, por haber... permitido que descubriesen algo que no sabía que existía dentro de mí, algo que necesitaba...

—Yo no necesito...

—Una no descubre que es una sumisa de la noche a la mañana, pero esa primera escena me ayudó a encontrar mi camino y lo que faltaba en mi vida —concluyó. Era la primera vez que hablaba abiertamente de ello, de esa manera—. Así que, creo que puedo entender, al menos un poquito, cómo te sientes ahora mismo.

Entrecerró los ojos.

—Yo no soy sumisa —siseó enfurruñada. Él había insistido en llamarla así—. Se lo dije al Amo Brian y te lo repito a ti. No soy una sumisa. Tenía curiosidad por probar, lo hice y ahí morirá el asunto. No pienso volver a ese lugar.

O a estar cerca de ese hombre, pensó para sí.

—¿Brian? ¿El Amo «soy tan caliente como el fuego» Fire?

Enarcó una ceja ante semejante apodo.

—Solo sé que tenía que llamarle *señor* o «*Amo Brian*», ignoro lo demás —replicó, hizo a un lado las mantas y se escabulló como pudo—. Y no tengo la menor

intención de… *ouch*… —se llevó las manos a los pechos cuando la tela de la camiseta le rozó los pezones recordándole al momento lo ocurrido la noche anterior.

Cassandra se rio por lo bajo, bajó los pies de la cama y se quedó allí sentada, mirándola.

—Ten cuidado cuando te pongas el sujetador —comentó inocente—. Un poco de aloe también ayuda.

La fulminó con la mirada.

—Me alegra que lo estés pasando tan bien a mi costa.

—Oh, tengo mucho más en mi repertorio —aseguró recorriéndola de la cabeza a los pies con la mirada—. ¿De qué iba la clase? ¿Formas de *bondage*?

—No voy a decir ni una sola palabra.

Hizo un puchero.

—Lunita, ¿sabes lo altamente improbable que es que el Amo Fire elija una sumisa desconocida para una escena? —le soltó—. Por debajo de menos cero.

—El taller estaba lleno de parejas —se justificó—. Yo solo era… alguien que estaba allí sola.

—Pues te has llevado el premio gordo, hermana ΚΨΩ —aseguró con un suspiro—. El Amo Fire no suele jugar con las sumisas a menos que le llamen la atención.

—No soy sumisa… —Se detuvo y frunció el ceño—. ¿Por qué utiliza un sobrenombre? ¿Lo hacen también los demás?

—Es algo común en la comunidad. No todo el mundo acepta de buen grado este tipo de prácticas —aseguró con un ronroneo puramente felino—. Dios, no sé si te envidio o te odio. ¡Has tenido una escena con el Amo Fire!

—¿Es alguna especie de eminencia y no me he enterado?

—Es uno de los propietarios del *Blackish* —le informó al momento—. Y uno de los mejores Doms que he visto actuando desde que llevo en la comunidad —ronroneó otra vez. ¿Se estaba poniendo cachonda pensando en ese hombre? Sacudió la cabeza, sí, con Cass todo era posible—. Oh, lo que daría porque me atase a mí... le dejaría hacer...

—Suficiente. —La cortó de raíz. No quería oírlo. O no, ni un poquito.

—Dime que ha sido un buen amo e hizo que te corrieses.

—¡Cass!

—¿Qué? ¿Qué hay de divertido en jugar si no se obtiene una recompensa? —Se hizo la inocente—. Un buen dominante siempre cuida de la sumisa que tiene a cargo.

—No soy su sumisa... fui... era... lo que sea.

Volvió a mirarla de los pies a la cabeza y chasqueó la lengua.

—Hermanita, si no lo fueses, siquiera un poquitín, el Amo Fire te habría dado un *flogger* y te habría puesto delante de una o uno —aseguró con una pícara sonrisa—, y por supuesto, no te habría atado, jugado con tus pezones y... espero que mucho más.

—Basta. Ni una palabra más. Me esperan unos ricos donuts según creo.

Común a su espontánea forma de actuar, se levantó de golpe y corrió hacia ella, abrazándola.

—El sábado que viene dan una fiesta temática en el club —le dijo—. Es una mascarada. Corsés, máscaras, medias de red, tacones, tangas... ¿Por qué no vienes conmigo?

—Ya te he dicho que no pienso...

La calló poniéndole un dedo sobre los labios.

—No digas tan pronto que no, piénsatelo. —La animó a ello—. Si el próximo sábado sigues pensando lo mismo, no insistiré. Palabra de hermana *Kappa Psi Omega.*

Resopló.

—¿Puedo comerme ya esos malditos donuts? —gimoteó—. Me gustaría empezar con buen pie el día.

—Claro que sí. —La empujó de camino a la cocina—. Y después, ya que tienes libre, nos iremos de compras.

Optó por no contestar a eso, no le serviría de nada protestar, no cuando a Cass se le metía algo entre ceja y ceja. Dejaría que se saliese con la suya y volvería a su rutina habitual, era lo que necesitaba después de la aventura de la noche anterior.

CAPÍTULO 7

—¿Por qué nos toca a nosotros revisar el equipo?

Brian sacó la cabeza del compartimento que estaba revisando en el camión y se encogió de hombros.

—Porque yo le cambié el turno a Markus y tú... imagino que has perdido otra vez al póker con Carlos — aseguró convencido de que ese era el hecho por el que Wolf estuviese ahora allí con él. Los lunes solía cogerlos libres, al igual que él hacía con los martes, día que le tocaba lidiar con la *Crossroad* y con Dani; un día de estos la fogosa secretaria le pediría las pelotas en bandeja—. ¿No te han dicho tus papis que ni juegues con chicos mayores?

—Ja-ja. —Puso los ojos en blanco—. No, papi, se te olvidó mencionarlo en la última reunión del club.

Se rio entre dientes. Esta era gran parte del porqué le gustaba trabajar con esta unidad. Sus compañeros habían llegado a través de la policía, el ejército o unidades especiales, poseían cicatrices iguales o más grandes que las suyas, pero eso no impedía que cumpliesen con sus trabajos mejor que nadie o se apoyasen entre ellos.

—Estaba demasiado ocupado intentando que soltases el látigo—aseguró apoyando el hombro en la carrocería del hombro mientras apoyaba la carpeta del inventario contra la cadera.

—Solo sigo tu ejemplo, papaíto —se burló—. Solo sigo tu ejemplo.

Enarcó una ceja ante su jocosa respuesta y optó por seguir por la misma vía.

—¿Eso quiere decir que te apuntarás al *Challenger* de este año?

Pareció completamente horrorizado.

—¿Y morder el polvo? No, gracias, eso te lo dejo a ti, Jefe Reynols.

Sacudió la cabeza y chasqueó la lengua con gesto afectado.

—¿Vas a dejarnos sin mascota? —Se llevó la mano libre al pecho—. Me rompes el corazón.

—Sobrevivirás. —Puso los ojos en blanco, entonces frunció el ceño—. ¿De verdad estás pensando en el desafío de este año?

—Podría ser.

—¿Y vas a ir tú o ejercerás de inspector capullo y nos enviarás a los demás?

—Estoy pensando seriamente en ejercer de jefe capullo y enviarte a ti.

---

[1] FCS: Desafío anual que atrae a cientos departamentos de incendios municipales de los Estados Unidos y Canadá. Recientemente también se ha extendido a algunos otros países como Nueva Zelanda, Alemania, Argentina o Sudáfrica. El desafío busca realizar las aptitudes de los bomberos y demostrar los rigores de la profesión en público. Para ello se cuenta con una serie de pruebas que simulan las exigencias físicas a los que se ven sometidos los bomberos en la vida real, así como las diferentes situaciones a las que deben enfrentarse.

—Ja-ja. Solo si tú me acompañas —le soltó—. Si quieres que mordamos el polvo, al menos ten la decencia de probar el suelo con nosotros. Todavía me escuecen los huevos por el tercer puesto del año pasado.

Se rio entre dientes.

—Tranquilo, Wolf, este año ganaréis el *Firefighter Combat Challenge*[1]. López quiere la revancha después de lo del año pasado —aseguró. El bombero hispano parecía un toro más que un hombre y en el anterior Desafío había estado a punto de romperle la escalera en la cabeza a uno de los de Rescate de Canadá—. Y yo también.

—Eres un sádico.

Enarcó una ceja y sonrió secretamente.

—No, ni de lejos —respondió. Terminó de comprobar el inventario y cerró las portezuelas de la zona que había estado mirando—. Solo quiero la revancha.

Su departamento había quedado como tercer finalista el año pasado y estaba dispuesto a volver a intentarlo este año, si los chicos colaboraban.

—¿En el *FCS* en Virginia Beach de Mayo?

Sonrió ampliamente.

—Ya veo que lo captas a la primera.

Sí. Lo hacía. Al igual que a él mismo, a pesar de sus quejas, a Wolf también le gustaba competir y el tercer puesto del año pasado les había escocido un poco.

—Lo que yo te diga, un sádico —aseguró cruzándose de brazos—, lo cual encaja perfectamente con la sed de revancha que guardan algunos del año pasado. Dejaré que seas quién haga los honores. Avísame cuando pongas el aviso en el tablón. Voy a grabarlo en vídeo. Quedará para la posteridad.

Sacudió la cabeza, le entregó la tableta con las hojas del inventario y señaló el otro lado del parque con un gesto de la barbilla.

—Termina con eso hoy, te he dejado lo más divertido para ti.

Le enseñó el dedo corazón al tiempo que cogía los papeles y dio media vuelta para continuar con la jornada. Él estaba a punto de hacer lo mismo, tenía un montón de papeles encima del escritorio, un par de inspecciones que firmar y enviar, pero no llegó a cruzar siquiera el umbral de la puerta cuando lo interceptaron.

—Reynols, te buscan —le informó uno de los veteranos—. A ver si dejan de visitarte, esto empieza a parecerse a una pasarela de modas más que un parque de bomberos.

Enarcó una ceja ante el jocoso tono.

—¿Ha venido a verme alguna de mis siete novias? —le soltó.

—No, ha venido a verte tu novio —le soltó antes de dar media vuelta y perderse en el interior del edificio—, está en tu oficina.

—¿Le has ofrecido café, Lincoln?

—Que te follen, jefe —declaró enseñándole también el dedo corazón por encima del hombro.

Sus hombres estaban hoy de un maravilloso humor, a juzgar por sus respuestas. No dejaba de ser curioso que aceptasen sus órdenes, especialmente los más veteranos. No debía ser fácil ser mangoneado por alguien más joven. Si estaba hoy allí, en el puesto en el que estaba, era gracias a que su niña no le había permitido reunirse con su familia.

Haciendo a un lado los recuerdos, atravesó las instalaciones del parque de bomberos y subió las escaleras de dos en dos hasta su oficina.

—No me digas que habéis incendiado la *Crossroad*.

Jax estaba de pie al lado de la única ventana del pequeño cuarto y curvó ligeramente los labios en una especie de irónica sonrisa.

—Admito que estoy deseando verte en ese camión con las sirenas a todo trapo, pero no —negó con el mismo tono de siempre—. Danielle no ha llegado todavía al extremo de querer quemar el culo de Trey, aunque la idea seguro que le parecería tentadora de no ser porque quemaría también el de Garret en el proceso.

Sacudió la cabeza.

—Esa mujer da miedo —aseguró convencido de ello—. Por más que he intentado hacer las paces con ella, me fulmina con la mirada o amenaza con envenenarme mientras no mire.

Su compañero dejó escapar una divertida carcajada.

—Sí, esa es nuestra Dani —asintió—. Quizás deberías decirle que se te da igual de bien que a ella empuñar el látigo o incluso mejor.

—Ya tiene suficiente con Camden —aceptó recordando cómo la chica solía pegar su espalda y trasero a las paredes cuando el Dom estaba a su alrededor. Si llegase a saber que él era quién había instruido a Cam, le daría un ataque. Por ahora, su conocimiento sobre él se limitaba a saber que trabajaba como inspector de incendios y que era copropietario del *Blackish*. No ignoraba que era un Dom, pero no parecía preocuparle tanto su presencia como la del chef.

Le gustaba Danielle. Era una mujer con un pasado difícil, oscuro, con sus propios demonios y, a pesar de ello, había salido adelante. Era lo bastante fuerte como para enfrentarse a los cinco socios y mantener siempre la cabeza alta, llevar la oficina con impecable profesionalidad y ordenar sus agendas fuera de la compañía. No le costaba admitir que gracias a ella había podido repartir mejor su trabajo.

—Bueno, si la *Crossroad* sigue de una pieza, ¿qué te ha traído por aquí? —preguntó—. Mañana tengo turno en la compañía.

Los ojos oscuros del hombre se posaron en los suyos, la simpatía desapareció de su rostro y la melancolía tomó el relevo.

—Necesito pedirte un favor.

Sus palabras lo noquearon. Jax nunca pedía favores, jamás. Desde que lo conocía, solo había existido un momento en el que les había pedido algo y había sido acondicionar el *Purgatorio*. De un modo profundo, oscuro y extraño, el hombre se parecía bastante a su mentora, quizá se debiese a que él había vivido gran parte de su vida con ella.

—Lo que necesites.

El hombre medio sonrió.

—No aceptes todavía hasta saber exactamente qué es lo que voy a pedirte, Brian —le sugirió—. Estoy a punto de dejar caer el infierno sobre ti.

Frunció el ceño.

—¿De qué...?

—Necesito que vengas conmigo a la *Crossroad Manor*.

Si le hubiese abofeteado o golpeado con una bombona de oxígeno en la cabeza no había quedado más sorprendido que con esa petición.

LA TRAVIESA ALUMNA DEL MAESTRO

CAPÍTULO 8

«Bienvenido a casa, Bri».

Su voz parecía resonar en las paredes del solitario mausoleo, era como volver al pasado, al muchacho que había sido una vez, al joven solo y abandonado que había perdido a los que más quería a causa de su egoísmo.

Ella lo había arrancado de la oscuridad, lo había sacado de la miseria en la que se había convertido su vida y le había dado un motivo para vivir. Una familia igual de oscura y herida, un apoyo que hizo que ambos pudiesen sanarse unos a otros.

Recorrió la entrada principal con la mirada, podía escuchar su voz, recordar cada uno de los muebles que una vez la adornaron y que ahora formaban parte del Purgatorio.

«Bri. Qué bien que hayas venido de visita, tenía ganas de verte».

Se movió por instinto llevado por los recuerdos, esperando verla como tantas otras veces apoyada en la barandilla de la planta superior, con una amplia sonrisa en sus labios. Su pelo rubio blanquecino atado en cintas de

colores, el vaporoso vestido veraniego envolviendo sus delicadas curvas; su pequeña hada de luz.

Había sido de estatura baja, de cuerpo frágil y carácter afable. Unos enormes ojos color café tan oscuros que en ocasiones parecían negros se calentaban siempre que se posaban en él. Mirada tierna, luminosa, carente del dolor que en realidad llevaba dentro, uno que se había reservado para ella misma hasta que ya no le fue posible ocultar su enfermedad.

Maldita *ELA*[2]. Esa condenada enfermedad se había saltado las estadísticas envolviéndola en su abrazo demasiado joven, robándole poco a poco la vida y la movilidad hasta arrebatársela por completo. ¿Cómo no se había dado cuenta antes? Esa era una pregunta que se había hecho muy a menudo, que lo había llevado a odiarse a sí mismo y a todo aquello que lo rodeaba. ¿Por qué nadie lo había notado? ¿Por qué había permitido que ellos siguiesen adelante con su vida cuando la suya estaba terminando?

Ágata había luchado a solas, recluyéndose en lo más crudo de su enfermedad hasta que ya no tuvo manera de ocultarla por más tiempo y entonces el mundo de cada uno de ellos se hizo de nuevo pedazos. ¿Cómo podías vivir sin corazón? ¿Sin alma? ¿Cómo podías quedarte de brazos cruzados mientras una maldita enfermedad consumía y se llevaba a la mujer que te había salvado la vida?

Solo había existido una persona que había sido consciente de su enfermedad desde el principio, la única que guardó el secreto y que consiguió unirlos incluso tras

---

[2] Esclerosis lateral Amiotrofia.

su partida. Él había estado a su lado desde su más tierna juventud, habían crecido juntos, como hermanos sin serlo. Jax la había cuidado con dedicación, apoyándola y guardando el celoso secreto que se llevaba su vida hasta que ya no pudo ocultarlo más.

—Todavía puede sentirse su presencia.

Las palabras de su amigo resonaron en el estricto silencio haciéndole consciente de su presencia.

—Como si estuviese a punto de aparecer por el pasillo y fuese a descender las escaleras de un momento a otro —murmuró levantando la mirada hacia ese punto en concreto—. Jax... esto es el jodido infierno.

Notó su mano sobre el hombro y eso contribuyó a anclarlo un poco al presente.

—Ya te lo dije.

Volver allí después de tantos años era como clavarse a sí mismo una daga en el corazón; no sabía cómo el hombre lo soportaba. Los cinco habían renunciado a su parte de la casa y se la habían cedido, ninguno soportaría estar entre estas cuatro paredes sin ella y no tenían corazón para venderla. Jax tampoco, pero se había hecho cargo del edificio y con el tiempo había extrapolado parte de él al Purgatorio en forma de muebles y cuadros que les recordaba el lugar de dónde venían sin acecharlos como hacía esta casa.

—El Purgatorio en la tierra —murmuró él—. Este fue mi hogar durante la mayor parte de mi vida y soy incapaz de pasar en él más que unos pocos minutos. Los recuerdos, el pasado... a veces se confunde con el presente. Por eso te pedí este favor incluso sabiendo lo duro que tiene que ser para ti volver después de tanto tiempo.

La última vez que había estado en esa casa había sido para despedirse de ella. Tras el funeral había cogido la bolsa que ya tenía preparada y se había marchado sin mirar siquiera atrás, necesitando ese espacio, ese tiempo de duelo a solas.

—No... —respiró profundamente. Le temblaba la voz, no podía permitir tal cosa, necesitaba recuperar el control, ser él quien mandase por encima de todo—. No he vuelto a pisar este lugar desde que ella se fue.

Podía sentir como la piel se le ponía de gallina, pero no dejó que sus emociones se mostrasen en su rostro.

—Bien, será mejor que lo hagamos cuanto antes —declaró tomando el mando—. ¿Qué muebles hay que recuperar?

Jax dio un paso hacia delante, su semblante también mudó a una estoica expresión indescifrable, el hombre tenía un equipaje sin duda mayor que el suyo a hombros.

—La biblioteca. —Indicó con un gesto hacia las escaleras—. El diván azul y las dos estanterías de cedro.

Tragó de manera imperceptible y se obligó a dar un paso, luego otro, cada uno de ellos acercándole un poco más al pasado.

Esa habitación había sido su favorita, se había pasado infinidad de tiempo sentada en uno de los sillones, con un libro en el regazo mientras leía bajo la luz de la lámpara. El diván solo lo usaban ellos cuando le hacían compañía.

«Ah, Bri, iba a la biblioteca a leer un rato, pero ya que estás aquí, me encantará cambiar los planes, ¿me acompañas y charlamos?

Su voz resonó en sus oídos incluso cuando subía la escalera, recordando la inflexión en su voz, la diversión

bailando en sus ojos. Era la única que le llamaba así «*Bra-i*», acortando su nombre hasta convertirlo en un suave susurro.

Ella siempre los hacía hablar, tenía ese don especial para tirarles de la lengua y que saliesen todas las preocupaciones y la oscuridad que habitaba en su interior. En ocasiones, Garret se había reído diciéndole que se sentía como en una consulta del psiquiatra, solo que con un ángel por doctora.

Dios. El violinista casi se había muerto con ella, había sido un milagro que no la siguiese, uno que vino bajo la dirección de su alter ego, Trey. Ellos eran los que estaban más unidos, le constaba que se amaban, lo que hizo si cabía mucho más difícil su partida. El chico no había dejado su lado desde el momento en que se descubrió su enfermedad. Él la había acompañado en cada momento del día a pesar de sus protestas, dejándola únicamente cuando el cansancio extremo la hacía llorar de impotencia. Había sido duro, muy duro para todos.

Afortunadamente, Garret había salido adelante y su corazón empezaba a latir de nuevo gracias a una intrigante y fogosa secretaria que los traía a todos locos. Danielle había conseguido en el año y medio que llevaba en la *Crossroad* arrancarle de ese hoyo de aflicción y culpabilidad devolviéndole a la vida. Dos almas oscuras, con un pasado cargado de pecados que habían encontrado el uno en el otro la redención.

El pensar en su compañero y en la secretaria trajo un inesperado recuerdo nada lejano, la suavidad de unos pechos, el dulce gemido de una boca y un delicioso sabor que lo devolvió al presente.

—Luna.

El nombre trajo consigo una mirada inteligente y desconfiada de color pardo, una nariz salpicada de pecas y ese pelo negro con mechas azules que había captado su atención al otro lado de la sala. Su aroma a manzana ácida, su ingenuidad y natural desconfianza y falta de experiencia había sido como un lienzo en blanco que poder moldear. Era una dulce mujer dando sus primeros y tentativos pasos en un mundo que le era desconocido y sin embargo despertaba algo en su interior.

—¿Brian?

La voz de su acompañante lo llevó a levantar la mirada y encontrarle ya en la puerta que llevaba a la biblioteca. Había recorrido gran parte de la casa sin ser consciente de ello.

—¿Va todo bien?

Sacudió la cabeza y pasó ante él, sintiendo el inmediato impacto de la habitación. El aspecto fantasmagórico que le daban las sábanas que cubrían los muebles, la ausencia de cuadros, algunos de los cuales estaban en la *Crossroad*, lo hicieron colisionar una vez más con su pasado. El diván estaba en el mismo lugar de siempre, el sillón de Ágata y la lámpara que encendía para leer también. El estómago le dio un vuelco y tuvo que hacer un verdadero esfuerzo para no dar media vuelta y salir corriendo.

—Acabemos con esto de una vez —ordenó. Una motivación dedicada más a sí mismo que a Jax.

El hombre entró tras él y se pusieron manos a la obra.

Jax sabía que visitar su antiguo hogar era azuzar a los fantasmas, pero tenía que hacerlo, necesitaba terminar con la última de las habitaciones y Brian le había parecido la opción adecuada para ello. Él no solo poseía el músculo, sino la fortaleza mental que para enfrentarse a esa casa y al pasado que encerraba.

«*Nunca te equivocas, ¿verdad, cariño?*».

Ágata siempre había tenido ese sexto sentido, sabía cuándo alguien necesitaba ayuda y no dudaba en brindársela. Era como si viese algo que otros no veían, pero jamás comprendió el motivo y ella no se lo reveló.

«*No dejes que se separen, Jax. Cuando me haya ido cuida de ellos y mantenlos juntos. Déjalos que lloren, entonces, que sigan adelante con sus vidas*».

El recuerdo estaba impreso a fuego en su mente. Sus palabras resonando en sus oídos como si hubiesen sido pronunciadas ahora en voz alta por ella. Acababan de recibir los resultados médicos y se había confirmado lo que tanto había temido.

—Tienes que decirles la verdad, Agie. —Había cerrado la puerta tras él al entrar en la biblioteca, los chicos habían estado fuera, ocupándose de sus respectivas cosas. Camden acababa de casarse, Garret tenía un ensayo general y tanto Logan como Mich estaban en sus respectivas oficinas. Sus chicos, como ella los llamaba, empezaban a salir adelante después de que los hubiese encontrado y devuelto la luz que habían perdido—. No es algo que puedas ocultar.

—Lo haré —declaró categórica. No dejaba de sorprenderle lo luchadora que era esa criatura con tan solo veintitrés años—. Nadie sabrá nada de esto, lo

ocultaré tanto tiempo como me sea posible. Ellos deben vivir sus vidas, Jax, no llorar la mía.

Apretó los dientes pensando en lo que quedaba por delante, en lo que le habían dicho los médicos mientras ella se vestía.

—No puedes hacerle esto a Garret —insistió. Del quinteto, él era el más cercano a su niña, el que poseía no solo su corazón sino su alma.

—Él menos que nadie, Jax. —Sus ojos color café se encontraron con los suyos llenos de dolor—. No puedo arrebatarle todo lo que le he dado, no puedo ver cómo se apaga de nuevo… no… no le haré eso. Yo… estaré bien. Sé lo que debo hacer y lo haré.

—Ágata…

—No dejes que se separen, Jax —suplicó buscando sus manos, aferrando sus delicados dedos a ellas—. Cuando me haya ido cuida de ellos y mantenlos juntos. Déjalos que lloren, entonces, que sigan su camino.

Miró a Brian, el bombero intentaba mantenerse entero pero la casa podía con él, podía con todos. Lo vio en sus ojos nada más traspasar el umbral, vio la lucha interna, el dolor y la necesidad de luchar contra el pasado… y entonces había pronunciado un nombre: Luna.

Había sido como si saliese de un trance inducido, una sacudida que lo había devuelto al presente con la fuerza de un cañonazo.

¿Quién era Luna?

Ciertamente no era ninguna de las cabezas huecas con las que solía relacionarse, no era la tonta sin cerebro que se había postrado a sus pies como una buena esclava y a la que había terminado liberando. La manera en que ese nombre había emergido lo había sorprendido incluso a

él. Eso decía mucho viniendo de ese muchacho. El más joven de los socios en edad, poseía un alma tan torturada como la de los demás y quizá, fuese uno de los más cercanos a su propio corazón.

Brian había llegado a ellos después de perder a su familia en un incendio cuya investigación había sido inconclusa. Se habían barajado varias posibilidades, pero ninguna parecía encajar en la forma dantesca en la que se habían producido los hechos. Eso fue lo que lo había llevado a convertirse en inspector de incendios, lo que le hacía enfrentarse a las más horribles imágenes y al peligro día sí y día también.

Pero el hombre que estaba ante él ya no era el muchacho perdido que había traído Ágata, era un adulto que había escogido un camino en el que nadie pudiese hacerle daño, dónde él sería el único que mantendría el poder de decisión; el *Blackish* era un fiel reflejo del Dom que había nacido del fuego.

Pasaron la siguiente media hora haciendo viajes al piso de arriba y recogiendo de la biblioteca aquellos muebles que tenía en mente para acondicionar la habitación. El Purgatorio necesitaba esa nueva sala, la última que crearía y que esperaba cerrase por fin el círculo.

—Diablos, Jax, la próxima vez contrata algunos hombres si tienes intenciones de hacer una mudanza.

—Los muebles también son para ti, así que es justo que arrimes el hombro —le soltó—. Y en la *Crossroad* ya encontraré a alguien que se encargue de bajarlos y trasladarlos.

—Hoy está Camden de guardia, le va a hacer la misma gracia que a mí —replicó con un mohín—. ¿Dónde diablos piensas meterlos? ¿En las oficinas?

—¿Y que cualquiera siente sus posaderas en unos muebles que valen una fortuna? —chasqueó la lengua—. Ni en broma. Irán para la nueva estancia del *Purgatorio*.

Frunció el ceño y se apoyó en la parte de atrás de la furgoneta que había alquilado para el momento.

—¿Qué nueva estancia?

—Una cuyas puertas se abrirán cuando esté terminada —declaró sin más—. Considéralo vuestra nueva biblioteca/salón de té.

—Salón de té —repitió visiblemente irónico—. Sí, puedo vernos a todos levantando el meñique y...

Sacudió la cabeza y lo cortó de raíz.

—¿Quién es Luna?

La manera en que perdió ese borde irónico y adoptó una expresión más estoica hablaba por sí sola.

—Nadie.

Enarcó una ceja y esperó. Ambos sabían que él podía ser el Amo, pero en cuestiones de tocar las narices, no había quién le ganase.

—¿Nunca has oído eso de que la curiosidad mató al gato?

—Este gato es lo suficiente viejo para haber reforzado sus siete vidas.

Los labios masculinos se curvaron ligeramente.

—Eso no lo discutiré.

—¿Y bien? —Se cruzó de brazos, señal inequívoca de que no tenía ninguna prisa por irse—. ¿Quién tiene un nombre tan poético?

—Una sumisa —declaró encogiéndose de hombros—. Una alumna del último taller.

—Bueno, tengo entendido de que eso es precisamente lo que suele encontrarse en tu club, ¿o has cambiado las normas?

—Por regla general, al *Blackish* suele asistir gente que está dentro de la comunidad o sabe dónde se está metiendo.

Y eso era sin duda interesante.

—¿Y ella no juega en tu liga?

Sus ojos se encontraron. Brian sabía que lo estaba empujando y no estaba dispuesto a seguir caminando.

—No hagas conjeturas, Jax, no estoy interesado en otra sumisa o esclava que adiestrar. He tenido más que suficiente con la última.

No le cabía duda de que sería así, pero al mismo tiempo esa tal Luna parecía haber dejado una huella que no se esperaba, una intranquilidad, esa era la palabra, que tenía a Brian totalmente descolocado.

—En ese caso tendrás que encontrar a alguien que sea mucho más que eso —argumentó—. Quizás esa Luna tuya, sea la respuesta.

—Concéntrate en conducir y llegar de una pieza a la compañía, viejo. —Era una despedida en toda regla—. Tengo que volver al departamento.

Sonrió para sí. A veces resultaba tan fácil sacarles de quicio.

—Gracias por el favor.

Sacudió la cabeza y miró de nuevo hacia la casa con una extraña mirada.

—No me las des —negó en voz baja—. Ambos sabemos que ella quería que volviese.

Sin más, le palmeó el hombro y se alejó de vuelta a su coche. Había cosas que sencillamente nunca tendrían explicación y la certeza de sus palabras, era una de ellas.

CAPÍTULO 9

Luna empezaba a pensar que su semana iba en descenso hacia el infierno y sin frenos. Era la única manera que explicase que ese maldito jueves se hubiese producido un cortocircuito en el área de la biblioteca que estaban remodelando y que hubiesen saltado las alarmas de incendios. El servicio de aspersores había funcionado al momento, sí, pero no había incendio alguno que sofocar, en cambio sí la dejó hecha una sopa. Dado que el edificio tenía que cumplir una serie de normativas debido a su antigüedad y ocupación, el jefe de área había aparecido con el inspector de incendios encargado de comprobar y dar luz verde a las nuevas medidas hacía un par de meses. Así que, a dicha inesperada ducha, se le sumaba ahora el último hombre con el que querría encontrarse.

Miró al suelo rogando que la tierra se abriese, pero las malditas baldosas permanecían en su sitio y el enorme bombero también.

—Doctora Coulter, este es el inspector encargado de la revisión de nuestro sistema contra incendios, el Jefe Bryan Reynols. —Se lo presentó—. Jefe, la Doctora es

nuestra analista documental del Departamento de Documentación y Clasificación. La doctora estaba en la sala cuando los sistemas empezaron a fallar.

Se obligó a mantener la mirada sobre él y conservar un tono profesional. Enderezó la espalda y le tendió la mano.

—Jefe Reynols. —Le sostuvo la mirada sin vacilar, retándole—. Todo lo que puedo decirle es que me pareció escuchar una serie de chispazos antes de que las luces empezaran a actuar de modo extraño. Acto seguido, la alarma de incendios se activó y los aspersores se activaron solos.

Sus ojos se arrugaron ligeramente en la comisura cuando correspondió a su educado saludo con un apretón de manos.

—Doctora. —Arrastró el título a propósito, sus ojos clavados en los suyos antes de deslizarse discretamente sobre ella—. Parece que la ha pillado la lluvia.

Retiró la mano tan pronto se la soltó y tuvo que luchar contra el impulso de frotársela contra la empapada falda. Apenas había tenido tiempo de quitarse la chaqueta y las medias, ponerlas a secar encima del radiador y enviarle un mensaje a Cassandra pidiéndole que le trajese ropa seca, cuando el jefe de sección apareció por su puerta con ese hombre.

—Como ya dije, el sistema de aspersión saltó de repente —contestó de manera seca. Y la había pillado a ella de lleno—. Pero no hubo humo o llamas que lo activasen.

—Los aspersores están configurados de modo que se activen ante una fuente de calor elevada o la detección de humo —le informó sin levantar siquiera la voz. Utilizaba un

tono neutro y lineal que le resultaba suficiente—. Si no se ha dado ninguno de esos casos y el sistema actuó igualmente, algo ha fallado. Habrá que comprobar todos los circuitos y las alarmas de esta ala del edificio.

Le siguió con la mirada mientras examinaba con ojo crítico su oficina, tuvo que apretar los dientes para no soltar un bufido o decirle que el lugar del accidente no era ese. ¿Por qué había tenido que ser precisamente él? Ese hombre estaba vestido de pies a cabeza como un jodido bombero fuera de servicio, los parches en su chaqueta con el rango y el nombre de su unidad lo hicieron siquiera más real. Brian Reynols, Jefe.

—Necesito saber que el seguro cubrirá los daños —observó su jefe al tiempo que miraba ya el reloj. Este hombre siempre hacía igual, no entendía cómo podía mantener el cargo cuando pasaba más tiempo fuera de la Biblioteca Nacional que dentro—. Doctora Coulter, facilítele toda la información o el acceso que sea necesario para su tarea. Inspector, le dejo en manos competentes.

Maldito capullo, pensó para sus adentros. ¿No tendrían la suerte de que lo despidiesen un día de estos? Temiendo partirse algún diente por la fuerza con la que los apretaba, se obligó a relajar la mandíbula y concentrarse en la nueva tarea que tenía entre manos.

—Gracias —asintió y ambos se quedaron mirándole durante unos instantes hasta verlo desaparecer por la puerta.

Arrugó la nariz y contuvo un estremecimiento. Estaba empapada y todo lo que había podido conseguir era la maldita toalla que tenía en un rincón de su oficina para las emergencias. Se había secado con ella el pelo, pero no había podido utilizarla para nada más que cubrirse

los hombros y el sujetador que transparentaba la maldita blusa mojada.

Su idea había sido encerrarse en la oficina y ponerla a secar sobre el radiador hasta que llegase Cass con los refuerzos, pero el imbécil de su jefe se había presentado entonces con él.

—Si me acompaña, le indicaré dónde escuché los... los... chis... —Tuvo que detenerse para estornudad—. Perdón. Chispazos.

Dio un paso adelante solo para verse interceptada por su cuerpo. No hizo otra cosa que dar un paso a la izquierda, interponiéndose en su camino, pero resultó efectivo.

—Lo primero que harás es ponerte ropa seca. —La detuvo en seco con su voz, tuteándola, reconociéndola—. Estás empapada.

La forma en que le hablaba, como si fuese el dueño del mundo le crispó los nervios. Abrió la boca dispuesta a replicar, pero todo lo que pudo hacer fue volver a estornudar.

—Ahora, *mascota*.

Su voz le provocó un escalofrío o quizá fuese causado por la humedad de su ropa. Fuese lo que fuese no le gustó, no le gustaba estar tan cerca de él, como tampoco le gustó ni un pelo el calor que empezó a sentir en las mejillas bajo su firme escrutinio.

Enderezó la espalda y levantó con terquedad la barbilla.

—Ahora está usted en mi territorio, Jefe Reynols. —Hizo hincapié en el título que proclamaba su chaqueta—. Y el término que busca es *«Doctora»*. Ahora, si me

acompaña, le indicaré el segmento que falló y podrá hacer su trabajo.

Satisfecha con el tono impreso en su voz, dio un paso a la derecha con total intención de evitarle y salir de la habitación, pero un duro brazo le rodeó la cintura impidiéndole continuar. El cambio en su postura y su tamaño la intimidó.

—Ropa seca —repitió clavando su mirada en ella—. Ahora, Luna.

Su cercanía la hizo dar un paso atrás, buscando mantener las distancias y recuperar el terreno perdido, pero él no cedió manteniéndola atrapada. Ese hombre parecía engullirlo todo, su presencia empequeñecía la ya de por sí reducida oficina.

—Es absurdo que pilles un resfriado solo por llevarme la contraria —insistió imprimiendo en su voz ese tono que hacía que todas sus terminaciones nerviosas se pusiesen de punta—. Estás temblando de frío, —señaló lo obvio y bajó de nuevo su mirada sobre ella—, calada hasta los huesos. Deja de comportarte como una niña consentida y ponte algo seco. El circuito no se moverá de dónde está, podrá esperar unos minutos más.

Se estremeció como si su cuerpo quisiera darle la razón y eso la cabreó incluso más.

—Quítame las manos de encima —siseó, tensándose todavía más, tirando para liberarse, sus ojos clavados en los suyos, pero él no cedió ni un solo milímetro. Le sostuvo la mirada y llegó incluso a parecerle verle sonreír.

—Eres una sumisa muy terca.

La palabra, incluso pronunciada en voz baja, la hizo saltar. Cerró las manos alrededor de su brazo y le clavó los dedos en un intento por soltarse.

—No soy una…

—Luna, estate quieta o vas a terminar lastimándote y entonces sí que tendremos una larga conversación —declaró muy tranquilo al tiempo que aflojaba su agarre, permitiéndole salirse de él.

Trastabilló al verse por fin suelta y echarse hacia atrás.

—Vuelve a ponerme las manos encima y te denuncio —lo amenazó.

¿Cómo se atrevía a tratarla de esa manera? ¿A tocarla sin su permiso? Peor aún, ¿por qué demonios no podía dejar de temblar después de que él la tocase? ¿Por qué sentía un cosquilleo allí donde habían estado sus manos? Un cosquilleo nada desagradable.

Se limitó a sostenerle la mirada durante unos breves instantes, sus ojos parecieron oscurecerse y volvió a dar otro paso atrás. Maldita sea, jamás había permitido que ningún hombre la intimidase y por dios que él no sería el primero.

—No estamos en tu club, no soy tu puta y…

—¿En tan poca estima te tienes? —la interrumpió—. Quizá esté equivocado, pero no recuerdo haberte insultado, ni haber pagado por tu tiempo, me he limitado a dar una clase del taller que imparto junto con mi socio y al que tú asististe, añado, además, por voluntad propia.

Se tensó como una cuerda.

—No voy a atacarte ni saltar sobre ti, Doctora. —Pronunció su título con suavidad, una caricia que volvió a estremecerla—. Pero no sería un hombre si permitiese que una mujer, mojada de pies a cabeza, siguiese temblando de frío solo por cabezonería.

—No es cabezonería —replicó al momento.

Su mirada se dirigió hacia el radiador y lo señaló con un gesto de la barbilla.

—No tienes ropa para cambiarte. —Llegó él solito a la conclusión.

—Muy perspicaz.

¿Qué demonios estaba haciendo? ¿Por qué se irritaba tanto con él?

Profesionalidad, Luna, tienes que volver al modo profesional. Esto se te está yendo de las manos.

—Mire, Jefe Reynols...

—Quítate la blusa.

La inesperada orden cortó su discurso al momento dejándola nuevamente pasmada.

—¿Perdona?

—No, Luna, no te perdono —negó él con total tranquilidad. Entonces se bajó la cremallera de su chaqueta y se la quitó quedándose en camiseta—. Quítate la blusa y ponla sobre el radiador. Después ponte mi chaqueta.

Su primer instinto fue replicar, como no.

—No puedes...

—Tengo trabajo que hacer, *mascota*, no puedo pasarme toda la mañana jugando contigo —le espetó.

—¿Jugando? ¡Jugando!

—Luna.

La forma en que pronunciaba su nombre, la fuerza con que lo hacía siempre la dejaba sin palabras, en muerte súbita y con el corazón a mil.

—O te desnudas tú o te desnudo yo, pero si te veo temblar una sola vez más, vas a entrar en calor, pero no de una forma que encuentres placentera.

Le tendió la chaqueta, mantuvo el brazo extendido con la prenda en la mano en espera de que optase por la opción libre. *Maldito hombre*, farfulló interiormente antes de coger la prenda de un tirón y fulminarle en el proceso con la mirada.

—Dese la vuelta.

Tenía que mantenerse en el terreno profesional, actuar en consecuencia y no enrabietarse como una niña pequeña.

—No. —Su negativa fue como una bofetada. Levantó la mirada de nuevo y se encontró con la suya y su semblante serio—. Quítate la blusa y ponte la chaqueta. Ya.

Entrecerró los ojos, si pudiese lanzarle algo a la cabeza lo haría, por dios que lo haría, pero eso no sería profesional.

Respiró profundamente y optó por seguir su plan original; profesionalidad. Le dio la espalda, dejó la chaqueta sobre la silla de su escritorio y se quitó la blusa, poniéndola a continuación sobre el radiador. Cuando se puso la chaqueta sentía que la cara le ardía, pero tenía la satisfacción de no haber dado muestra alguna de la incomodidad y la rabia que bullía en su interior.

El calor y el aroma de la nueva prenda la engulló al momento, le quedaba grande, grandísima en realidad, pero eso no quitaba que se sintiese bien. Por primera vez desde que empezó ese tira y afloja entre los dos se dio cuenta de que había estado realmente helada, tiritando.

Soy una mujer adulta, inteligente y educada, así que, actuaré como tal.

Se dio la vuelta y lo miró.

—Gracias por la chaqueta.

Su expresión pareció ablandarse un poco, asintió con la cabeza en reconocimiento y, tras hacerse a un lado para dejarle paso, se metió las manos en los bolsillos del pantalón.

—La sigo, Doctora.

Con toda la dignidad que podía encontrar con su actual aspecto, pasó ante él y lo condujo hacia la zona afectada. Ya era hora de que se pusiese a hacer su trabajo, con suerte terminaría pronto y podría deshacerse de él.

CAPÍTULO 10

Se la engullía su chaqueta, pensó Brian. Hacía que pareciese más pequeña, pero no más frágil. Caminaba erguida, con seguridad y una abierta irritación hacia él. Sus ojos habían hablado por sí solos nada más verle, el reconocimiento inundó su mirada, puso color en sus mejillas y le arrebató el aliento. Llevaba la melena suelta entre los que destacaban los mechones azules y le acariciaban los hombros rozándole la zona superior de los pechos o, como ahora, la zona reforzada de los hombros de su chaqueta.

Parecía una niña con la prenda de su hermano mayor, solo que él no tenía hermanas y, desde luego, apreciaba esos pechos y la dulce y blanca piel de sus piernas de una manera nada fraternal. No había podido evitar preguntarse cómo se vería con sus marcas en la espalda, sobre su trasero, las líneas de su posesión destacando sobre la blanca piel, pero el pensamiento murió tan rápido como había sido creado; ella no era suya.

Verla allí había sido una inesperada sorpresa. Una Analista Documental, sin duda con Doctorado de Bibliotecología y Documentación. La pequeña sumisa era toda una caja de sorpresas. Había pensado que trabajaría

como bibliotecaria dada su respuesta en el club, pero la inteligente gatita no solo era Doctora, sino que trabajaba en la Biblioteca Pública de Nueva York.

La siguió disfrutando de la forma en que se movían esas piernas, porque el culo lo tenía oculto por su chaqueta. Le habría gustado ordenarle que se desvistiese completamente, envolverla en su chaqueta y después follársela sobre la mesa de su despacho… Demonios, estaba teniendo verdaderos problemas para mantener a raya su imaginación.

La había visto temblar como una hoja a pesar de su obcecación, con la toalla más húmeda que seca alrededor de los hombros en un intento por cubrir la transparencia de la blusa. La chaqueta y medias habían ido a parar sobre el radiador en un intento por secarse, el único signo de desorden en un pulcro despacho. Sin duda habría cerrado la puerta por dentro y bajado todas las persianas para desnudarse y secar su ropa si su jefe no la hubiese escogido para que hiciese su propio trabajo.

El olor a quemado le picó al momento en la nariz. La idea del cortocircuito parecía no ir demasiado desencaminada. Miró a su alrededor e hizo una mueca, el agua de los aspersores había inundado el suelo convirtiendo la sala en una piscina cubierta.

—Las luces de esta zona empezaron a parpadear un par de segundos antes de que se oyesen unos chispazos en aquella dirección—le indicó ella. Escuchó sus empapados pasos por detrás de él—. Entonces saltaron las alarmas, las luces de emergencia se encendieron aquí y allí y los aspersores se activaron dejándolo todo como puede verlo ahora.

Recorrió las cuatro paredes y el techo y frunció el ceño al ver el extintor dentro de una vitrina empotrada en la pared; eso no había sido cosa suya. Comprobó la etiqueta y se guardó sus opiniones para sí mismo; al menos su contenido era el adecuado.

—Hay que cortar la electricidad en esta planta.

No quería correr riesgos, no con toda esa agua cubriendo el suelo. Se giró hacia ella y miró sus pies los cuales chapoteaban en el agua. Estaba empapada. Apretó la mandíbula, no le correspondía a él aleccionarla y, sin embargo, prácticamente la había empujado a ponerse la chaqueta.

—No sé si sirve de algo, pero apagué todos los interruptores que encontré levantados en el panel de la sala anterior.

Levantó la mirada y se encontró con esos sagaces ojos pardos.

—Chica lista —aseguró antes de volver a examinar la sala y examinar los sistemas de aspersión. Tendría que comprobar los de toda el ala del edificio y actualizar los protocolos.

—¿El seguro va a cubrir este desastre?

—Debería hacerlo —respondió—. Habrá que comprobar los cuadros y ver qué fue lo que originó el malfuncionamiento que disparó las alarmas. Cuando demos con el problema y lo solucionemos, entonces recalibraré los sistemas para que no vuelva a pasar otra vez.

—En ese caso, si ya ha visto todo lo que necesitaba, Jefe Reynols...

La miró de reojo y contuvo una risa. Ella deseaba deshacerse de él a toda costa.

—Lo he visto… por ahora.

—Siendo así…

—¿Luna? ¿Estás por aquí? He tardado porque la maldita luz sigue fallando en nuestro edificio y casi me como la mesa de la cocina. Dios, ¿habéis pensado instalar una piscina olímpica en la biblioteca o qué?… —El discurso de la inesperada mujer que atravesó la puerta se detuvo tan pronto vio que su compañera no estaba sola—. Oh, perdón. Pensé que estabas sola. Te traje lo que me pediste y…

Las palabras se perdieron y los ojos claros de la recién llegada se abrieron de par en par al detenerse por fin sobre él. En honor a la verdad debía admitir que la sorpresa fue mutua. Vaya día, no ganaba para encuentros fortuitos.

—Oh… joder… um… ¡Hola, señor!

Reprimió una risita. Conocía a la sumisa, era una de las socias del *Blackish*, una bonita y coqueta mujercita a la que había visto jugar alguna que otra vez con Wolf, y también sacarle de quicio.

Ignoraba si había algo más serio que juegos ocasionales entre su compañero de trabajo y amo del club y esta mujer, pero cuando estaban juntos saltaban chispas.

—Hola mascota —la reconoció con una breve sonrisa—. ¿Cómo estás, Cassandra?

La chica pareció iluminarse al ver que recordaba su nombre.

—Muy bien, gracias, señor —respondió como se esperaba de una sumisa, a pesar de que no estaban ni en el club ni tenía la obligación de hacerlo en aquel momento—. Espero no haber interrumpido nada importante. Venía a traerle a Luna una muda seca.

Pasó la mirada de una a la otra, encontrándose con la esquiva de la Doctora y su palpable incomodidad. Así que esas dos se conocían, un dato interesante a tener en cuenta. De igual modo, eso también explicaba el que Luna hubiese ido a dar al club, Cassandra debía haberla inscrito para los talleres.

—En absoluto, prácticamente habíamos terminado —aceptó y se volvió hacia ella—. No se preocupe por mí, Doctora, y vaya a cambiarse. Aprovecharé el tiempo para echar un vistazo al resto de las instalaciones y comprobar que los sistemas antiincendios funcionan con regularidad.

Esperaba verla protestar, decirle que podía terminar el trabajo él solo y encontrar la salida, pero en cambio se limitó a devolverle la mirada e informarle con la misma profesionalidad que había intentado mantener hasta el momento.

—En ese caso le encontraré en diez minutos para devolverle la chaqueta, Jefe Reynols.

Asintió intentando no reírse ante su tono de voz y miró a la otra mujer.

—Ha sido un placer verte, Cassandra.

—Lo mismo digo, señor.

Les dio la espalda y volvió al trabajo, aunque no se perdió el gesto airado de Luna cuando pensó que ya no le prestaba atención. La chica acababa de arrancarle la bolsa a su compañera y caminaba cual sargento sobre tacones hacia la salida.

Esa mujer era un polvorín y su desafío no hacía más que aumentar sus ganas de dominarla.

Luna hizo una mueca al ver la muda de ropa que le había traído. Al menos estaba seca, pero no era lo que tenía en mente para seguir en su jornada de trabajo.

—¿En serio? ¿No había nada más estridente en mi armario? —La fulminó con la mirada y la chica levantó las manos—. Joder, Cass.

—Nena, te recuerdo que tu armario está medio vacío —le dijo a modo de defensa—. Fue lo primero que pude encontrar y que no me pareció de putón, lo cual, dado el bailoteo que tiene la luz en el edificio, ya me lo estás agradeciendo. He tenido que contar las malditas escaleras desde el descanso o bajar corriendo cuando la luz decidía volver. Además, no creo que te apeteciese mucho ponerse ese vestidito negro con cortes desiguales que guardas en el fondo.

—No, por supuesto que no. —Ese vestido lo había comprado cuando salía con su ex, pero nunca se había atrevido a ponérselo. Los cortes estaban estratégicamente colocados para mostrar parte de las nalgas y los pechos, además de las caderas y costillas. Era como si un gato lo hubiese cogido y lo hiciese trizas—. Pero tenía un par de faldas y blusas sobre la cómoda…

—¿Dónde? ¿Debajo del montón que tienes para la donación del rastrillo o la otra? —replicó llevándose las manos a las caderas—. Cielo, puedes ser realmente ordenada y pulcra en el trabajo, pero tu dormitorio, ahora mismo, parece una leonera.

Maldito en voz baja. Lo había olvidado por completo. Por supuesto que su armario habría estado vacío, ella misma lo había vaciado para empezar a reciclar y donar la ropa que no utilizaba al rastrillo anual que hacía una asociación vecinal. Había estado tan distraída con lo

sucedido en el club y ocupada con el trabajo, que había dejado todo en montones cuya organización solo comprendía ella.

—Mierda.

Miró de nuevo los ajustados vaqueros deshilachados y con cortes y el ajustado suéter que no se había vuelto a poner desde que su barriga dejó de ser plana y se encogió por dentro. Al menos le había traído también una chaqueta de punto, la primera que tenía intención de hacer desaparecer del mapa.

—Míralo de esta manera, hermana, está seca —la animó—, y te he traído ropa interior combinada.

Bajó la cabeza con gesto derrotado y resopló.

—De verdad, hoy me ha mirado un tuerto — gimoteó.

—Yo diría que más bien te ha mirado un Dom — aseguró mirándola de reojo—. Y qué Dom. Lo tuyo es un *OMG*[3] en toda regla. Sí.

Resopló y lanzó la mano apuntando con el dedo hacia la puerta.

—Lo mío es una increíble cantidad de mala suerte — rezongó—. Brian Reynols es Inspector de Incendios y, si sé leer lo que dice aquí —tiró del parche de la chaqueta que todavía llevaba puesta—, también jefe de bomberos de la comandancia 18 en el distrito de Brooklyn...

—Y reputado Amo del club nocturno *Blackish* — terminó por ella e indicó lo obvio—, del cual, ahora que lo mencionas y no es como si no me hubiese dado cuenta

---

[3] OMG: Oh my God! (Oh dios mío)

antes, ¡llevas su chaqueta! Así que desembucha. ¿Qué ha pasado aquí?

Resopló y se llevó la mano a la cremallera para quitarse de inmediato la prenda.

—Vaya, vaya, muy sexy, hermana —se burló.

Resopló, comprobó que la puerta de su despacho seguía cerrada por dentro y empezó a cambiarse.

—De verdad, ¿qué demonios le he hecho yo al karma?

—Diría que te está mandando señales. —Le tendió la ropa interior seca—. Y lo hace en forma de un tío de metro ochenta y siete, más o menos, pelo castaño en punta e interesantes ojos verdes que está como un jodido queso y no te ha sacado los ojos de encima en los escasos segundos que he estado en la misma habitación. Por no decir que el llevar su chaqueta y con solo el sujetador por debajo… revelador, muy revelador.

Dejó escapar un profundo y aquejado suspiro para continuar.

—¿Te imaginas una fiesta temática de bomberos? Dios, me acaloro de solo pensarlo.

—Si necesitas agua, ponte a fumar debajo de uno de los aspersores y con suerte inundará toda la maldita biblioteca.

—Te noto muy, pero que muy irritada, Lunita.

—Por si todavía no lo has notado, ha habido un maldito cortocircuito o vete tú a saber, los aspersores han funcionado tan bien que me han empapado hasta las bragas, el hijo de puta de mi jefe se ha traído a un inspector de incendios, me lo ha endosado y se ha largado. —Hizo un alto para tomar aire—. Y como eso no era suficiente, el maldito Jefe Reynols tenía que ser también el

Amo con el que estuve en el taller. ¿Cómo esperas que no me irrite? ¡Esto es una jodida pesadilla!

—Respira, Luna, respira. —La calmó su amiga.

—¡No quiero respirar! —replicó de manera absurda y volvió a señalar hacia la puerta—. ¡Ese capullo me ha obligado a quitarme la blusa y ponerme su maldita chaqueta! ¡Y ni siquiera ha tenido el tacto de darse la vuelta o esperar fuera! Se cree que puede andar a mi alrededor dándome órdenes todo el tiempo y que las voy a cumplir solo porque él lo diga… ¡Y una mierda que lo haré!

—Um… hermanita, creo que tu problema no es que te den órdenes, sino quién te las da —aseguró visiblemente sorprendida por su estallido—. Y me da en la nariz que el que lo haga este Dom en particular te pone…

—Cardíaca y no en una buena forma.

—Yo iba a decir cachonda, pero vale.

—Cass —la fulminó con la mirada.

Su amiga levantó las manos.

—Yo ya he cumplido. —Se defendió al momento, miró el reloj e hizo una mueca—. Y tengo que volver al trabajo antes de que el imbécil de mi jefe se dé cuenta de que me he ido.

—¿No le has dicho que era una emergencia familiar?

—Ya he agotado esas excusas. —Le guiñó el ojo y señaló con el pulgar por encima del hombro—. Sabes, ahora más que nunca creo que deberías venirte este sábado al club. Está claro que entre tú y el Amo Fire hay algo pendiente.

Apretó los dientes y entrecerró los ojos.

—Sí, hay un jodido sistema de prevención de incendios que no funciona como debe.

Su amiga se limitó a poner los ojos en blanco, le dio un rápido beso y se marchó dejándola de nuevo sola. Volvió a mirar la chaqueta que había dejado sobre su escritorio y sintió unas inmediatas ganas de gritar.

¿Ir al club el sábado? Ni en sueños.

Brian estaba terminando de hablar por teléfono cuando la vio entrar. La recorrió lentamente con la mirada, reparando en cada curva, en lo bien que le sentaban unos vaqueros y el breve suéter que intentaba esconder debajo de una chaqueta que merecería arder en un incendio. Se había recogido el pelo en una cola bicolor y conservaba esos altos tacones. Sus pechos se elevaban de forma tentadora al traer apretada contra su estómago su chaqueta. No pudo evitar cuestionarse su edad ante el juvenil aspecto que ahora lucía.

—¿Qué edad tienes?

Una risotada al otro lado del teléfono y una rápida respuesta lo llevó a fruncir el ceño. Se había olvidado por completo que estaba hablando con Wolf.

—La pregunta no era para ti —le soltó—. Te llamo después.

Colgó el teléfono y esperó a que Luna se acercase a él, algo que parecía dispuesta a evitar a toda costa.

—¿Y bien?

Frunció el ceño, su rostro carecía ahora de rastro alguno de maquillaje, lo que le permitía ver que sus pecas no solo le salpicaban la nariz, sino también de manera menos notoria, los pómulos.

—¿Me está preguntando por mi edad, Jefe Reynols? —Dicha pregunta pareció hacerle gracia—. Si lo que le preocupa es si soy menor de edad, no, no lo soy.

No pudo menos que sonreír ante su abierto desafío.

—Dime al menos que estás por encima de los veinticinco —insistió sin dejar de vigilar sus pasos y cada una de las reacciones de su cuerpo.

—Lo estoy —respondió deteniéndose a la distancia de un brazo, tendiéndole la chaqueta—. Gracias por el préstamo.

—Un placer, mascota. —Recogió la prenda y volvió a ponérsela.

El brillo en sus ojos le decía que estaba pensando seriamente en mandarlo a paseo o morderle.

—Entonces, ¿puedo suponer que ya ha terminado con la inspección?

—Tengo todo lo que necesito para mi informe, enviaré a alguien esta tarde para que revise los paneles y cambie el dañado —le confirmó sacando una pieza quemada del bolsillo—. Todo parece indicar que se trató de un cortocircuito. No debería haberse fundido de esta manera, lo que me hace sospechar que posiblemente el problema esté en otro lado. Mi gente lo comprobará.

Resopló y miró alrededor de la nueva planta que habían hecho como ampliación dentro del antiguo edificio.

—Espero que no tarden una eternidad, necesitamos esta sala acondicionada y lista para su utilización lo antes posible —suspiró y volvió a mirarle.

—Procura mantenerte seca hasta entonces, Doctora —pronunció su título a propósito, imprimiéndole una sutil caricia que no tardó en tener respuesta.

—Lo haré tanto como sus sistemas contra incendios funcionen como deben, Jefe.

Sonrió ante el abierto desafío.

—Hasta ahora han funcionado, *mascota*, hasta ahora siempre me han funcionado —declaró con segundas intenciones, arrancando en ella un bonito rubor—. Pero si te queda alguna duda de ello, este viernes, a partir de las ocho, daré una nueva clase de introducción en la sumisión.

La manera en que sus ojos se ampliaron, separó los labios y el rubor aumentó en sus mejillas fue suficiente satisfacción.

—Yo no soy...

—Piénsatelo. —La calló posando un dedo en sus labios—. Si te decides, seré de nuevo tu Maestro.

CAPÍTULO 11

A Luna le dolía la cabeza. No era un dolor intenso, sino de esos pulsantes que hacía que le molestase el ruido. Y Nueva York no era precisamente una ciudad silenciosa. Se había bajado en *Court St. Station* y había enfilado a lo largo de la calle *Montague St.* admirando la arquitectura de la zona. Le encantaban las famosas casas *Brownstone*, desde que había salido de la universidad su sueño era poder vivir en una de esas propiedades, pero de momento su economía no daba para ello.

Se detuvo al llegar al *Promerade*, las vistas que ofrecía el paseo con el río Hudson, el bajo Manhattan y el puente de Brooklyn a su derecha eran espectaculares, no se cansaba de admirar su ciudad. El sol empezaba a ponerse ya en el horizonte mientras las primeras luces de la ciudad cobraban vida y anunciaban el final de la jornada laboral.

Se dejó caer en uno de los bancos de madera y forja cobijados por los árboles, puso el bolso a su lado y estiró las piernas dejando escapar un agotado suspiro. Su vida parecía haber dado un giro de trescientos sesenta grados en las últimas dos semanas, su cotidianidad se había ido

por el desagüe y en su lugar encontraba un sinfín de baches a lo largo del camino.

Cuando terminó la universidad había tenido las cosas muy claras, sabía perfectamente qué quería hacer y puso todo de su parte para conseguirlo. Trabajó como becaria hasta que una recomendación de la bibliotecaria con la que había estado trabajando, la llevó a terminar como Analista Documental en la Biblioteca Pública de Nueva York. Este sería su tercer año allí.

Hasta ahora siempre había estado convencida de que esto era lo que quería, un trabajo estable, un lugar en el que vivir y ahorrar hasta poder comprarse una casa propia. Después de lo que había pasado por culpa de ese hijo de puta en la universidad, decidió que no quería relaciones a largo plazo y se había contentado con algún que otro folleteo. Pero al final, esas salidas nocturnas con Cass a los pubs habían ido decreciendo hasta convertirse en un género extinto cuando ella descubrió los beneficios del BDSM. Las cosas habían cambiado entonces y se había terminado acomodando a su actual monotonía.

O así había sido hasta la enajenación mental que la llevó a participar de ese taller. Ahora era ella la que se estaba metiendo en un terreno cenagoso. Había probado algo que en otras circunstancias posiblemente la hubiese repelido, que la habría hecho salir corriendo y, sin embargo, su mente estaba ahora más confusa que nunca precisamente por no haberlo hecho.

«Este viernes, a partir de las ocho, daré una nueva clase de introducción en la sumisión».

No podía sacarse de la cabeza esa escena, la forma en que él se había hecho con el control haciendo a un lado sus deseos, privándola de toda posibilidad de decisión y

obligándola a aceptar lo que se le daba; lo mismo que había hecho esa mañana. Brian Reynols la cabreaba y excitaba al mismo tiempo, hacía que se sintiese bipolar e incapaz de definir o procesar sus emociones en su presencia.

Suspiró, echó la cabeza atrás y dejó que la brisa la meciese. En ocasiones echaba de menos su hogar natal, pero solo a veces.

El teléfono eligió ese momento para romper la calma, estiró la mano y hurgó dentro del bolso hasta cogerlo.

—Hola mamá.

—Luna Moon. Bebé, ¿cómo estás?

Su madre era una de las pocas personas que la llamaba por su nombre completo y, a menudo la consideraba «su bebé» aunque estuviese a punto de cumplir los treinta.

Sonrió para sí al recordar la curiosidad en la voz del Jefe Reynols, la forma en que se duplicó en sus ojos y esa mirada abiertamente sexual que no se molestó en disimular.

—Pues con un enorme dolor de cabeza —aceptó y puso el manos libres—. He tenido un día de perros. El karma me odia.

—El karma no odia a nadie, Luna Moon.

Si ella supiera...

—A mí sí, créeme —suspiró—. Esta última semana es la prueba de ello.

—¿Tan mal fue la reunión de antiguos alumnos?

Puso los ojos en blanco. Al contrario que la mayoría de la gente, no era alguien que estuviese siempre encima de su familia. Su madre tenía su propia forma de ver las

cosas, la llamaba una cada dos semanas, una vez al mes o cuando su «instinto» la alertaba de que algo no iba bien. Su última llamada había sido hacía precisamente la noche antes de la reunión y hacía ya casi quince días de ello.

—La estúpida reunión solo fue el principio — murmuró. Se pasó la mano por el pelo y dejó escapar un profundo suspiro—. ¿Estás sentada?

Su madre era una de esas personas a las que podías contarle cualquier cosa sin que se despeinara. La había criado con una mentalidad abierta, para no temer ser franca y directa con ella, haciendo que la considerase más una amiga que una madre propiamente dicha.

—Sentada y con una copa de vino tinto en las manos —aseguró—. Cuéntame, ¿has dejado algún cadáver a tu estela?

Hizo una mueca.

—No. O al menos ninguno que deje sangre —resopló—. El idiota de Josh volvió a hacer acto de aparición y se trajo todo el equipaje. El muy cabrón estaba extendiendo rumores sobre el motivo de nuestra ruptura… motivos nada favorecedores por mi lado y que me dejaban a mí como la única culpable de todo.

Le habló del incidente en los baños, de cómo les plantó cara apoyada por Cass y los rumores falsos que se habían extendido a lo largo de la noche.

—…pensé que me había hecho más fuerte — murmuró con un resoplido—, que no me afectarían los comentarios, pero lo que me hicieron… aquello no fue una broma, mamá, fue una maldita pesadilla.

—Si no te afectasen las cosas, por un mínimo que sea, no tendrías corazón, Luna Moon y tú lo tienes.

Su madre había sido la primera en poner al rector en su sitio, no se había amilanado, de hecho, le había hecho una señora advertencia sobre lo que podría pasarle a su puesto si a su hijita volvía a pasarle algo como aquello. Los «son bromas de fraternidad, usted sabe» no le funcionó con Audrey Coulter. Ese había sido el motivo por el que había podido terminar la carrera en la misma facultad, eso y porque no quería dejar a su hermandad o a Cass.

Se lamió los labios y sacudió alejando de su mente el pasado.

—Lo que tengo son un montón de problemas —replicó—. Y uno de ellos es... un hombre. Demonios, no te haces una idea de la locura que he cometido.

—¿Te rapaste la cabeza?

Abrió los ojos horrorizada, su pelo era una de las cosas que más quería. No se veía con el pelo corto, parecía un chico, así que ni hablemos de raparse la cabeza.

—Dios, no.

—¿Se la rapaste a Cass?

—No.

—¿Se la rapaste a ese hombre?

—Mamá.

—Luna Moon. Si sigues de una pieza, con el pelo en la cabeza y viviendo con tu hermana de fraternidad como lo has hecho desde que dejasteis la Universidad, no puede ser tan malo.

—Cass y yo nos emborrachamos después de la reunión de antiguos alumnos, ella me retó a ir a un club de BDSM, me anotó a un taller, fui e hice una escena con uno de los amos que impartía la clase —le soltó de carrerilla.

—Pues espero que hayas disfrutado de la experiencia —respondió muy tranquila—. Siempre he

pensado en que sería interesante iniciarse en ese mundo. La sexualidad debe ser libre, no tenemos que avergonzarnos de nuestras necesidades y...

—¡Estoy hecha un lío! —La interrumpió con un gritito—. Ay dios, ¿acabo de gritarte?

—Sí, lo has hecho —repitió con la misma calma—. Lo que quiere decir que, en efecto, estás hecha un lío. ¿Qué es lo que sientes?

Sacudió la cabeza.

—Ese es el problema, que no lo sé.

—¿Crees que has hecho algo malo?

—No... soy adulta, soy responsable de mis propias decisiones, pero...

—Tú misma acabas de definirte —la interrumpió—. Eres una mujer adulta, responsable de las decisiones que toma e inteligente. No habrías asistido si no tuvieses la necesidad de hacerlo. La pregunta que debes hacerte ahora es si ha sido suficiente.

Frunció el ceño. Desde luego, la suya no era una madre como las demás.

—¿Qué quieres decir?

—Que, si persisten las dudas, quizá deberías probar una vez más —le aconsejó—. Tus dudas pueden venir del desconocimiento. Siempre te he dicho que el conocimiento es poder, cuanto más sepas, más información tendrás y con esa información vendrá la capacidad de elegir, de decidir qué es lo que quieres.

Información. Probar otra vez. Descubrir que quería en realidad. ¿No era eso precisamente lo que había estado intentando decirle Cass?

«Piénsatelo. Si te decides, seré de nuevo tu Maestro».

Las palabras de Brian se deslizaron por su mente.

—A veces no sé si eres mi madre o un oráculo.

Escuchó la sincera risa a través del teléfono.

—A veces soy un poquito de cada cosa —aseguró risueña—. A estas alturas ya deberías saberlo.

Sonrió. Sí, lo sabía.

—Bueno, ¿y tú que tal estás? —Optó por cambiar de conversación e interesarse por ella—. ¿Algún cotilleo jugoso que quieras compartir con tu hija que no decida arrancarse los ojos después?

Se pasaron los próximos veinte minutos hablando, las luces lejanas de la ciudad fueron cobrando intensidad a medida que el atardecer daba paso a la noche. Cuando colgó el teléfono su dolor de cabeza se había evaporado y tenía la mente un poco más despejada.

Ahora ya solo le quedaba una pregunta qué hacerse, ¿ir o no ir?

—Joder con la maldita luz, te juro que he pegado un salto en la escalera cuando escuché un chispazo. Juraría que venía del cuarto de la caldera —anunció nada más abrir la puerta de su piso—. Ya estoy en casa, por cierto.

—Ey, llegas tarde. —Salió desde el salón—. Estaba a punto de llamar a la guardia nacional o mejor aún, a los bomberos.

Cerró la puerta tras de sí y se quedó apoyada en la madera con gesto agotado.

—¿Luna?

El siempre divertido semblante de su amiga mudó a uno de preocupación.

—Cielo, ¿va todo bien? ¿Pasó algo después de que yo me fui?

Negó con la cabeza, abandonó su apoyo y camino hacia ella.

—Nada va bien, mi vida está dirigiéndose en una carrera sin frenos hacia el infierno —aseguró gesticulando de manera exagerada.

Se llevó las manos a la cintura y ladeó la cabeza.

—Estás siendo demasiado melodramática.

—Todavía no lo suficiente —resopló—. Según mi madre estaré bien mientras no me haya rapado la cabeza.

—¿Con lo que adoras tu pelo? —se jactó—. ¿Has hablado con ella?

Asintió y abrió los brazos con gesto desenfadado.

—Sí. Sus consejos apestan tanto como los tuyos —sacudió la cabeza—. No sé por dónde empezar a desenmarañar este desastre.

Chasqueó la lengua y la dejó pasar por delante de ella hacia el salón. La hogareña habitación era una mezcla de varios estilos. Se dejó caer en el sofá, subió las rodillas y se las abrazó.

—¿Yo tenía esta pinta durante mi crisis de identidad?

Levantó la cabeza para encontrarse con la mirada de su amiga.

—No solías parar mucho por casa en aquella época —aceptó echando mano de su memoria—, y cuando lo hacías era para quejarte de la vida en general.

—Así que tuve una etapa coñazo.

Se encogió de hombros.

—Lo importante es que saliste de la etapa coñazo y entraste en una mejor —aseguró con sinceridad—. Cambiaste, quizá no exteriormente, pero aquí —se tocó el pecho—, pareces otra persona, una mejor y sobre todo más feliz.

Se dejó caer a su lado en el sofá.

—Encontré lo que ni siquiera sabía que me faltaba —murmuró en voz baja, entonces la miró de reojo—. A veces pasa, ¿sabes? Necesitas algo que... que no sabes ni que echabas de menos.

—Créeme, dudo mucho que eche en falta el que alguien me dé unos azotes.

Se rio entre dientes.

—No digas eso hasta haberlo probado. —Le guiñó el ojo más relajada—. Entonces, ¿cómo te fue con el Jefe Reynols después de que me marchase? ¿Hablasteis de algo más que trabajo?

Echó la cabeza hacia atrás, desenredó las manos de sus piernas y se dejó caer de lado para apoyarse en su hombro.

—Si cuenta la invitación que me hizo al próximo taller... —suspiró y sacudió la cabeza una vez más—. Ese hombre me saca de quicio. Él es...

—Intenso, un dominante de pies a cabeza, un amo que sabe lo que hace y, a juzgar por lo que vieron este par de ojitos, bastante interesado en ti.

—Se ofreció a ser mi maestro si asistía al taller de este viernes —murmuró—. Una clase de iniciación...

—¿Y vas a ir?

Ladeó la cara para poder mirarla.

—¿Crees que debería hacerlo?

—Creo que necesitas volver a probar lo que te ofrece para saber si es algo que podrías querer a largo plazo —comentó pensativa—. Una nueva toma de contacto para decidir si las dudas que tienes son porque te gusta o porque es demasiado para ti.

Se rio por lo bajo.

—¿Qué? ¿Te parece gracioso?

—Mi madre me ha dicho lo mismo —la miró—. Ella opina igual que tú.

Cassandra se echó a reír, abrazándola.

—¿Le has contado a tu madre que fuiste a un club de BDSM? Tía, eres mi heroína. Adoro a tu madre —aseguró—. Si le digo a la mía que soy sumisa, es capaz de llevarme con el pastor de nuestra iglesia para que me exorcice.

Correspondió a su sonrisa, pero no estaba ni de lejos tan animada como ella.

—¿Cómo sé que no estoy cometiendo una locura?

—Define locura, hermana.

—Aceptar su invitación e ir de nuevo al club.

—No es una locura si estás segura de que eso es lo que deseas —replicó mirándola a los ojos.

—Es que ahí está el meollo de la cuestión, que no sé qué es lo que quiero.

—¿Y no crees que ya es hora de que lo averigües? —No se anduvo por las ramas—. Plantéatelo de esta manera. ¿Sientes curiosidad?

Arrugó la nariz y lo meditó durante unos instantes.

—No vale pensárselo tanto, Luna.

—Sí… yo… supongo que sí —aceptó—. La otra vez fue… bueno… él… lo que hizo… lo que sentí… Pero esa

imperiosa necesidad de dar órdenes, de... decirme que hacer y qué no, yo... arggg...

Se rio entre dientes.

—Oh, pero en eso radica lo divertido, hermanita, en poder prescindir de preocupaciones, de pensar en qué hacer o qué no hacer, si estará bien o estará mal, si no te dan opción... ¿qué motivos hay para preocuparse por ello?

Abrió la boca, pero se quedó sin saber qué decir.

—Sí, esa es la respuesta común a muchas de estas cosas —se rio y la abrazó—. No pienses en ello y sencillamente haz lo que te dicte el corazón. Y mientras ese se lo piensa, ¿quieres que te ayude a escoger algo sexy por si acaso?

CAPÍTULO 12

Brian levantó la mirada del ordenador al notar que llamaban a la puerta. Como siempre que había algún curso, la mantenía abierta, accesible para que pudiesen localizarle a la primera. Llenando el umbral estaba la última persona que esperaba ver por allí durante la jornada de hoy.

—¿Se ha incendiado el restaurante y vienes a buscarme para que te enseñe a usar el extintor?

Camden enarcó una ceja con palpable ironía, dejó el umbral y entró en la oficina.

—El *Temptations* está de una pieza y espero que siga así durante mucho tiempo —le dijo al tiempo que se acercaba a la mesa y se apoyaba en ella—. Me he escapado para poder sustituir a Logan. Le han llamado de la comisaría a última hora y ha tenido que salir disparado para allá. Al parecer él y Sumi iban a echaros una mano de nuevo en las clases. ¿Qué tal están funcionando los talleres?

Se recostó contra el respaldo y se frotó la barbilla.

—Por ahora bastante bien —aceptó—. Se está anotando gente y es posible que de aquí a unos meses contemos con un par de refuerzos permanentes en el club.

—Eso te dará un respiro —comentó su compañero.

Camden sabía mejor que nadie lo que le suponía dividir su tiempo entre el trabajo, la compañía y el club, aunque este último era más un refugio que un empleo.

—Eso espero —aceptó. Entonces lo señaló con la barbilla—. ¿Y cómo es que tengo el dudoso honor de tenerte como suplente? Porque, si has venido hasta aquí, imagino que ha sido para sustituir a Logan. Lo que me lleva a la parte de, ¿dónde has dejado a Sio?

—Mi hartera y dulce sumisa está esperando en la sala principal con Horus —le informó con media sonrisa—. La muy ladina se ha pasado toda la semana llenándome la cabeza con *«por favor, mi señor»* y *«sería una nueva experiencia, Amo Camden»*. Parece que le resultó excitante formar parte de la representación de la semana pasada, que quiere más.

Soltó una carcajada.

—Y estoy seguro que tú le has dado más… por cada una de sus súplicas, ¿no? —se burló.

—Por supuesto —aseguró igual de divertido—. Aunque se ha llevado más castigos que premios, motivo por el que he decidido concederle su petición.

—Ya veo —aceptó y ladeó la cabeza, mirándole—. ¿Y vas a estar cómodo con ello? ¿Disciplinándola delante de otras personas?

—Es mía, Brian, no solo poseo su sumisión sino también su corazón —aseguró contemplativo—. Y ella sabe que tiene el mío y el de Logan para hacer un nudo con él si le place. No puedo seguir negándome a seguir

adelante, no cuando tengo a las dos personas que más quiero conmigo.

Asintió, era toda una reflexión viniendo de alguien que había estado tan jodido como lo había estado Camden.

—Me alegra oírlo, hermano, de verdad —le mostró su acuerdo—. Ya era hora de que tú también siguieses adelante.

Los ojos claros del chef se encontraron con los suyos.

—No soy el único que debería hacerlo —replicó al momento—. Jax se presentó el lunes en la compañía con algo que él y tú habéis recuperado de la mansión. Volviste allí.

No había motivo para negar lo evidente.

—Él me pidió un favor y... bueno, ¿cuántas veces nos pide ese hombre algo?

Su amigo hizo una mueca, lo vio moverse incómodo y fue su voz la que dejó traslucir las emociones.

—Cuando le vi maniobrar para meter el diván en el ascensor, pensé que estaba teniendo una jodida alucinación.

—¿No te llamó para que le ayudases con la mudanza?

—Llamó a Danielle —replicó poniendo los ojos en blanco—, la cual no solo me pasó el aviso, sino que decidió que tenía que echarnos una mano.

Sonrió para sí, la secretaria de la *Crossroad* se había convertido en una socia más.

—Esa mocosa no se separó de mí en todo el día después de eso —se rio por lo bajo—, y Sumi protagonizó una escena de celos digna de una pequeña y dulce sumisa acollarada. Ha sido una experiencia nueva para ambos.

Esos dos estaban muy unidos y por lo que podía apreciar, su complicada relación avanzaba favorablemente. No era fácil formar parte de una relación poli amorosa, pero ellos la estaban sacando adelante. Así mismo, no dejaba de ser curioso el modo en que la vida jugaba sus cartas. Camden y Siobhan habían sido compañeros de juegos en su infancia y habían vuelto a encontrarse ahora en la adultez. Ambos poseían cicatrices que los habían marcado de un modo u otro, pasados complicados que habían incidido en su futuro, el hacerlos a un lado y encontrar el equilibrio necesario para seguir adelante era algo que sin duda venía dado por el afecto, el compañerismo y el respeto que existía entre los tres. Por no hablar del hecho de que ella amaba a los dos hombres que a su vez la adoraban.

—Fue un infierno volver a ver esos muebles, recordar… dónde estaban, cómo habían sido usados y por quién —continuó Camden ajeno a sus pensamientos—. Volver a pensar en ella, recordarla como había sido antes de la enfermedad… fue duro, pero… al mismo tiempo el ver a Jax acarreando las cosas, hizo que me diese cuenta de que no son más que eso; muebles.

Levantó la mirada y se encontró con la de él.

—Sio me dijo que necesitaba perdonarla por haberse marchado, que hasta que no lo hiciese, seguiría siendo ese fantasma que nunca te abandona el alma —comentó en voz baja—. Le contamos la verdad, toda la verdad. Le hablé de Ágata, de mi esposa… de cómo me habían afectado, como nos afectó a Logan y a mí, los errores cometidos, los demonios que nos torturaban por nuestras decisiones y ella… ella sencillamente lo aceptó. No hizo

preguntas, no pidió ni una sola explicación, se limitó a abrazarnos y pedirme una única cosa.

—¿El qué?

—Que la llevase a conocerla. —La sorpresa en su voz se reflejaba en sus ojos y en la tenue sonrisa que le curvó los labios—. Creo que no he estado tan perdido en mi vida como estos últimos años y solo me he dado cuenta cuando Sio ha vuelto a mi vida y las cosas empezaron a encajar en su lugar.

Sacudió la cabeza e hizo una mueca.

—Se lo comenté a Jax en el *Purgatorio* y el cabrón se dobló en carcajadas antes de decirme que al fin había aceptado el regalo que Ágata nos dio a cada uno de nosotros; una nueva vida.

Ese era el mantra de su niña, de su ángel. Su deseo para todos y cada uno de ellos era que tuviesen una nueva vida, una en la que encontrasen la felicidad.

—¿Crees de verdad que todavía hay esperanza para nosotros? —la pregunta emergió sin proponérselo, dando voz a sus pensamientos.

Camden se cruzó de brazos y se quedó pensativo.

—Danielle es la de Garrett, Charlotte la de Nolan, Siobhan es sin duda la mía y la de Logan —se giró hacia él—, así que sí, tengo que creer que todavía hay esperanza. Si estoy aquí hoy para echarte una mano, es porque creo que la hay... y porque Sumi me estaría rompiendo la cabeza otra semana más.

Se rio entre dientes, la previa tensión diluyéndose en el momento.

—Está bien, pero procura no aterrorizar a los asistentes al taller, socio, es una clase de iniciación y hoy la cosa va sobre cómo corregir a una sumisa y aplicar

disciplina. Si tu chica empieza a gritar, se marcharán en desbandada.

—Siempre puedo amordazarla —valoró las posibilidades con una sonrisa.

—Marca eso en tu cuaderno de apuntes —se rio a su vez—. Algo me dice que la clase de hoy va a ser difícilmente olvidable para muchos de los asistentes.

Y esperaba que entre esos asistentes estuviese una pequeña y reluctante sumisa de mechas azules. Se levantó y recogió un poco la mesa antes de acompañar a Camden de vuelta a la sala principal.

—Veamos pues que nos depara la noche.

CAPÍTULO 13

Luna estaba más nerviosa de lo que lo había estado la primera vez que puso un pie en el club. El ambiente seguía siendo el mismo, la sala estaba iluminada, las parejas, alguna de las cuales recordaba de la clase anterior, charlaban animadamente mientras la música resobaba de fondo. No era precisamente un ambiente relajante, por el contrario, estaba convencida de que utilizaban ese tipo de melodías para mantener los nervios de las pobres sumisas de punta.

Pero tú no eres una sumisa.

No. Una sumisa nunca le lanzaría algo a la cabeza de su Dom, ni tendría ganas de arrancarle la cabeza o mandarle a paseo o, en caso de querer hacer alguna de esas cosas, solo las haría en su cabeza manteniendo siempre la corrección. Cassandra le había dado unos cuantos consejos al respecto basándose en su propia experiencia, consejos que no tenía muy claro que le servirían con el hombre que seguía presente en sus pensamientos.

Echó un rápido vistazo alrededor, el Amo Horus vestía unos gastados vaqueros y la misma camiseta negra con el logo del club que ya le había visto la semana pasada y charlaba animadamente con una pareja; no había ni rastro de la muchacha con la que había interactuado en la clase anterior. El mobiliario no había variado gran cosa, si bien, esta vez, no sabía si debido a la iluminación que enmarcaba cada zona, parecía mucho más intimidante. Había una zona acordonada con colchonetas, un par de extrañas aspas de madera tamaño gigante destacaban en una de las paredes junto a unos armarios con las puertas cerradas. Al otro lado una especie de corcho contenía unos ganchos de los que colgaban varios objetos; solo reconoció algunos látigos, varas y algo parecido a una paleta de pingpong. Y luego había una especie de plinto de gimnasia y otro banco de abdominales jodidamente raro. No podía imaginarse para qué serían y, en honor a la verdad, tampoco deseaba averiguarlo.

Deambuló por la sala intentando mantener un perfil bajo algo que le parecía imposible con el vestido que llevaba puesto. Tomó una profunda respiración y tiró un poco de la tela que a duras penas le cubría las nalgas y dejaba los costados de sus muslos al descubierto con un trenzado de corsé. El escote en forma de corazón era sexy y discreto, pero sus pechos parecían querer rebosarlo como si no estuviesen cómodos en ese confinamiento; desde luego su hermana no tenía tanta delantera. Cuando se miró por primera vez en el espejo después de que Cass le hubiese entregado la indecencia se había negado en rotundo a salir de casa de esa guisa; parecía una prostituta haciendo la calle, por amor a dios. Pero su hermana *Kappa Psi Omega* se había negado a escuchar ni una sola

de sus protestas, robándole incluso la goma del pelo y obligándola a marcharse con tan solo un abrigo por encima.

Y allí estaba ahora, más desnuda que vestida, incómoda, esquivando las miradas apreciativas de los hombres y manteniendo una actitud profesional y distante.

«Y recuerda dirigirte siempre a los Dom como Amo o Señor».

Había sido algo en lo que había hecho mucho hincapié su amiga, haciéndolo casi un mantra.

—Al parecer el Amo de los Incendios no ha hecho todavía acto de aparición —masculló para sí misma en apenas un hilo de voz.

Continuó deambulando, intentando no llamar demasiado la atención, contando incluso las parejas que había en la sala encontrándose que hoy los asistentes formaban un número par, a excepción de sí misma. La sumisa que había hecho la escena de muestra la semana pasada estaba hablando con uno de los dueños y tuvo el consuelo de que su ropa era incluso más escandalosa que la suya. El vestido se mantenía unido en la parte delantera con una cadenita que desaparecía debajo de la tela a la altura de sus pechos, el escote atado en el cuello descendía luego hasta casi su ombligo, mientras la falda era tan solo una tira de tela elástica negra que le moldeaba las caderas. Empezaba a dudar que llevase siquiera ropa interior.

«Deberías ir sin ropa interior».

La sugerencia de Cass la hizo poner el grito en el cielo, no iba a ir a ningún sitio sin bragas. Así que había tenido que optar por un breve tanga y un *bustier* sin

tirantes para no ir completamente desnuda debajo de aquella indecencia.

Ahora, viéndola a ella, empezaba a sentirse un poco menos expuesta. Arrugó la nariz y siguió recorriendo la sala, pero se detuvo en seco al ver como un recién llegado, alguien a quien no había visto antes rodeaba la cintura de la muchacha y la giraba hacia él. Acto seguido, recibió el beso más caliente que había visto en mucho tiempo, las manos del hombre se deslizaron sobre su cuerpo, apretándole los glúteos mientras ella respondía apretándose contra él.

Ese no había sido el Dom que la había acompañado la semana anterior. ¿No había comentado el Amo que el dominante y la sumisa eran pareja? La familiaridad con la que se trataban, la sonrisa en los labios de ella y la placidez en su mirada cuando él le acarició el collar que llevaba puesto, el cual también difería en color al de la otra noche, hablaba a gritos.

No es que le importase especialmente con quién estuviese o dejase de estar la mujer, como decía su madre, el sexo era libre, pero una inesperada imagen del Amo Brian ocupando el lugar del actual desconocido pasó fugaz por su mente y le provocó una punzada de celos.

El hombre envolvió entonces la mano en el pelo femenino, aferrándole la cabeza y obligándola a echarla hacia atrás al tiempo que se susurraba algo al oído y volvía a besarla de una forma tórrida, como si estuviese marcando su propiedad delante de todo el mundo.

El gesto le pareció tan caliente que su sexo tembló en consecuencia humedeciéndose en el acto.

—¿Te gusta lo que ves, pequeña?

La inesperada y profunda voz a su espalda la hizo respingar. El color acudió inmediatamente a sus mejillas y cuando levantó la mirada se encontró con el rostro sexy del Amo Horus. No le conocía personalmente, no había tenido oportunidad de hablar con él más allá de intercambiar un par de sonrisas cuando la había visto con Brian.

Dio un paso atrás, incómoda. El hombre era una montaña al igual que el bombero, sus ojos de azules enigmáticos, pero eran los planos angulosos de su rostro y el tono canela de su piel lo que hacía que pareciese peligroso.

—Um… hola… er… ¿señor?

Sonrió, una sonrisa abierta y genuina.

—Si lo dices sin tartamudear y sin la pregunta al final, será perfecto.

Se sonrojó, tenía un acento muy marcado.

—Hola, señor.

Asintió complacido.

—Me alegra verte de nuevo —aseguró y no disimuló la mirada sexual que le dedicó. Su escrutinio la puso tan nerviosa como caliente—. Hoy Logan no ha podido venir para realizar la parte de demostración y ha venido el otro amo de Sio.

¿Otro amo?

—¿Tiene dos amos? Ella sirve… ¿a dos hombres?

La pregunta sonó demasiado estridente incluso para sus propios oídos.

Él sonrió divertido ante su sorpresa y azoramiento.

—El *Blackish* está abierto a todas las personas de la comunidad que quieran unirse para jugar en un ambiente sano y seguro.

—Entiendo el concepto, gracias, señor —replicó, pero no pudo evitar fruncir el ceño. La chica tenía dos amos. ¿Cómo era capaz de aguantar a dos hombres? Lidiar con uno ya le parecía suficiente, si tenía que juzgar por el Amo Brian, con lo que dos… debía tener la paciencia de una santa.

Su respuesta no debió ser la adecuada, pues el tono de voz del Amo Horus cambió.

—Aceptamos a cualquier socio sin importar su inclinación sexual, si son gais, lesbianas o polis —le dijo, mirándola inquisitivo—. Nuestra política es de tolerancia y respeto, si eso supone un problema para ti, quizás no estás en el lugar adecuado.

Y aquello era una indirecta en toda regla, pensó sorprendida. ¿Qué acababa de pasar? No le había levantado la voz, no le había insultado y no había hecho ningún gesto despectivo.

—Quizá sea nueva en esto, pero hasta dónde yo sé no te he dado ningún motivo para que me hables de esa manera —replicó repentinamente tensa. Si antes le había parecido sexy, ahora le consideraba un completo capullo—. Me parece perfecto que seáis tan tolerantes, es muy loable de vuestra parte, pero sin duda falláis en una cosa; educación.

Echó la cabeza hacia atrás al ver como él se cruzaba de brazos.

—¿Así que nos falta educación, sumisa? —replicó y parecía tan sorprendido como divertido por la réplica.

—Acabas de prejuzgarme sin motivos. —Esa era la sensación que le había dado—. Por el simple hecho de hacer una pregunta. No sé tú, pero para mí, desde luego, no es común ver que una mujer con una relación tan…

abierta. Y oye, genial por ella si le funciona, de verdad que sí. Viva el amor libre y todo eso. Es admirable.

—Luna, te estás pasando de la raya.

Asintió conforme.

—Sí, sin duda lo he hecho, he cruzado una que nunca debería haber traspasado, la de la puerta —replicó seria—. Así que cogeré mis escrúpulos, falta de entendimiento y represión cultural y me la llevaré conmigo fuera de estas cuatro paredes.

La risa empezó a desbancar a la sorpresa tirando de las comisuras de los ojos masculinos. Se lamió los labios y se inclinó ligeramente hacia ella.

—Termina la frase con «señor» o «Amo», y pasaremos por alto tu... ardiente defensa.

Entrecerró los ojos levantó un poco más la cabeza y replicó.

—Claro, lo haré cuando piense que has dejado de ser una garrapata.

Satisfecha consigo misma, giró sobre los tacones y echó a andar hacia la puerta por la que había llegado con toda la intención de marcharse. No necesitaba mirar a su alrededor para saber que la inesperada discusión había atraído más miradas de las deseadas...

A la mierda con la corrección.

—¿Por qué demonios he venido?

De repente el vestido parecía incluso más ceñido, más vergonzoso, su necesidad por marcharse se volvió más acuciante, pero no iba a darle la satisfacción de huir. No, señor. Se iría andando con mucha clase.

—Luna, detente ahí mismo.

Su voz tronó en la sala, superponiéndose a los murmullos, opacando incluso la música de fondo y

haciendo que le temblasen las piernas. Su cuerpo, el muy traidor, obedeció en el acto, se detuvo y se tensó como una cuerda de violín. Notó su presencia incluso antes de notar su mano sobre su hombro.

—Mírame.

Apretó los labios, se giró y levantó la cabeza. Lo miró directamente a los ojos, sosteniéndole la mirada, encontrándose con una expresión acerada y de disgusto.

—¿Qué ha pasado?

Sus labios parecieron cerrarse incluso más. No quería hablar, no quería decir una sola palabra, solo quería irse.

—Me han recordado oportunamente que este no es un lugar para alguien como yo —replicó con voz firme, carente de emoción—. Así que le estoy haciendo un favor al Amo Horus y otro a mí misma marchándome. —Miró a su alrededor, todas las miradas estaban puestas sobre ella y sintió una punzada en su interior—. No importunaré a nadie más con mi presencia.

—La culpa ha sido mía, Fire, me temo que he malinterpretado sus palabras. —Se adelantó el copropietario del club—. Aunque deberías corregirla, tiene una manera única de insultar a un Dom y hacerlo sentirse como una... *garrapata*.

Su sonrojo se agudizó, se le dispararon los colores y sintió arder las mejillas. ¡Será capullo!

Los ojos claros de inspector se posaron sobre ella una vez más.

—¿Le has faltado al respeto al Amo Horus?

Levantó la barbilla desafiante.

—Él me insultó primero —replicó molesta, su mirada clavándose ahora en el otro Dom, cuya diversión iba en aumento.

—Estaba mirando a Camden con su sumisa y me hizo notar que ella no estaba con el dominante con el que la había visto en la sesión anterior —explicó Horus—. Debí extenderme un poco más en la explicación de que Sumi tiene dos amos.

Brian volvió a mirarla y suspiró.

—Siobhan tiene dos maestros, Logan y Camden, el cual la acompaña hoy —le explicó sin dejar de mirarla—. ¿Sabes lo que es una relación poli amorosa?

La pregunta fue como otra bofetada. Sí, sabía lo que era. Su madre no había sido precisamente discreta con sus relaciones a lo largo de su vida y había estado metida en una durante algún tiempo solo para separarse finalmente y decidir ir cada uno por su lado.

«El amor puede expresarse de muchas maneras, Luna Moon, puede haber muchos tipos de amor y puedes decidir amar a más de una persona a la vez».

—Sí, sé lo que es. —Aunque no creía realmente en ellas, no negaba que existiesen—, pero hasta dónde yo sé, no es un delito hacer una pregunta, por otro lado, si alguien interpreta mis palabras de manera incorrecta...

Lo vio respirar profundamente.

—Gracias, Horus, ya me encargo yo.

—No seas muy duro con ella, yo he sido el que dio pie al malentendido y a la mordaz e insultante réplica por su parte —aceptó su parte de culpa—. Además, me ha parecido muy ingeniosa. Consérvala, Fire, promete ser una alumna de lo más traviesa.

—Mi traviesa alumna va a aprender lo que ocurre cuando una sumisa insulta a un Dom —replicó en tono serio—. Hoy vamos a tener dos demostraciones de castigo. Yo usaré la pala. Díselo a Camden.

¿Castigo? ¿La pala? ¿De qué diablos estaba hablando?

—¿Castigo? —Dio un paso atrás—. Tú no puedes…

—Luna.

Cortó su réplica de raíz. Se le había tensado la mandíbula y parecía estar luchando consigo mismo para mantener el control. Ese cambio la amedrentó, haciendo que se estremeciese y se le secase la boca. Dios, aquello no era sexy, no era erótico, no señor.

—Quiero irme…

Mierda. ¿Eran lágrimas lo que escuchaba en su propia voz? No, no, no. De eso nada. Respiró profundamente y esperó hasta que estuvo segura de que no le temblaba la voz.

—No debí venir para empezar, así que me voy a casa.

Su declaración no salió tan firme como debería, pero al menos no se le quebró la voz.

—No, Luna, todavía no.

Su tono se había suavizado un poco, levantó la mirada y vio que ya no apretaba la mandíbula, de hecho, parecía preocupado.

—Mantén la mirada baja y sígueme —le indicó—. No hablarás con nadie a menos que te dé permiso para ello. Las manos cogidas por detrás de la espalda, por favor.

—Pero…

Se inclinó sobre ella, le cogió la barbilla con dos dedos y se la apretó. Estúpidamente ese gesto la calentó por dentro. ¿Pero qué coño le pasaba?

—Calladita —la aleccionó—. Si necesitas algo o tienes alguna pregunta, primero pide permiso para hablar.

Dirígete siempre a mí como amo o señor. ¿Comprendido, sumisa?

Apretó los dientes. Odiaba esa palabra, cada vez que él la pronunciaba la odiaba más.

La presión en su barbilla aumentó y llenó a sentir dolor por sus dedos.

—Sí... sí, lo entiendo —replicó intentando soltarse sin éxito—. Señor.

Se miraron el uno al otro durante unos instantes, pensaba que la soltaría, pero en vez de eso bajó su boca sobre la de ella. El corazón le dio un vuelco antes de latir a mayor velocidad, la forma en que la sujetaba mientras la besaba manteniéndola en el sitio, impidiéndole apartarse, despertó el ardor en sus venas. Tenía unos labios firmes que la tentaban buscando una respuesta en ella, que la debilitaban haciéndole abrir la boca para permitir el acceso de su lengua, la cual acarició la suya.

Empezó a derretirse bajo su toque, su sexo despertó al momento humedeciéndose, todo su cuerpo despertó al placer y sus manos eligieron por sí mismas aferrarse a su camiseta como si tuviese miedo de caer.

Sonriendo contra su boca le cogió una de las muñecas y se la llevó a la espalda, manteniéndosela allí, impidiéndole retirarla y despertando de nuevo en ella las ganas de luchar. Un error táctico la llevó a llevar la otra mano atrás para soltarse y terminó con ambas muñecas envueltas en una enorme mano, su cuerpo presionado contra el suyo, sus caderas adelantándose hasta que su pelvis se frotó contra una dura y gruesa erección que le arrancó un nuevo jadeo.

La sometió sin remedio, profundizó su beso y convirtió en papilla su cerebro mientras su cuerpo se

licuaba perdiendo la batalla. Entonces el aire acarició sus labios húmedos, él había roto el contacto, limitándose a mirarla, notándola temblar mientras el suelo parecía moverse bajo sus pies y todo su cuerpo palpitaba preso de la excitación.

—Hoy este bonito culo va a conocer el calor de la pala, Luna —le dijo deslizando la mano que le había aferrado las muñecas a las nalgas para darle un apretón que la llevó a jadear—. Bienvenida de nuevo al *Blackish*.

Se estremeció, no pudo evitarlo y no sabía si se debía a sus palabras o a la excitación que todavía recorría su cuerpo después del beso.

CAPÍTULO 14

Esa nueva clase prometía ser un desastre.

El Amo Horus había estado hablando la última hora sobre la disciplina, cómo se debía corregir a una sumisa, cuándo y por qué. Ni que decir tenía que con cada nueva sugerencia se había puesto más y más blanca al punto de querer salir corriendo. Posiblemente lo habría hecho si Brian no la hubiese tenido agarrada para impedírselo.

Él estaba decidido a castigarla, ella a arrancarle la piel a tiras si tan siquiera lo intentaba.

Sin embargo, sus protestas de poco le habían servido y esa maldita cosa no ayudaba en nada a tranquilizarse y poner en funcionamiento su cerebro. ¿Cómo se atrevía a castigarla? No había hecho nada que mereciese que quisiera golpearle el culo con eso. ¡Si parecía una jodida raqueta de playa!

—Luna, ven aquí.

Negó efusivamente con la cabeza. Si pensaba que iba a caminar hacia él por voluntad propia, iba de culo. Ni loca. Ni en sus más rocambolescas pesadillas dejaría que se le acercase ni a dos metros con eso en la mano.

—Y esto es lo que se considera una sumisa rebelde —añadió el Amo Horus, quién había estado impartiendo la clase, matizando algunos términos, explicándole a los sádicos dónde debían golpear y dónde no—. Y solo hay una forma de domar a una gatita rebelde.

Lo fulminó con la mirada. Se la tenía jurada a ese hombre. Él era el culpable de todo lo que estaba pasando, si no hubiese malinterpretado sus palabras, no le habría insultado y nada de esto estaría pasando.

—¿Por qué no te metes en tus propios asuntos para variar, Amo Horus? —escupió su título con tal rencor que lo llevó a enarcar una ceja.

—Caray, sumisita, si no supiese que no nos conocemos tanto, pensaría que odias mis intestinos. —Había risa en sus ojos, en la forma en que se arrugaban las comisuras—. Quizá sería más beneficioso para ti que fuese yo el que aplicase el correctivo.

Las risas fueron generalizadas, algo que le causó incluso más rabia. No era justo, ¿por qué tenía que ser ella el centro de atención?

—Inténtalo y verás que les pasa a tus dedos, señor —replicó manteniendo un tono educado que no restaba en absoluto intención a sus palabras.

—Luna, es suficiente —la atajó el Amo Brian. Sus dedos se le cerraron alrededor del brazo como una banda—. Te lo advertí, pequeña, la desobediencia y los insultos tienen un castigo. Le debes una disculpa al Amo Horus por tu desconsideración e insultarle.

Entrecerró los ojos, sosteniéndole la mirada durante unos instantes.

—De acuerdo —aceptó tomando una profunda respiración. A juzgar por la manera en que enarcó una ceja

le sorprendía enormemente que hubiese claudicado tan pronto. Estaba claro que no la conocía—. Me disculparé.

—Me alegra oírlo, mascota.

—Quiero pedirle disculpas, Amo Horus, por haberle llamado garrapata —replicó con gesto contraído, voz dulce al tiempo que juntaba las manos por delante e inclinaba la cabeza en una perfecta imitación de un exagerado saludo japonés—. He sido elegido mal las palabras, teniendo en cuenta que usted malinterpretó primero las mías y decidió juzgar libremente según su criterio. Así que, le pido humildemente perdón y le prometo que no volveré a ser tan irrespetuosa con usted de nuevo, incluso si tengo motivos para mandarlo a la mierda.

Escuchó una ahogada carcajada a su derecha, echó un fugaz vistazo y vio a la sumisa Sio parpadeando como un búho, mirándola con incredulidad mientras su Dom se tapaba la cara con una mano intentando no reírse.

—Es sin duda la disculpa más sentida que he escuchado en mi vida, gracias mascota. —Horus era incapaz de mantener la expresión estoica que pretendía, estaba haciendo un verdadero esfuerzo por no partirse de la risa allí mismo. Su maestro de esa noche, por otro lado, tenía el ceño fruncido y la miraba visiblemente disgustado.

—Se acabó el juego, *sumisita* —declaró y volvió a agarrarla por el brazo, tirando de ella sin previo aviso—. Ya que te lo pasas tan bien mofándote de los Doms, veremos qué tal te sienta recibir el castigo de su mano. Camden, Horus. Vosotros tendréis una vuelta cada uno.

El compañero de la bonita sumisa pareció confundido.

—Agradezco la invitación, pero…

—Luna ha sido irrespetuosa con el Amo Horus porque ha malinterpretado vuestro acuerdo con la pequeña Sumi.

El aludido enarcó una ceja y la miró durante unos momentos, entonces su rostro cambió, como su hubiese comprendido el motivo.

—Entiendo —aseguró el Dom, quien se volvió hacia su compañera—. En tal caso, creo que es justo que sea mi sumisa quién imparta el castigo, ya que ha sido su nombre el que ha quedado en entre dicho.

La chica se sorprendió tanto como ella misma. ¿Qué diablos había hecho? ¿Por qué estaba pasando todo esto?

—Yo no he dicho eso… —Se mordió el labio inferior entre incómoda y azorada—. Esto se nos está yendo de las manos. Todos estáis sacando las cosas de contexto…

—¿Vas a decirme que no has cuestionado la relación de otro Dom y su sumisa?

—¡Por supuesto que no he cuestionado su relación! —estalló fulminándole con la mirada—. Me sorprendí al ver que no estaba con su pareja… es decir, con el Dom con el que asistió a la última clase, pero en ningún momento insulté a nadie. No puedes castigarme por el simple hecho de sentir sorpresa y curiosidad. Está claro que el muy… que el Amo Horus malinterpretó mis palabras, pero yo no…

—Has hecho un juicio de valor apresurado —le recordó su maestro—, y con ello has herido a varias personas, Luna. Ese es el motivo por el que vas a ser castigada.

Lo miró cuando volvió a tirar de ella, intentó clavar los pies en el suelo, pero él era mucho más fuerte y eso la asustó.

—No puedes hacer esto, no es justo. —Intentó liberarse de su mano—. No ha sido mi intención herir a nadie. Habéis malinterpretado mis palabras, las estáis tergiversando.

La frenó en seco, encarándola.

—¿Me estás diciendo que lo que acabo de exponer no es cierto? ¿Que el Amo Horus se ha equivocado en su valoración, que tú no has hecho un comentario al respecto?

—No, claro que no, pero...

Él asintió.

—Gracias por tu sinceridad —replicó y su voz ahora era más suave, su expresión se relajó.

Se mordió el labio inferior. Dios, ¿en qué mierda se había metido? Se estaba enlodando cada vez más, nadie parecía entenderla.

—Me disculparé con ellos, señor —prometió. Si de verdad había herido los sentimientos de alguien, se disculparía, no había sido su intención.

Miró a los implicados y vio la pena en el rostro de la sumisa, la forma en que su compañero la abrazaba y cómo bajó la mirada cuando se encontró con la suya. Fantástico, realmente fantástico, la había jodido a base de bien. Ahora era ella la que se sentía como una garrapata, lo último que había querido era lastimar a alguien.

—Lo siento... —musitó en voz baja empezando a sentirse realmente mal. ¿Cómo había terminado ocurriendo aquello?

—Sé que lo haces, pequeña —le acarició la mejilla—. Y ahora aprenderás que no puedes hablar sin pensar o retar a un Dom sin ganarte un castigo.

No le cabía duda que Luna sabía cómo gritar, cómo maldecir y cómo hacer que le estallasen los tímpanos. No había dejado de hacer ninguna de las tres cosas desde el momento en que la amarró al banco de azotes con la ayuda de Horus y le quitó el breve tanga. Su compañero lo miró con simpatía, arrepintiéndose él mismo de tener que llevar a cabo esa disciplina en medio de una clase, pero ambos sabían que ella había cuestionado la autoridad de un Dom, lo había insultado abiertamente y había hecho daño, posiblemente sin saberlo, a una persona inocente con sus comentarios. Era necesario que aprendiese que en ese mundo existía una jerarquía y cuál era el castigo por no seguirla.

—¡No puedes hacerme esto! ¡No es justo! ¡Me disculpé! —Chillaba tirando de las restricciones que la mantenían quieta y con el tronco inclinado hacia abajo, de modo que su trasero estuviese elevado.

—Has reconocido tu error y eso te honra, pequeña, pero nos aseguraremos de que no vuelva a pasar.

El sonido de las esposas que la retenían con los brazos estirados y las piernas abiertas, atada a cada extremo del potro parecía intensificarse en su cabeza. Demonios, esto no era lo que tenía en mente. Quería enseñarle, no lastimarla de esta manera.

Respiró profundamente y se preparó para lo que estaba por venir, aprovecharía la escena que estaba a punto de impartir para dar la clase y le proporcionaría a la muchacha algo más que dolor.

Le levantó la falda de golpe, dejando a la vista sus tiernas mejillas y resbaló la mano por la suave y pálida piel.

Tenía un culo redondito, tierno de piel tan blanca que después de apretarle la nalga vio como quedaban sus dedos inscritos durante un momento. Oh, sí, ese dulce trasero iba a ponerse de un precioso rosa. Su polla se tensó ante el solo pensamiento, en cómo la marcaría, en cómo pasearía los dedos entre sus piernas para encontrarla mojada, en cada uno de los gemidos que escaparían de sus labios, posiblemente lo maldijese y protestase, pero ella se lo había buscado.

Elevó la mano y la dejó caer con un suave golpe sobre uno de los glúteos, viendo cómo se sonrosaban.

—¡Cabrón!

Reprimió una sonrisa al escucharla y optó por dirigirse a las atónitas parejas.

—Como podéis ver, Luna tiene una boquita que es un primor. —Hubo risas en respuesta, el ambiente empezando a distenderse un poco—. Ella también es nueva y se está adentrando poco a poco en la sumisión.

—¡Suéltame! ¡Suéltame ahora mismo! Volvió a tironear de las cadenas—. ¡Cuando me libere te vas a enterar, capullo!

La ignoró y le masajeó las nalgas, notando su estremecimiento, la forma en que a pesar de todo se excitaba. Estaba tan cabreada como caliente ahora mismo, aunque posiblemente ganase lo primero.

—Mi sumisa está ahora mismo en la posición perfecta para el *spanking*[4], el cual no solo sirve como método de disciplina como un juego erótico que puede llegar a ser realmente... caliente.

---

[4] Término en inglés para «azotes».

Nuevas risitas.

—Para realizar bien esta práctica y que vuestra sumisa no corra riesgo alguno, debéis observar varias cosas como el color de su piel, su resistencia al dolor y, sobre todo, que es lo que la excita —continuó ajeno a los siseos de la chica—. Así mismo, tenéis que ser conscientes de dónde podéis golpear con seguridad, con qué intensidad y qué objetos podéis o no usar para ello.

Deslizó ambas manos por su piel, deslizando el vestido fuera de su camino, descubriéndola y disfrutando así mismo de su anatomía.

—La distribución es la clave del *spanking*, así que intentad distribuir las palmadas o el golpe del objeto que utilicéis sobre todo el culo. —Ilustró sus palabras con varias picantes palmadas que la hicieron respingar y callaron sus protestas al momento—. Entre el setenta y ochenta de los impactos debería ser aquí —golpeó con la palma abierta la zona baja de los glúteos, sin tocar sus piernas o espalda—. Esta zona de aquí —deslizó el dedo justo por debajo de las nalgas, allí dónde se unían a las piernas—, es una zona sensible, perfecta para un par de golpes extra, pero no más allá. Es una zona delicada y podríais dañar la piel. —Volvió a dejar caer la mano con medida fuerza arrancándole un siseo antes de continuar y bajar a la zona de atrás de los muslos, allí donde el solo roce de sus dedos la hacía saltar—. Por último, esta zona es con la que debéis extremar el cuidado y suavizar los golpes, limitándoos al mínimo.

Un pequeño golpecito hizo que soltase un exabrupto y tirase de nuevo de las restricciones.

—Nunca, jamás, golpeéis ni con la mano, ni con ningún objeto de impacto la zona del coxis o superior de

los glúteos y, sobre todo, evitad el área genital. —Llegados a este punto resbaló un dedo hacia abajo y gruñó para sí al notarla mojada. La pequeña traviesa estaba excitada.

—Es importante saber que, en el caso de los juguetes de impacto como la pala, la vara, el *flogger*, el látigo, etc. el resultado del impacto no es igual y ha de medirse con mucho cuidado —insistió Horus—. Observad siempre a vuestra sumisa, estableced antes de nada la palabra de seguridad y aseguraros de que no sufre daño. Vuestro placer ha de ser su placer, se trata de un juego, una escena consensuada. Las primeras veces es aconsejable que habléis entre vosotros y pactéis las cosas de ante mano, decidid hasta dónde queréis llegar, probad, pero con sentido común, cabeza y sobre todo seguridad.

Hubo un coro de murmullos, las sumisas parecían estar casi tan lívidas como la propia Luna, aunque las mejillas de esta estaban calientes por el sonrojo.

—Lo estás haciendo muy bien, mascota. —La premió deteniéndose a su lado, comprobando su respiración, la posición de sus hombros y la musculatura para asegurarse de que no tenía calambres. Sus ojos estaban brillantes, no había lágrimas en ellos, pero el desafío estaba allí—. Ahora es cuando viene lo difícil, pequeña, pero sé que podrás con ello.

—Tú… tú no sabes na… nada de mí… hijo de puta.

Le costaba hablar, estaba luchando con las lágrimas, podía verlo en el temblor de su voz, en la rabia que baila en sus ojos.

—Sé que estás excitada —dijo en un tono de voz que solo pudiese escucharlo ella y deslizó la mano sobre su cuerpo, enterrándose entre sus glúteos hasta acariciar su desnudo y húmedo sexo—, me mojas los dedos. Puede no

gustarte, sé que no te gusta, pero te excita y antes de que terminemos, te prometo que estarás incluso más mojada.

Su respuesta fue apretar incluso más los dientes.

—Tu palabra de seguridad es rojo —le recordó sin dejar de mirarla, buscando su comprensión y aceptación por encima de toda esa deliciosa terquedad—. Si la dices, se termina todo y puedes irte a casa.

No respondió, sus ojos siguieron clavados en los de él.

—Luna, este no es un momento para ser terca como una mula.

—Ponme a prueba y verás… señor.

Sonrió a su pesar.

—Veamos si esa tozudez puede hacer que mantengas la boca cerrada —le acarició el rostro, cosa que ella desdeñó—. Serán tres impactos con la pala, sumisita. Pero para hacer las cosas más fáciles, te calentaré.

Antes de que pudiese replicar se incorporó y recuperó la especie de raqueta.

—La pala —le informó—. Un golpe por cada uno.

Asintió y tras coger dicha herramienta volvió a él y se la tendió.

Luna vio el objeto y su lucha se renovó al instante.

—¡No puedes! ¡No puedes pegarme con eso! ¡Estás loco! ¿Y si tiene gérmenes?

Se rio entre dientes.

—Te puedo asegurar que es nuevecita, tendrás el honor de estrenarla —le dijo con tono divertido—. Y para que veas que es solo para ti… ¿alguien tiene un rotulador que pueda prestarme?

Nuevas risas se unieron al momento, hubo murmullos, Camden sacudió la cabeza a pesar de que

estaba visiblemente divertido y Horus le pasó un rotulador.

—Es permanente, así no tendrá duda de que es toda suya.

Garabateó el nombre sobre la superficie de madera del lado contrario al que iba a utilizar y le devolvió el rotulador a su dueño.

—¿Siempre andas con uno de estos permanentes encima?

Él se encogió de hombros, pero se estaba partiendo de la risa.

—Ya está. —La giró y se la enseñó. Había escrito su nombre e incluso lo había adornado con una medialuna. Él mismo estaba muriéndose de la risa por dentro—. Ahora eres su única propietaria.

—No... no lo puedo creer... tú... tú... ¡Estás loco! ¡Suéltame! ¡Suéltame ahora mismo!

Su respuesta fue darle una fuerte azotaina.

—Respira, Luna y relájate —sugirió en tono malévolo—. Esto no ha hecho más que empezar.

CAPÍTULO 15

¡Ese cabrón hijo de puta había puesto su nombre en una jodida paleta de madera e iba a pegarle con ella! Estaba furiosa, quería arrancarle los ojos y, al mismo tiempo, las malditas y picantes azotainas que le había dado antes, la habían dejado más caliente de lo que esperaba. En cuanto se iba el dolor, su sexo parecía despertar humedeciéndose, como si cada nueva azotaina despertase algo en su interior que no comprendía.

Apretó los labios en un intento por reprimir un gemido, la forma en que la tocaba la estaba volviendo loca, sus manos parecían estar por todo su cuerpo y no podía hacer nada por evitarlo. Le acariciaba las nalgas, la espalda, bajaba por sus muslos, incluso alcanzaba por debajo de ella para torturarle los pechos y los pezones por encima de la ceñida tela. Estaba caliente y avergonzada como no lo había estado en mucho tiempo.

Prácticamente se había olvidado de quién había alrededor, había llegado a un punto en el que no podía pensar, dónde el dolor del culo se convertía en placer,

pero intuía que todavía no habían llegado al punto dónde iba a arrepentirse de haber venido allí esa noche.

No podía verle, en la posición en la que estaba apenas podía girar la cabeza lo suficiente para ver de soslayo a algunas de las parejas que acudían al seminario, no quería pensar siquiera en ello o en cómo todo el mundo estaba viendo su culo desnudo.

Hablando de nudismo...

Volvió a notar como le masajeaba las nalgas, la pasada de sus dedos sobre la piel desnuda, su toque delicado e íntimo alternándose con las ocasionales bofetadas, incursionando entre sus piernas acariciándole el sexo sin siquiera penetrarla.

—Si a eso le llamas pegar, es que tu madre no te zurró como debería cuando eras un mocoso llorón.

Su respuesta fue una dolorosa bofetada en la nalga derecha, apenas tuvo tiempo de recuperar el aliento cuando otra igual de intensa cayó sobre su nalga izquierda. Se atragantó, mordiendo el aire para finalmente empezar a escupir toda clase de insultos sin control.

Eso no lo detuvo, los azotes siguieron lloviendo sin piedad, alternando sobre todo su trasero, haciendo que se le curvasen los dedos de los pies con cada sonido, quemando y doliendo como si le estuviese zurrando con un palo. ¡Zas! ¡Zas! ¡Zas!

Las lágrimas se congregaron en sus ojos, empezaron a resbalar mientras de sus labios ya no salía más que un bajo lloriqueo, ahora ya no le insultaba, rogaba y pedía perdón.

¿Por qué demonios lo insultaba de esa manera? ¿Por qué seguía presionándole? ¿Por qué no aceptaba que

había metido la pata, se disculpaba sin burlarse y se iba a casa?

—Basta… por favor, basta… —Se odiaba a sí misma por el llanto en su voz—. Lo siento, lo siento mucho. Ha sido culpa mía… no me expresé bien… Lo siento si hice daño, no era mi intención. Lo juro. Lo siento… lo siento mucho. No volveré a replicarle al Amo Horus ni a ninguno, lo siento, lo siento…

Entonces el suave y duro tacto de sus dedos estuvo de nuevo sobre su culo, acariciándoselo, esparciendo el calor y el dolor arrancándole la respiración, creando una incongruencia en su interior que no le permitía pensar con claridad.

—Recuerda que lleva tu nombre y es solo tuya. —Escuchó en su oído la voz suave y tierna de su maestro—. Solo tres más, Luna, puedes hacerlo.

No. No podía. Quería decirle que no podía más, que se rendía, pero su mano estaba allí cerrándose sobre su hombro, apretándoselo con suavidad antes de que un impacto más fuerte y duro de lo que había sentido hasta el momento cayese sobre sus calientes nalgas.

—Oh, joder —no pudo evitar exclamar—. Ya basta, por favor, señor… por favor…

¿Qué tenía que decir para que se detuviese?

—Por favor, por favor…

Su murmullo se cortó en seco cuando un nuevo golpe cayó sobre su otra nalga, esta menos intensa que la primera, pero aun así escocía.

—Muy bien, mascota, lo estás haciendo muy bien.

¿Ese era el Amo Horus? Aspiró profundamente, intentando sorber por la nariz, pero un golpe final rompió

a través de su sistema nervioso haciéndola llorar como una niña.

—Lo siento, lo siento, lo siento… lo siento mucho, no volveré a hacerlo… lo siento —balbuceaba entre llanto, apretando con fuerza los ojos, rogando que le creyese—. Lo siento…

Entonces la mano que le apretaba el hombro se deslizó por su espalda en una íntima y reconfortadora caricia, volvió y le apartó el pelo que le caía a ambos lados del rostro.

—Respira, Luna.

—No —lloriqueó, incapaz de hacer otra cosa que balbucear—. No quiero…

Una risita.

—Estás empeñada en llevarme la contraria, ¿eh?

—No —lloriqueó una vez más. La verdad, no tenía la menor intención de contradecirle otra vez. Su ardiente culo era un muy buen recordatorio de por qué no debía hacerlo.

—¿No qué?

—Se… señor.

Sintió su caricia en la mejilla, unos dedos fuertes limpiándole las lágrimas.

—Voy a soltarte, ¿de acuerdo? —le dijo al oído—. Necesito que te quedes quieta.

Lo haría, se quedaría quieta, muy quieta, tanto que parecería una estatua.

Sintió como le liberaban las manos, como se aflojaban los grilletes de sus pies y, a pesar de que su cerebro prendió una chispa que la instaba a escapar, su cuerpo no le obedecía.

—Muy bien, sumisita, allá vamos.

Una mano en su codo, otra en su cintura y la cabeza empezó a darle vueltas.

—No… no… —gimió. Iba a vomitar, por dios, lo que le faltaba, vomitar en sus botas—. Por favor… señor, espera…

—¿Estás mareada?

Asintió muy lentamente.

—Sí.

Estaba mareada, sentía que le ardía el culo y su estómago parecía dispuesto a vomitar allí mismo. Qué bien.

—Respira profundamente, gatita —escuchó que alguien le decía—, ahora deja salir el aire lentamente.

Lo hizo, una vez, otra y su mundo pareció estabilizarse un poco más.

—Incorpórate muy despacio. —Era la voz del Amo Brian—. Buena chica.

—¿Por qué demonios me hablas como si fuese un gato o un perro? —protestó y escuchó a cambio una risita.

—Creo que empieza a recuperarse. —Ese era el Amo Horus y parecía aliviado.

—No lo hago —replicó él a su pregunta.

—Sí, sí lo haces, señor.

Bueno, al menos ahora lo de «señor» le salía solo.

—Batalladora hasta el final.

—¿Está bien? —Escuchó otra voz, esta poseía acento irlandés.

—Solo un poco mareada —respondió su maestro. ¿Por qué demonios escuchaba las voces y no los reconocía?—. Luna, puedes abrir los ojos.

Parpadeó un par de veces y se encontró acurrucada contra el caliente cuerpo de Brian, rodeada por el Amo

Camden y su sumisa, quienes la ocultaban del resto de parejas a las que ya estaba atendiendo Horus con su acostumbrada mano dura.

—Lo siento —musitó mirándolos a uno y a otro—. De verdad que lo siento. Solo fue un comentario y entonces las cosas se sacaron de contesto. En ningún momento tuve intención de lastimaros a ninguno. —Miró a la chica—. No quería insinuar… —Sacudió la cabeza—. Solo alguien valiente y con un corazón enorme puede dar cabida a más de una persona en él.

Ella parpadeó un poco sorprendida, entonces una lenta sonrisa se extendió por sus labios.

—Yo también lo siento —asintió y miró a su propio compañero—. Yo no me sentí ofendida en ningún momento, la gente el libre de opinar como quiera, yo sé quién soy y sé a quién amo. Os amo a los dos, señor y no me avergüenzo de ello.

El Amo Camden le sonrió, acariciándole la mejilla.

—Y yo te amo a ti por ello, Sumi —le aseguró, entonces se volvió hacia ella—. No se te ha castigado por tu comentario, que sí, ha sido poco reflexivo, sino por el numerito que le montaste al Amo Horus. Por mi parte, disculpas aceptadas, mascota. Ahora, procura no meterte en más líos, ¿de acuerdo?

Asintió. Sabía que todo esto había surgido a raíz de su enorme bocaza y su incapacidad para quedarse callada. Después de esto, lo recordaría.

—Sí, señor —suspiró—. Lo intentaré.

Intentó enderezarse, pero el suelo empezó a moverse bajo sus pies y unos pequeños puntos negros saltaron delante de sus ojos.

—Um… ¿Amo Brian?

—Dime, Luna.

—Creo... creo que voy a desmayarme.

Y la creencia se convirtió en un hecho cuando todo a su alrededor dejó de existir y la envolvió la negrura.

.

CAPÍTULO 16

En todos los años que llevaba como Dom, esta era la primera vez que se le desmayaba una sumisa en los brazos y no era una experiencia que le diese precisamente placer. La agitación, la excitación, el ataque rotundo a sus sentidos y el dolor del trasero habían desconectado sus neuronas dejándola laxa en sus brazos. Apenas la había escuchado decirle que iba a desmayarse cuando se encontró con ella deslizándose hacia el suelo.

—¿Te suele pasar esto muy a menudo, Luna?

Levantó la mirada encontrándose con la suya. Llevaba un buen rato sosteniéndola en brazos, se había negado en rotundo a soltarla, ni siquiera cuando había vuelto en sí a los pocos minutos todavía desorientada.

—No, señor. Lo siento si te asusté. —Esbozó una media sonrisa. Todavía no estaba muy seguro de si ella estaba todavía alelada o volvía a contar con todas sus neuronas funcionales—. No es algo que ocurra a menudo, solo cuando mi tolerancia del estrés llega a su punto álgido. Creo que, con esta, solo me han pasado dos veces

en mi vida y la primera de ellas no es algo que quiera recordar.

Su tono le advirtió de que en sus palabras había algo más que una constatación.

—¿Qué pasó esa primera vez? —preguntó con voz firme, una orden impresa en sus palabras que matizó arropándola de nuevo con la manta—. ¿Qué hizo que desconectases por completo?

Ella se tensó en sus brazos.

—Nada, nada que merezca la pena mencionar.

La movió un poco en su regazo, haciéndola perder el equilibrio de modo que todo su peso cayese sobre su pecho, que sintiese que él era quién tenía el control de su cuerpo y que no permitiría que le ocurriese nada.

—Si no mereciese la pena, Lunita, no estarías tensa como la cuerda de un arco —aseguró, introdujo una de las manos dentro de la manta y empezó a acariciarle el vientre con ternura—. Dímelo, déjalo salir… háblame Luna.

—Él… él me engañó.

Esa simple frase pronunciada con pena y dolor fue la compuerta que abrió la pequeña sumisa para dejarle entrar y mostrarle quién era en realidad.

—Él… él era mi novio en la universidad, la persona que creí me quería y cuidaría de mí. Pero no lo hizo, de hecho, hizo todo lo contrario. Me asustó a muerte —musitó en voz baja, como si los recuerdos tirasen de ella—. Me… me hicieron parte de una maldita broma de fraternidad, lo que ellos dijeron que era una broma. ¿Pero qué hay de broma en que te saquen del dormitorio de tu novio en plena noche, te cubran la cabeza con una capucha y te digan que tienes un chuchillo en la garganta y que si gritas te la cortarán? ¿En qué broma te arrastran a

la parte más alejada del campus, te meten en un descampado e intentan violarte?

Empezó a temblar, podía notarlo con ella pegada a su cuerpo, la forma en que las palabras se rompían y tuvo que hacer un verdadero esfuerzo para mantener el tono tranquilo y seguir acariciándola como si no pasase nada.

—Está bien, Luna, estoy contigo, déjalo salir.

—Es… estaba muerta de miedo… yo… yo no sabía quiénes eran… ellos… al menos no al principio. —Tragó con dificultad—. El miedo me paralizó, tenían armas de fuego, pistolas que juraría eran auténticas y cuchillos, el cuchillo con el que me habían amenazado… Entonces uno de ellos empezó a murmurar por lo bajo, decía algo sobre una broma… sobre que estaban yendo demasiado lejos… pero ellos no se detuvieron. Me rompieron la camiseta, me sujetaron las piernas y entonces fue cuando empecé a luchar… no quería que me violasen, no quería que me tocasen, todo lo que quería era irme a casa…

La acunó en sus brazos, susurrándole palabras tranquilizadoras, pero ella parecía estar muy lejos, ni siquiera le escuchaba.

—No podía respirar… tenía tanto miedo que no podía ni respirar… —Tragó con dificultad—. Entonces él estaba allí, le escuché claramente… se reía… y Cass apareció al poco rato con unas compañeras y ellos se dispersaron.

Se detuvo para tomar una profunda bocanada de aire.

—Me desmayé. En algún momento antes de que llegase Cass, me desmayé y cuando desperté ella estaba llorando, gritando y pidiendo una ambulancia —se lamió los labios.

—¿Denunciaste los hechos?

Su voz pareció sacudirla, levantó la cabeza y se encontró con su mirada. Estaba perdida, como si durante un breve instante hubiese desconectado por completo aislándose el lugar en el que estaba.

—Sí, yo... sí, denuncié a la universidad, denuncié a ese cabrón, pero el rector... él desestimó todo diciendo que eran cosas de chicos, bromas de fraternidad —declaró intentando incorporarse y la dejó hacerlo—. Se limitaron a expulsarlo unos días a modo de disciplina, pero nada más... Así que, tuve que tomarme la justicia por mi mano.

Enarcó una ceja ante lo que sin duda debía ser algo totalmente ajeno a esa mujer. Luna no era una persona vengativa, era demasiado tímida, demasiado cálida para ello.

—¿Qué hiciste, mascota?

Lo miró a los ojos.

—Lo humillé. —Se encogió ligeramente de hombros—. El popular capitán del equipo de fútbol universitario terminó drogado, atado y vestido de mujer en los vestuarios femeninos. Le até... em... —señaló con el dedo su entrepierna—, eso... con cinta aislante y le pegué en el lugar un enorme pene hinchable.

Tuvo que hacer un verdadero esfuerzo para evitar sonreír ante la imagen. En su opinión era poco en comparación con lo que se merecía un hijo de puta como ese, pero para esta pequeña mujer debió haber sido todo un alarde de valentía, dado lo sucedido.

—Así que, ya ves que puedo ser una auténtica diabla cuando la ocasión lo merece, Amo Brian —le dijo encontrándose con su mirada—. Y quiero esa pala, quiero convertirla en un mondadientes.

Y ahí estaba de nuevo su Luna, pensó con entre divertido y aliviado.

—Ni hablar, mascota, sería una pena destrozar tal obra de arte —declaró y deslizó la mano a su inflamado culo, oyéndola respingar—. Gracias por contármelo, Luna.

—Me duele... —siseó.

—Lo sé.

Bajó sobre ella y tomó sus labios. Aferró su presa de modo que no pudiese retroceder, quería esto, necesitaba esto sobre todo después del susto que le había dado y más aún después de escucharla hablar. Le mordisqueó los labios, los repasó con la punta de la lengua en una invitadora provocación que ella no dudó en aceptar abriéndose a él. Invadió su boca y jugó con su lengua, succionándola y obteniendo un suave gemido y la completa relajación de su cuerpo.

—Me gusta ese dulce tono rosa que tiene, el calor que te inflama las nalgas porque yo he sido el que lo puso allí —declaró sobre sus labios, sus manos cambiando de posición, moviendo su cuerpo hasta tenerlo casi bajo él de modo que ahora pudiese recorrerla libremente con las manos y la mirada—. Encuentro bastante apetecible todo lo que esconde este sexy vestido, sumisita, tanto que quiero verlo por mí mismo.

Arrastró los dedos por el escote corazón delineando el borde, tirando de la tela hacia abajo dejando a la vista un *bustier* que apenas podía disimular el color de sus rosados pezones ya erectos. Siguió más abajo, pasando sobre su estómago, tirando de la prenda en el proceso hasta arremolinarla alrededor de la cintura para deslizar la mano por encima del recortado vello púbico hasta la palpable humedad de su sexo. La acarició, empapándose

con su placer antes de retirar la mano y llevársela a la boca.

—Y me gusta cómo sabes.

Se estremeció bajo él, sus ojos abriéndose ligeramente mientras sus labios se separaban con un pequeño jadeo.

—Y quiero más, quiero enterrarme en ese dulce y caliente coñito —insistió sin apartar la mirada de la suya—, quiero ver cómo suplicas mientras me hundo más y más hasta que te corras gritando. Si tienes alguna objeción a ello, este es el momento indicado para decirlo.

La vio tragar, su mirada sosteniendo a suya durante un instante que pareció interminable.

—Solo una, ¿algo de eso incluye mi nuevo mondadientes?

Se rio entre dientes, esa pequeña sumisa podía ser realmente tierna.

—Solo tú, yo… y unas esposas de cuero —informó sosteniéndole de nuevo la mirada—. Te quiero subyugada, dominada, abierta a mi placer, tu cuerpo disponible para mi uso y disfrute… Sí o no, Luna. Tú tienes el poder en este momento.

Se lamió los labios.

—¿Sigue funcionando eso de la palabra de seguridad?

Chica inteligente.

—Siempre —le confirmó—. Di *«rojo»* y todo se termina. Podrás irte si eso es lo que quieres. ¿Lo has entendido?

—Ahora que mi cerebro vuelve a funcionar, más o menos…

—Sabes que esa no es la respuesta que debes dar —la aleccionó—. Inténtalo de nuevo.

Arrugó la nariz, las pecas destacaron por sí solas dotándola de un aspecto casi juvenil.

—Sí señor.

—Gracias —aceptó su buena disponibilidad—. ¿Y bien? ¿Qué eliges?

Las dudas bailaron un instante en su rostro, pero tan rápido como se presentaron se fueron.

—Yo... creo... ¿sí?

—¿Me lo preguntas a mí, mascota? —No pudo evitar sonreír ante su tentativa.

Sacudió la cabeza.

—No señor, solo digo que sí.

—En ese caso, terminemos con el trabajo que empezamos con el tanga. —Volvió a inclinarse sobre ella y la besó una vez más, saboreándola, degustando la suavidad de su boca para luego romper el beso—. Quítate el resto de la ropa y sube a la cama.

La vio parpadear, entonces miró a su alrededor y se percató por primera vez en los últimos minutos que ya no estaban en la sala común del club, sino en una de las habitaciones privadas.

—Está bien, Luna, seguimos en el club. —Le sopló al oído, empujándola y levantándose a su vez—. Es una de las habitaciones temáticas.

Su ansiedad disminuyó, decidiendo confiar en su palabra, una pequeña victoria más.

—Sí, señor.

—Me gusta cómo suena en tu boca —aseguró e indicó las prendas con un gesto de la barbilla—. Te quiero desnuda. Ahora.

Se estremeció bajo su mirada, la belicosa muñequita parecía sumergirse ahora en la vergüenza cuando tenía sus ojos sobre ella de manera sexual, nerviosa por lo que vendría a continuación, deseando saber qué pasaría sin tener una sola pista de ello. Ella se desvistió lentamente, sonrojándose a medida que soltaba los ganchos delanteros del *bustier* liberando unos gloriosos pechos. La pequeña sumisa era toda nata salpicada de copos de canela, tenía pecas sobre los hombros salpicándole la uve de los pechos, era realmente deliciosa.

—Eres como ese remolino de nata de los capuchinos, salpicado de canela —la admiró—. A la cama, ahora.

La vio lamerse los labios, mirar de soslayo la enorme estructura antes de volverse de nuevo hacia él.

—¿Tenéis pensado dar cabida a todo un equipo de fútbol?

Se limitó a mirarla, diciéndole sin palabras que obedeciese sus órdenes. Entonces se le ocurrió algo.

—Por cada vez que olvides añadir Señor o Amo, sumaré un azote —la avisó y miró claramente su culo rosado—. Ya estoy deseando poner de nuevo mis manos sobre ese delicioso culo.

Trepó a la cama como si le fuese la vida en ello y se arrodilló, teniendo mucho cuidado de que sus piernas no tocasen el abusado culo.

—Sabía que podías ser razonable.

—Con incentivos así, puedo serlo, Amo Brian.

Le gustaba la forma en que pronunciaba su nombre, pero quería escucharlo en una connotación distinta, sin la goteante ironía. Dejó que se fuese acostumbrando al nuevo lugar, que deambulase con la mirada mientras se desprendía de su propia ropa. Su mente ya estaba

trabajando en cómo la ataría, como la inmovilizaría para disfrutar de ese cuerpo y arrancar las respuestas que quería de él. La vería retorcerse y gemir, quería que se corriese varias veces... con su boca, sus manos, su pene... Iba a tomarla, se habían terminado los juegos y las prórrogas, hoy sería completamente suya.

Esos bonitos ojos pardos volvieron en su dirección y se abrieron ligeramente ante su desnuda presencia. Sus labios se separaron, el ritmo de su respiración cambió y un suave color rosa empezó a extenderse por su cuerpo iniciándose en sus mejillas cuando deslizó la mirada hacia pesada erección que lucía. Abrió la boca como si quisiese decir algo, pero volvió a cerrarla. La incomodidad se instaló en su cuerpo, su mirada se hizo esquiva y acusó una obvia vergüenza. Interesante.

Abrió un cajón de la cómoda instalada en la pared y sacó un preservativo, el cual se enfundó al momento bajo su atenta mirada.

—Deja de pensar o quemarás los engranajes.

Ella se sonrojó incluso más, su mirada topándose ahora con la suya cuando caminó hacia la cama. La empujó por los hombros, tumbándola y cubriéndola con su cuerpo, notando su calor y toda esa blandura bajo él.

—Eres una gatita dulce y calentita —aseguró deslizando las manos sobre su cuerpo, masajeando los músculos tensos, acariciándole el estómago, los pechos, jugando con sus pezones y viendo en todo momento su reacción—, y estás excitada.

Bajó sobre ella, capturó sus labios en un breve beso, succionó el labio inferior estirándolo entre los dientes mientras la dejaba sentir la dureza de su pene contra su pelvis.

—Dame las manos.

La vio tragar, la intranquilidad palpitando en sus ojos y en su corazón. Desvió la mirada y se vio obligado a sujetarle la barbilla.

—No, los ojos sobre mí —la instruyó y extendió su palma—. Tu mano derecha, sumisa.

Odiaba esa palabra, lo sabía por la forma en que se tensaba, en que se negaba a responder, pero su cuerpo iba por delante de su mente, su mano posándose ya sobre la suya. No la dejó pensar, no le dio tiempo a llevar a cabo cualquier reacción, le aferró la muñeca con los dedos y estiró el brazo por encima de su cabeza, aprisionándola con las pulseras recubiertas de vellón.

—La otra mano. —Su reticencia fue obvia, pero optó por obedecer—. Buena chica.

—No… no me estoy sintiendo precisamente como una buena chica, señor —rezongó en voz baja y ladeó la cabeza para ver cómo le apresaba la otra muñeca—, sino como uno de esos sacrificios paganos. Dime, por favor, que no tienes un cuchillo escondido debajo de la cama.

Se rio entre dientes y bajó sobre ella, encontrándose con sus ojos.

—No, aunque debe haber un par de tijeras en algún lado —le soltó viendo cómo sus ojos se abrían desmesuradamente—. Son para cortar las cuerdas con las que se juega en caso de necesidad, de todas formas, yo soy de los que prefiere deshacer los nudos.

Deslizó un dedo por su mejilla, notando su calor y viendo cómo se estremecía por su contacto.

—Conmigo estás a salvo —la tranquilizó—. Siempre.

Se echó hacia atrás y admiró su trabajo. Los brazos extendidos sin demasiada tensión, las muñecas retenidas

por las esposas de cuero, sus pechos erguidos con pezones rosados. Su respiración hacía que se elevasen una y otra vez convirtiéndolos en un manjar de lo más apetitoso. Siguió la mirada hacia abajo, hacia el nido de rizos oscuros que servía ahora de cama a sus pelotas, las anchas caderas perfectas para aferrarse a ellas mientras se impulsaba en su interior.

—Tira de las muñequeras. —Una orden seca, directa que sobresaltó el pequeño cuerpo bajo el suyo.

Su instinto la llevó a respingar debajo de él, a tirar de sus manos y darse por fin cuenta de que estaba atada, de que no podía moverse con las restricciones y su cuerpo presionando su parte inferior. Sus ojos se ampliaron, su respiración se volvió más acelerada... y ahí estaba, la reacción que esperaba.

—Despacio, Luna, despacio. —Estiró las manos y las deslizó sobre los brazos atados, acariciándola, deslizándose de nuevo hacia abajo y sopesando ahora sus pechos—. Dime, ¿te duele algo? ¿Los hombros? ¿Las manos? ¿Notas algún hormigueo?

Sacudió la cabeza con tal rapidez que algún mechón de su pelo cruzó por delante de su rostro. Se lo apartó con gentileza, le recorrió el rostro con los nudillos y aplanó la palma entre sus pechos.

—En voz alta, por favor.

—No. Pero no aprecio nadita el estar atada como un jamón —musitó—, señor.

—Procura que todo te salga en una sola frase o te contará como un azote.

Iba a protestar, pero no se lo permitió. Ya estaba bien de charlas.

—Separa las piernas, Luna, quiero ver lo mojada que estás.

Su respuesta fue apretarlas aún más. Resopló, levantó la mirada y vio la mortificación en sus ojos. Estaba incómoda, avergonzada, pero la excitación teñía al mismo tiempo de rubor su cuerpo.

—Cada desobediencia también sumará un azote —le informó y, antes de que pudiese protestar se deslizó hacia atrás, le aferró los tobillos y se los ató a pesar de los forcejeos a los pies de la cama dejándola en la postura del águila—. Eso está mejor.

Tiró de las restricciones, las cuerdas se movieron dándole la breve movilidad que le estaba permitida, anclándola a las esposas que rodeaban sus muñecas y tobillos, dejándola completamente a su merced e imposibilitándole la opción de tomar decisiones sobre nada. La vio dar un respingo e intentar levantar el trasero, el roce de la tela contra la delicada piel la molestaba, pero su terquedad la llevó a mantener los labios apretados.

Deslizó las manos de nuevo por sus piernas en sentido ascendente, su mirada prisionera en todo momento de la de ella, atento a cada señal de su cuerpo y rostro. La quería ansiosa, pero no asustada.

—Si dejas de contorsionarte así, no te rozará la ropa de cama en el culo —le advirtió. Evitó su centro y la humedad que ya le acariciaba la cara interior de los muslos, ascendió por sus caderas provocándole pequeños estremecimientos hasta llegar a sus pechos—, por otro lado, me encanta la forma en que te contoneas.

Apretó los suaves montículos y jugó rodeando los puntiagudos pezones con los pulgares, endureciéndolos

mientras su cuerpo respondía arqueando la espalda en un intento por acercarse más a él.

—Por favor...

La palabra salió como una súplica inesperada, un pequeño temblor la recorrió de los pies a la cabeza.

—Por favor, ¿qué?

Ella se lamió los labios, se mordió el inferior cuando tironeó de una de las dulces cúspides, provocándole un pequeño pinchazo de dolor, para luego calmarlo con caricias.

—Por favor, señor.

Gruñó apreciativo y bajó la boca sobre su pecho para succionar un pezón, jugando con él, mordisqueando la suave carne arrancándole un pequeño gritito.

—¿Esto es lo que quieres? —La lamió una vez más, desplazándose de un seno al otro, torturándolos, disfrutando del placer y del sabor de su piel—. Podría hacer que te corrieses así, eres realmente sensible, pero hay otra parte que hemos desatendido y requiere de cuidados.

Deslizó la boca sobre sus pechos, mordisqueándole la piel en línea recta y descendente hacia el ombligo. Le provocó cosquillas con la lengua, hizo que se retorciese bajo él, que tironease de las restricciones en un intento por cerrar los muslos, algo que no le estaba permitido.

—Quédate quieta. —Posó una mano sobre su vientre y entrecerró la mirada en la de ella—. Obedece.

Sus labios se curvaron en un coqueto y tierno puchero.

—No... no puedo —gimió—. Me... me haces cosquillas, señor.

Su avergonzada admisión lo hizo sonreír.

—Cosquillas, ¿eh? —Deslizó los dedos sobre su piel—. Veamos qué otra clase de *«cosquillas»* puedo provocarte... aquí abajo.

Estaba húmeda, lo comprobó tan pronto deslizó un dedo por encima de sus pliegues, su carne rosada expuesta a su mirada.

—Precioso —murmuró relamiéndose interiormente—. Rosado, mojado... Estás empapada, Luna.

Tembló bajo sus caricias, incluso con las manos apoyadas sobre sus muslos podía notar los suaves estremecimientos que la recorrían.

—Muy mojada y totalmente abierta para mí. —Presionó la palma sobre su monte de venus y un suave gemido escapó de sus labios al mismo tiempo que era recompensado con más humedad entre sus piernas—. Tan suave y tan caliente... —Resbaló un dedo sobre su entrada, sin penetrarla, recorriendo sus labios y extendiendo la lubricación natural que la empapaba.

La tensión en sus caderas, el aire contenido de sus pulmones, los suaves jadeos cuando la acarició más íntimamente y su gemido cuando introdujo un dedo sondeando su interior le dijeron mucho más que todas las palabras que esa muchachita quisiese verter. Estaba caliente, excitada, receptiva y totalmente entregada como solo podía entregarse una pequeña sumisa rebelde como ella.

Su rendición venía también de la ausencia de estrés, había quedado completamente drenada después de batallar hasta el infinito en su escena anterior haciéndola mucho más receptiva. Cada pasada de sus dedos la estremecía, hacía que su cabeza se moviese sobre la cama y que sus labios se moviesen en renuentes súplicas y

deliciosos gemidos que lo estaban poniendo si cabía más duro.

—Eres un pequeño ángel cuando no estás en modo diablilla, ¿no es así?

Sopló sobre su sexo haciendo que arquease las caderas, sonrió para sí y se permitió dar el próximo paso y probarla como quería. La cubrió con la boca, lamiéndola con extrema lentitud, disfrutando de su sabor y de los gemidos que escapaban de su garganta. La penetró con la lengua, solo para hacerlo luego con un dedo y moverse a su siguiente parada.

—¡Amo Brian!

Saltó como un resorte cuando le acarició el clítoris con la punta de la lengua. Se arqueó bajo él, empalándose en su dedo, apretándole mientras seguía jugando con ella, amamantándose ahora de la dulce perla y acercándola cada vez más al orgasmo.

En otras circunstancias habría jugado con ella manteniéndola allí, torturándola sin permitirle alcanzar la liberación, pero ahora no se trataba de castigarla, sino ganarse su confianza, atar ese fino hilo de confianza que le había otorgado y endurecerlo.

—Suave mascota. —Sopló de nuevo en su cálida carne, sin dejar de penetrarla con el dedo, lamiéndola y excitándola todavía más—. Tenemos toda la noche por delante.

Y él quería saborearla por completo. Añadió un segundo dedo a su invasión, manteniendo un movimiento lento, provocando con cada uno de ellos su clítoris y haciendo que toda ella se revolviese necesitada de más.

—Mírame, Luna —le ordenó, buscando sus ojos a través de su cuerpo, incorporándose para ver su rostro,

para encontrar el rubor en sus mejillas, el brillo de deseo en sus ojos y la vidriosa mirada de la pasión—. No apartes la mirada.

Volvió a penetrarla, cambiando de posición, girando sus dedos hasta encontrar ese punto que le arrebató el aliento y la obligó a luchar contra la necesidad de perderse a sí misma. Le sostuvo la mirada, incluso cuando la llevaba más y más cerca del final, sus ojos pardos estuvieron presos de los de él hasta que las primeras lágrimas se deslizaron por sus comisuras y su sexo se contrajo alrededor de sus dedos ante los primeros espasmos de un potente orgasmo.

—Señor… —Fue una súplica, un maullido, un grito estrangulado que manó de sus labios cuando la liberación atravesó su cuerpo.

Pero él no se detuvo, siguió moviendo los dedos en su interior, volvió a bajar la boca sobre ella y sorbió su clítoris, arrancándole el aliento y haciendo que su sexo exprimiese sus dedos otra vez. Un nuevo orgasmo la sacudió dejándola completamente laxa y jadeante, cubierta de sudor y deliciosamente femenina.

CAPÍTULO 17

Luna no podía respirar. Su mente se había hecho pedazos, su cuerpo ya no le pertenecía, era como una muñeca desmadejada y no le importaba lo más mínimo.

¿Se había corrido alguna vez con tanta intensidad antes? ¿Había tenido dos orgasmos seguidos?

No podía recordarlo, no podía ni pensar, todo lo que podía hacer era respirar y ya era mucho para ella.

Sintió esos duros dedos ahora sobre su rostro, el calor de un cuerpo duro y masculino cerniéndose sobre el suyo un instante antes de que unos labios reclamasen los suyos durante unos breves instantes.

—¿Sigues conmigo, Lunita?

Lunita. Cuando lo decía él no sonaba burlón, sino sexy y caliente. Estaba loca, no había otra explicación coherente para tales pensamientos.

—Creo que sigo aquí, señor —murmuró, parpadeó un par de veces y abrió los ojos para encontrarse con ese rostro fuerte y masculino sobre ella. Los ojos oscurecidos por el deseo—. Sí, sigo aquí.

Lo vio sonreír, le apartó el pelo del rostro y la examinó como si buscase algo más.

—Bien, porque todavía no he terminado contigo.

Zambulló la lengua en su boca haciendo que se saborease a sí misma, cortando de raíz cualquier réplica. Sostuvo su cuerpo por encima del de ella y sintió sus dedos envolviéndose sobre la muñequera, soltándole la esposa que retenía su mano derecha.

—No te muevas. —Su voz fue como un latigazo. Su cuerpo obedeció al momento, casi le daba miedo respirar y desobedecerlo.

Lo siguió con la mirada mientras bajaba por su cuerpo y le soltaba también las piernas. Sus manos le masajearon los tobillos antes de aferrárselos con ambas manos y girarla de golpe dejándola boca abajo. Jadeó, incorporándose sobre el brazo que todavía libre y tensando el que permanecía atado.

—De rodillas.

Una inesperada y punzante palmada en el culo la hizo saltar sobre la cama y terminase casi con los talones apoyados en el culo mientras la réplica bullía en su lengua.

—¡Ey! ¡Esas manos!

Se cayó tan pronto lo sintió pegado a su espalda, rodeándole la cintura con el brazo y apartándole el pelo del cuello para poder acceder a su oído.

—Segundo azote añadido a la lista.

—Pero...

—¿Añadimos un tercero?

Sacudió la cabeza inmediatamente.

—¿Cómo debes responder, Luna?

—No señor.

Le acarició el pabellón de la oreja con la lengua.

—Eso es, sumisita —replicó con voz profunda, grave y malditamente sexy. Se estremeció, no pudo evitarlo, máxime cuando su mano subía a uno de sus pechos y

empezaba a jugar con su pezón—. Pon tu mano libre sobre el cabecero —la instruyó, empujándole la espalda ahora, doblándola hacia delante—, no lo sueltes, pase lo que pase.

Se estremeció. No le gustaba no poder verle, sus ojos a menudo le decían lo que iba a hacer.

—Señor, por favor…

Sus dedos se cerraron sobre el pezón, apretándolo, causándole una punzada de dolor que fue directa a su sexo haciendo que se humedeciese todavía más.

—Inclínate hacia delante. —Presionó la palma abierta entre sus omóplatos y la instó a inclinarse, sin dejarle más opción—. Y recuerda, Luna, tu palabra de seguridad es rojo.

Su pene se deslizó entre sus húmedos pliegues desde atrás, lo inesperado de la acción unido a su tamaño le arrancaron la respiración. Él era grande, lo suficiente como para que notase una ligera reticencia al principio y le arrebatase la respiración cuando se introdujo hasta el fondo sin más aviso que sus dedos oprimiéndole la cadera.

—Ay dios —jadeó sintiéndose empalada, sin espacio ni para respirar. Sus músculos internos aferrándose a él, intentando hacerle sitio—. Señor… oh… joder…

Se soltó solo para encontrarse su mano devolviéndola a la posición original.

—Y vamos con el cuarto —le susurró al oído.

Sacudió la cabeza. No. No quería que volviese a azotarla. Ni hablar. Antes se presentaría a las Olimpiadas y correría los cinco mil batiendo el récord del mundo.

—Respira, puedes hacerlo, tu cuerpo está preparado para ello —le susurró al mismo tiempo—. Ríndete, pequeña, no hay más por lo que luchar. No hay necesidad.

Me perteneces, tu cuerpo es mío para mi disfrute. No luches, sumisita.

Oh, pero eso era más fácil de decir que de hacer. Entregarse a él de esa manera significaba rendir las armas, darle una confianza que nunca había dado a otra persona y, al mismo tiempo, ¿no había sido eso lo que había estado buscando al venir aquí? ¿No era eso lo que quería?

—Por favor… —No me hagas daño, quiso decir en voz alta pero no se atrevió—. Por favor, señor… —Quédate conmigo. —Porque si se iba ahora, si decidía parar, se moriría, quedaría hecha pedazos y no sería capaz de recoger lo que quedase de sí misma.

Sus dedos se cernieron sobre su rostro, el cogió la barbilla y le giró el rostro de modo que pudiese acceder a su boca y besarla. La distrajo con su lengua, la penetró y chupó de una forma decadente mientras su pene la llenaba por completo, una de sus manos volvió a jugar con sus pezones haciendo que su cuerpo se encendiese una vez desterrando la tensión, los miedos y dejando en su lugar solo ciego placer.

—Mi dulce y traviesa Luna —le dijo rompiendo el beso—, ya eres mía.

Salió de su cuerpo solo para volver a entrar con otro duro empuje, podía sentir sus testículos golpeando sus suaves y abusadas nalgas mientras temblaba por dentro de ardiente necesidad. Se aferró al cabecero de la cama intentando mantener la postura y al mismo tiempo no caerse de la cama, ese hombre era pura intensidad, la marcaba con cada empujón, diciéndole sin necesidad de palabras lo que le había susurrado, lo que su cuerpo ya sabía y su mente era reacia a aceptar, que era suya para hacer con ella lo que quisiera.

Gimió cuando notó los dedos clavándose en sus caderas, su pelvis chocando contra su culo con cada nuevo empellón convirtiendo los ahogados gemidos en fuertes jadeos que no podía refrenar. Estaba caliente, tan caliente que quería gritar que le diese más, que la montase más duro, más fuerte.

—Amo… —Las palabras se le atascaron en la boca cuando deslizó una mano entre sus piernas y encontró el duro botón de su clítoris—. ¡Brian!

Le pareció escucharle reír, pero no pudo asegurarse de ello pues su cuerpo empezaba a acusar ya los estremecimientos de un primer orgasmo demoledor que la resquebrajó con un grito.

—Uno más —gruñó en su oído, mordiéndole el lóbulo de la oreja causándole una punzada de dolor antes de soltárselo—, córrete otra vez para mí, Luna, dámelo.

Como si fuese una muñeca atada a sus deseos, su sexo se estremeció oprimiéndole, temblando de nuevo y encadenando un segundo orgasmo que se llevó consigo cualquier tipo de pensamiento, coherente, quedando solo tras de sí el gruñido de placer masculino antes de enterrarse profundamente en su interior alcanzando su propia liberación.

La cabeza le daba vueltas y tuvo que obligarse a cerrar los ojos para evitar el mareo, así que no tenía idea de cuando le soltó la mano que todavía tenía retenida y la depositó de espaldas sobre la cama. El corazón le latía en los oídos y detrás de los párpados solo veía pequeños fogonazos de luz. Le costaba respirar, era como si el aire de la habitación no fuese suficiente, como si sus pulmones no diesen abasto.

—Respira despacio —oyó entre latidos en su propia cabeza, sintió el peso de algo sobre su pecho—, dentro y fuera —marcó cada pauta con un toque de sus dedos en su esternón—, lento, Luna, lento —su voz era fuerte, exigente, obligándola a cumplir con sus demandas.

El zumbido que escuchaba en sus oídos empezó a decrecer, los fogonazos detrás de sus ojos remitieron poco a poco y tras unos minutos volvió a respirar con normalidad, sin esa sensación de mareo.

—Ya puedes abrir los ojos mascota.

Se lamió los labios.

—Creo que prefiero seguir con ellos cerraros un ratito más, si no te importa, señor —musitó sintiéndose ya un poco más ella misma.

Lo escuchó reírse.

—Sí me importa, Luna —replicó con firmeza, sin dejarle más opciones—. Abre los ojos.

Lo hizo y se encontró con su rostro. Estaba apoyado sobre un codo y la miraba visiblemente divertido.

—Dime una cosa, mascota.

—Claro… cuando dejes de llamarme…

—¿Añadimos el cuarto?

Apretó los labios y arrugó la nariz.

—No, señor. Preferiría que no añadiésemos ninguno y borrásemos la cuenta que ya llevas.

—¿Y perder la oportunidad de enseñarte que los azotes no solo sirven de castigo, sino que también pueden resultar excitantes?

—Mi culo no está de acuerdo con eso, que lo sepas, Amo Brian.

—Tu culo es mío —le recordó sin más—. Así que, yo decidiré lo que le resultará excitante o no.

Abrió la boca, pero volvió a cerrarla. ¿De verdad tenían que discutir ahora?

—No quiero discutir. —Hizo un puchero—, por favor.

—No soy yo el que se pone belicoso, sumisita.

Volvió a morderse sus palabras y respiró profundamente, limitándose a quedarse quieta. No es que pudiese mover un solo músculo ni, aunque lo intentase.

—Lo siento, señor.

Asintió, complacido con su claudicación.

—Dime, ¿siempre te mareas tanto con un orgasmo?

Se sonrojó hasta la punta del pelo.

—No.

La miró con intensidad.

—¿Ha sido la primera vez?

—Sí.

—Luna.

Parpadeó mirándole sin comprender hasta que lo hizo.

—No, señor. No me he mareado nunca y sí, señor, ha sido la primera vez —murmuró—. Y también es la primera vez que esa pregunta hace que me muera de vergüenza, Amo Brian.

La boca masculina se curvó en una petulante sonrisa.

—Bien. Aquí tienes tu próxima tarea —le informó—. Quiero que te hagas un chequeo médico completo.

Parpadeó como un búho.

—¿Qué?

—Analítica de sangre incluida —añadió sin dejar de mirarla—. Los resultados sobre mi oficina en el *Blackish* el sábado de la semana que viene.

Abrió la boca, pero no le dio tiempo a decir ni una sola palabra.

—Podría aceptar adiestrar a una nueva sumisa, la pregunta es, ¿estás interesada en tener un maestro? —la sorprendió—. Ya has provocado en lo que consiste y ambos sabemos que no es algo que te disguste, ahora, deberás preguntarte si deseas seguir experimentando la sumisión... o ha sido suficiente para ti.

—Yo...

Le cubrió la boca con un dedo.

—Tómate tu tiempo para pensarlo, Luna, porque si aceptas, querré de ti sumisión completa —declaró con firmeza—. No más desafíos, no más faltas de respeto. Si te portas mal, serás castigada. Si te comportas como una buena mascota, entonces te premiaré. ¿Lo has entendido?

Asintió y él no tardó en mostrar su descontento.

—Sí, señor —se corrigió al momento—. Lo entiendo perfectamente.

La miró durante unos segundos y finalmente asintió.

—De acuerdo, en ese caso, vamos a darnos una ducha y reunirnos con el resto en la sala principal. —Tiró de ella fuera de la cama, hacia una pequeña puerta al otro lado de la habitación—. Venga, dejaré que me laves después de que haya... enjabonado todo ese bonito y curvilíneo cuerpo.

No pudo protestar, no se lo permitió y, unos minutos después, ya no tuvo importancia.

CAPÍTULO 18

Luna bostezó y se frotó los ojos. Estaba cansada, cada vez que se movía y la tela del vestido rozaba sus tiernas nalgas sentía la necesidad de apretar los dientes, incluso la breve tela del tanga, y el *bustier* no hacían otra cosa que recordarle los deliciosos momentos que había pasado su cuerpo; aunque no estaba segura de catalogar como deliciosa la zurra con el puñetero mondadientes.

La ducha solo fue una excusa más para volver a poseerla, doblegarla y regalarle otro increíble orgasmo. Levantó la mirada y miró la ancha espalda que caminaba delante de ella, la de un hombre estricto como Dom, que exigía, pero también daba a cambio, que conseguía de ella cosas que no había conseguido nadie más.

El Amo Brian quería que volviese, que fuese socia del club y su sumisa, ¿podría hacerlo? ¿Podría darle todo lo que quería? ¿Entregarle la confianza que exigía? ¿Renunciar a toda clase de poder y dejarlo en sus manos?

Se mordió el labio y lo soltó. Tenía una semana por delante para tomar una decisión, pero no estaba segura que siete días fuesen suficientes.

Se detuvo en seco al ver que él también lo hacía e hizo todo lo posible por no tropezar. La había instruido en que debía caminar un paso por detrás de él, a su derecha y con la mirada baja. No es que ahora mismo le costase mucho mantenerla en el suelo, lo difícil era levantarla.

—Estás agotada.

La breve frase, una firme aseveración llegó acompañada de su mirada, se había girado hacia ella y la contemplaba con gesto tranquilo.

—La ducha me relajó tanto que creo que podría dormirme de pie, señor —contestó de manera automática.

Él enarcó una ceja, sus labios curvándose solo en las comisuras. Lo de una ducha relajante cobraba un sentido bastante absurdo después de lo que habían hecho en ella, pero la parte de él enjabonándola y lavándole el pelo sí lo había sido.

Se le colorearon las mejillas, no tenía que tocárselas ni verse para saber que las tenía encendidas, podía sentir el calor.

—Bueno, el agua caliente, ya sabes...

Sacudió brevemente la cabeza y estiró la mano, apartándole un mechón de pelo de la cara.

—Ven, despídete de los Maestros para que pueda llevarte a casa.

Las cuatro horas del taller se habían terminado hacía algo más de treinta minutos. Al entrar en la sala principal había podido darse cuenta de que quedaban apenas un par de parejas que habían estado intercambiando algunas palabras con los Amos Horus y Camden, e incluso alguna sumisa había hablado con Siobhan antes de emprender la retirada. Ahora mismo ya solo quedaba una pareja recogiendo sus cosas y los Amos del club.

—Si me pides un taxi, estaré perfectamente bien, Amo Brian.

Él se limitó a ignorar su réplica y se detuvo al llegar a la altura de sus amigos. Horus le pasó una cerveza y ladeó la cabeza al verla, como si la estuviese estudiando. Su escrutinio la puso nerviosa y el Amo debió percibirlo pues sonrió abiertamente.

—Sí, ahora pareces una verdadera sumisa.

Enarcó una ceja ante su comentario, imitando lo que solía hacer su Maestro, pero optó por mantener la boca cerrada.

—¿Quieres sentarte? —la invitó Sio—. Parece que lo necesitas más que yo.

Recordando lo que había pasado cuando se sentó brevemente antes en el dormitorio después de salir de la ducha, negó con la cabeza.

—No, gracias.

Los hombres intercambiaron una mirada cómplice de pura satisfacción.

—No puedo creer que seas la misma sumisita belicosa que se llevó unos azotes —comentó Camden mirándola curioso, entonces se giró hacia Brian con lo que parecía genuino respeto—. Impresionante, Jefe.

—No soy una sumisita belicosa. —No pudo evitar replicar incluso en voz baja.

Horus sonrió ampliamente al escucharla.

—Sí, lo eres, Luna, pero diría que eso es en parte el motivo de que el Amo Brian te encuentra interesante —comentó. Entonces se giró hacia el mueble en el que estaba apoyado, abrió un cajón y sacó de él la maldita pala—. Esto es tuya, gatita, tiene tu nombre y te la has ganado.

Se tensó como una cuerda al ver la pala y recordar el difícil momento que le había hecho pasar. Dio un paso atrás de manera instintiva hasta chocar con un duro cuerpo. No tenía que girarse para saber qué Brian se había movido para interceptarla.

—Gracias, Horus, pero yo la guardaré.

Cuando vio como extendía la mano para cogerla se sobresaltó y, antes de que pudiese meditar su reacción, dio un paso adelante, la cogió y la apretó contra su pecho, impidiéndole tocarla.

—Es mía, tiene mi nombre y voy a convertirla en un mondadientes —replicó en voz baja, mirando a los presentes en busca de alguna objeción.

La reacción de Horus fue soltar una carcajada, Camden sacudió la cabeza y Brian, bueno, él parecía estar acostumbrándose ya a sus salidas a juzgar por la manera en que la miraba.

—No puedo creer que tenga ganas de batallar con lo agotada que está —escuchó a su espalda, había sido un susurro, pero la voz femenina la sorprendió. El comentario había venido de Siobhan.

—Mascota. —El tono de advertencia en la voz de su Maestro llevó a la sumisa a disculparse al momento.

—Solo siento, Maestro, ha sido un pensamiento puesto en voz alta.

—Esos pensamientos fueron los que metieron a Luna de lleno en un castigo, Sumi, ten cuidado a menos que quieras recibirlo tú también.

—No señor, lo siento, señor —replicó al momento y la miró—. Lo siento, Luna.

Parpadeó. Sio no había vacilado ni dos segundos en asumir la culpa por un desliz, el mismo que había cometido ella para empezar. Sacudió la cabeza.

—No tiene importancia —respondió en el mismo tono, incómoda. Entonces se giró hacia Brian, cuya mirada seguía fija en ella—. Dijiste que era mía, señor.

—Y lo es, dulzura, solo tuya, pero yo soy el que la empuña —le recordó con gesto divertido al tiempo que extendía la mano—. Dámela.

Miró la maldita pala con su nombre y luego a él.

—¿No puedo quedármela como recuerdo?

Su respuesta arrancó risas entre los Doms presentes. ¿Qué diablos les parecía tan gracioso?

—Empiezo a pensar que tu sumisa protestaría incluso dormida, Brian —comentó Camden rodeando ahora a Sio con el brazo, atrayéndola contra su costado—. Es perfecta para ti. Espero que la conserves.

Él no respondió de inmediato y no se dio cuenta de que había estado conteniendo el aliento hasta que le escuchó hablar.

—Por ahora es mi alumna —declaró sin entrar en más detalles—, y como buen Maestro que soy y debiendo velar por tu seguridad, será mejor que te lleve a casa antes de que te quedes dormida en el sitio.

Levantó la mirada para encontrarse de nuevo con la suya. Su cercanía le provocaba calidez, le daba seguridad y eso era tan extraño como el hecho de que quisiese que la llevase a casa.

Por regla general nunca dejaba que sus citas se acercasen siquiera a la puerta de su domicilio hasta haberlas conocido bien, por otro lado, no había tenido una cita en condiciones desde hacía más tiempo del que podía

recordar. El imbécil de Josh había sido su última relación seria, una tan desastrosa que había preferido mantener contactos esporádicos… hasta que este hombre había aparecido y le había pasado por encima como una apisonadora.

—Luna.

Parpadeó al escuchar su nombre.

—¿Qué?

Nuevas sonrisas curvaron los labios de los hombres.

—Dame la pala y dime tu dirección para que pueda llevarte a casa.

Miró sus propias manos y vio que todavía aferraba el objeto. Diablos, estaba tan cansada que no tenía ganas ni fuerzas para pensar. Le entregó el objeto a regañadientes y suspiró.

—Vivo en el Lenox Hill, en el 231 de la calle 68 con la Segunda Avenida —murmuró en voz baja, miró la pala y frunció el ceño—. Guárdala bajo llave y tira la llave.

—Y hablando de llaves —intervino Horus al momento echando mano al bolsillo y lanzándole a Brian un pequeño par—. Sé que te gusta verla así, y confieso que a mí también, pero deberías quitárselo.

Lo oyó gruñir un segundo antes de girarse hacia ella.

—El collar, mascota, a menos que quieras llevártelo también de recuerdo.

Jadeó al darse cuenta de que se había acostumbrado de tal forma a su tacto que ya no recordaba que lo llevaba puesto.

—No, no quiero, señor —declaró y apartó el pelo a un lado, para que pudiese quitárselo.

Cuando se las quitó se sintió desnuda, fuera de lugar, incluso avergonzada. Era como si ese trozo de cuero la hubiese cambiado de algún modo.

—Respira, Luna, respira profundamente.

Sacudió la cabeza e hizo lo que le pedía, ni siquiera sabía por qué se le había empañado la mirada. La nariz le picaba y le tembló la voz al replicar.

—No entiendo...

—A veces las restricciones mentales son mucho más fuertes que las físicas —le dijo mientras le frotaba el cuello con los dedos—, y cuando nos liberan de unas, pueden estar liberándonos también de las otras.

Una solitaria lágrima se escurrió por su mejilla.

—Quiero irme a casa ahora, por favor.

Estaba cansada, estaba demasiado cansada, esa era la explicación de que estuviese tan inestable emocionalmente.

Alguien le acarició la cabeza con delicadeza.

—Ha sido un inesperado placer conocerte, Luna, a pesar de las circunstancias. —Esa era la voz de Camden—. Esperamos volver a verte por el club. Siobhan está trabajando esta semana en la zona de Lenox Hill, dile a tu maestro que te dé nuestro número de teléfono. Quizá te vendría bien hablar con otra sumisa sobre cómo no meterte en problemas con tu Dom. Mi Sumi puede darte unos cuantos o decirte cuales son los castigos. Se los conoce al dedillo.

Su tono suave y tierno la tomó por sorpresa, levantó la mirada y él le dedicó un guiño mientras su compañera lo miraba con el ceño fruncido y las mejillas coloradas.

—Me encantará quedar para tomar un café —añadió Siobhan volviéndose entonces hacia ella con abierta calidez—, si te parece bien.

Curiosamente, la idea no le pareció mala, al contrario.

—Sí, me gustaría. Gracias.

La chica asintió complacida y se apoyó contra su compañero, rodeándole la cintura con ambos brazos.

—¿Lista? —le preguntó ahora su maestro, quien mantenía una de sus manos en la de él.

Asintió y miró a Horus.

—Espero verte de nuevo la semana que viene, mascota —le acarició el rostro con un dedo—. Hasta entonces, pórtate bien.

Se limitó a asentir en respuesta, miró a su acompañante y repitió el gesto.

—Estoy lista para irme a casa.

—Vamos.

Luna no había tardado más que unos pocos minutos en quedarse dormida después de haberse subido al coche. Gracias a que a esas horas no solía haber tráfico, se plantó delante de la puerta del edificio de tres plantas en poco más de veinte minutos. Ella vivía en un barrio tranquilo en la zona del *Upper East Side*, cercano a *Midtown*. Detuvo el coche a la altura de la casa con una chillona puerta roja y marco blanco, un dato fácil de localizar incluso para alguien corto de vista.

—Luna. —La espabiló, le quitó el cinturón y le apartó el pelo del rostro.

Se desperezó lentamente, abrió los ojos y lo miró un poco desorientada.

—Ya estamos en tu casa.

Se enderezó y miró a su alrededor hasta fijar la mirada a través de la ventanilla y asentir.

—Sí, esa es mi casa. —Se frotó la cara e hizo una mueca al retorcerse sobre el asiento—. Um… gracias por traerme, Amo Brian. Ha sido una noche… interesante.

—Sí, lo fue, mascota —aceptó reteniéndole el rostro para besarla en los labios a modo de despedida—. Ten cuidado al subir a la acera.

Asintió, abrió la puerta y se deslizó al frío aire de la noche.

—Buenas noches —le dijo inclinándose hacia él.

—Buenas noches, Luna.

Espero a que subiese a la acerca, recorriese los cuatro pasos que la separaban de la puerta del edificio y la abriese para meterse dentro antes de arrancar el coche y dirigirse a su propio hogar.

CAPÍTULO 19

El tintineo de las llaves alertó al momento a su compañero de casa de que había llegado. Abrió la puerta y allí estaba él, mirándole con unos enormes ojos dorados sin pestañas, los bigotes retorcidos y las orejas recortadas. El jersey azul que le cubría la parte quemada y sin pelo podía resultar estrambótico en un gato, pero en él era como una segunda piel, un sello identificativo que lo distinguía de toda la población felina. Levantó su gordo y perezoso cuerpo del suelo y se restregó contra sus piernas, el minino era tan grande como un perro pequeño, imaginaba que en gran parte por eso habría sobrevivido.

—Hola Gato. —Se inclinó a rascarle entre las orejas y obtuvo un sonoro maullido—. Sí, lo sé. Llego tarde. Pero tengo una buena excusa, una bonita sumisa que es incluso más exigente que tú.

El minino maulló en abierta protesta, a él le daba igual su vida mientras tuviese agua, comida y cama. Dejó que el gato lo siguiese mientras dejaba las llaves sobre el cuento del recibidor y seguía hacia la cocina para rellenarle los cuencos y evitar así que le diese la noche. Gato había

sido el único superviviente de su pesadilla, el único que había sobrevivido al horrible incendio que lo había consumido todo, incluyendo su vida.

Habiendo perdido a sus padres muy joven, lo habían criado su tía y el gilipollas de su nuevo marido. Ella era una dama con todas las letras, él un bastardo vago y despilfarrador. Por fortuna se dio cuenta lo bastante rápido como para largarlo de su casa y seguir con su vida, o así había sido hasta esa maldita noches trece años atrás.

Miró al animal y sintió como tantas otras veces como se le encogía el estómago, el viejo gato poseía en su cuerpo las huellas del desastre, de las llamas que lo habían consumido todo y que le habían robado las vidas de las personas que más quería; su tía y su pequeña prima.

Rellenó el cuenco con agua, vació una lata de comida para gatos y llenó el otro bol con pienso seco antes de dirigirse a la nevera llena de imanes y notas y extraer de ella una cerveza fría.

—Que aproveche, socio —le dijo al minino al tiempo que retiraba el tapón de rosca y le daba un trago a su propia bebida antes de irse al salón.

Se dejó caer en el viejo butacón que no pegaba ni con cola con el sofá de dos plazas y le pegó un nuevo trago a la bebida. Por la ventana podía ver el parte del río Hudson y la iluminada Manhattan al fondo con el puente de Brooklyn a su derecha, unas vistas que, si bien le reconfortaban la mayor parte del tiempo, esta noche no eran más que un borrón en medio de los recuerdos de su pesadilla.

Sacudió la cabeza intentando hacer a un lado los recuerdos, la culpabilidad que todavía le perseguía a pesar de saber que no habría podido evitar lo ocurrido y pensó

en la mujer que acababa de dejar en su casa. Luna era un enigma en sí mismo, un polvorín que se había metido bajo su piel, haciendo saltar todas sus alarmas de Dom y despertar su instinto protector. Era una auténtica deslenguada, pero debajo de toda esa belicosidad había una verdadera sumisa, una hembra dispuesta a entregarse y permitir que otros tomasen el control liberándola de una carga autoimpuesta.

Miró a su alrededor y dio gracias al cielo por no haber llevado a nadie todavía a su refugio. La última vez que había tenido una sumisa en esa casa había sido hacía un año y medio. Entonces había estado utilizando su casa de las afueras, a dónde solía invitar a sus compañeras de cama o de juegos y dónde había decidido instalarse con su nueva sumisa. Su relación había comenzado bien, se habían conocido, habían interactuado durante un tiempo y finalmente decidieron seguir más allá y meterse en una relación 24/7 que no terminó de ser todo lo satisfactoria que debía. Ella se había convertido en una mujer totalmente absorbente que necesitaba su dirección y tutela las veinticuatro horas del día, requería de su presencia, de que le dejase listas interminables con cosas que hacer, que eligiese su ropa, sus comidas... había pasado de ser un Amo a esclavo de los deseos femeninos. Sus ausencias a causa de su horario laboral se habían traducido en reproches, en llanto y ya, cercano al punto final de su relación, a chantajes y un intento de suicidio. Eso fue lo que lo llevó a plantarse y terminar esa malsana relación, así como a mudarse definitivamente.

Responsable como se sentía por ella, la había acompañado a la *Crossroad* y la había metido en uno de sus programas asociados proveyéndole la ayuda que

necesitaba para seguir adelante. A día de hoy, sabía que Linda había pasado por todo el programa y estaba en plena fase de recuperación junto a un nuevo Dom, alguien que la equilibraba y le daba lo que necesitaba sin poner en peligro su vida o su identidad.

Echó la cabeza hacia atrás, apoyándola en la parte superior del asiento, se tapó el rostro con un brazo y resopló. Su vida nunca había sido fácil, lo de *«chico conflictivo»* había traído a su tía por la calle de la desesperación en su juventud, al menos hasta que asistió como espectador al *Firefighter Combat Challenge;* toda una revelación para un chico de diecisiete años.

Un año después se había presentado a las pruebas para bomberos de su ciudad suspendiendo solo para aprobar en la siguiente convocatoria y encaminar su vida de una vez y por todas.

Llevaba ya cuatro años en el cuerpo de bomberos cuando decidió presentarse por primera vez al Desafío que lo había impulsado a formar parte de esa profesión, un deseo egoísta que le había impedido estar en su hogar cuando más le habían necesitado.

«¿Estás segura de que no quieres venirte hoy conmigo? Todavía estás a tiempo de rendirte a los encantos de tu sobrino, tía Ruth».

Ella se había reído, había sacudido la cabeza y había señalado a su prima de diez años, su ojito derecho, su niña pequeña. La hija que su tía había tenido de una relación anterior a su matrimonio y de la que nunca había querido hablar.

«Cristal tiene mañana su obra de teatro. Ya ves lo enfurruñada que se ha puesto porque no vas a estar para verla».

La niña se había puesto a llorar como una magdalena cuando se enteró que él no estaría para verla. Había tenido que echar mano de todo su ingenio para asegurarle que la iba a ver en vídeo y como compensación se iban a ir los dos solos a su parque de atracciones favorito en San Diego para cortar esas lágrimas y ver de nuevo esa dulce sonrisa.

«Vete tranquilo, quédate con tus compañeros y nosotras estaremos allí en dos días para verte en acción. Sabes que no me lo perdería por nada del mundo».

Ellas nunca llegaron a verle en acción.

El incendio se había originado en el garaje, le había dicho el inspector nada más aterrizar la mañana siguiente a la trágica noche. Nadie comprendía porque no se habían dado cuenta, cómo no habían notado el humo inundando la casa, el calor o las llamas extendiéndose y llevándose por delante las viejas paredes y vigas de madera de su antiguo hogar.

Él había insistido una y otra vez que se mudaran, que buscaran algo más nuevo, aunque fuese de alquiler, pero Ruth se había negado, no quería cargarle a él con ese tipo de gastos extra. Y esa negativa había hecho que ambas perecieran en el incendio más brutal que había enfrentado el equipo local de bomberos.

Un cortocircuito, un hornillo, la estufa de leña, incluso después de tanto tiempo las causas no estaban claras, como tampoco lograban explicarse que los cuerpos calcinados que habían encontrado en la cama de la habitación de matrimonio no se hubiesen percatado nunca de que su casa se estaba quemando.

Si bien en sus pesadillas no dejaba de oír sus gritos llamándole, pidiéndole ayuda, especialmente los de su

prima, la realidad era que había estado a cientos de kilómetros de distancia, disfrutando de su primer día de juegos, de sentirse vencedor hasta que su jefe lo llamó y se lo llevó a parte para darle la mala noticia.

Había cogido el primer vuelo desesperado, negándose a creer en que lo que le decían era verdad. Llegó a su hogar para encontrarse que su tía y su prima nunca lo recibirían con los brazos abiertos, que los restos humeantes se habían llevado consigo su familia y su vida entera. Había caído de rodillas incapaz de procesar lo que estaba viendo. Le habían dicho, pues él no lo recordaba, que había intentado entrar en la destrozada casa pronunciando sus nombres a gritos, pero todo lo que había sacado de su interior había sido a Gato. Por entonces solo era un gatito de meses más muerto que vivo, la mascota de su prima.

Se había quemado las manos, la cicatriz que tenía en el hombro se debía a un madero que había caído dándole en la cabeza. En una única noche, el fuego se había llevado su vida y lo había sumido en la más completa oscuridad.

No recordaba el funeral, no recordaba la investigación posterior al incendio, no recordaba nada de las dos semanas que había pasado en paradero desconocido, pero sí recordaba el momento exacto en que ella llegó a su vida evitando que culminase con el plan que había elaborado durante su transitoria enajenación.

«¿Vas a arrebatarle a él también la única familia que le queda?».

Aún hoy seguía sin comprender qué le había sorprendido más, si ver a una delgadita veinteañera llevando en brazos al pobre gato quemado y moribundo envuelto en vendas o que se hubiese acercado a él sin

miedo, cuando apestaba a gasolina de los pies a la cabeza y sostenía en la mano un encendedor con la oscura idea de reunirse con ellos y acallar así la culpabilidad que escuchaba en su interior.

«Yo no soy nadie, no soy nada, estará mejor sin mí».

Ella no lo había creído así, se había introducido entre los restos apagados y ennegrecidos en aquel atardecer, su pelo iluminado por la débil luz de la farola, el suave y apagado maullido del gato rompiendo el silencio. Se había detenido a su lado, le había quitado el mechero de las manos y le había entregado a cambio al minino.

«Acaban de entregármelo en la clínica veterinaria, no creen que sobreviva, pero eso es porque no saben lo importante que es la vida ni lo fuerte que tiene que ser un alma para desear aferrarse a ella».

Le había sonreído, ladeando la cabeza, mirándole con esos enormes ojos oscuros en los que se vio reflejado.

«Soy Ágata Crossroad, por cierto». Le había dicho al tiempo que arrugaba la nariz. *«Y creo que tú necesitas un baño con urgencia. Apestas».*

El olor a gasolina, su ropa, el traje negro con el que había asistido al funeral sucio, manchado de sangre y empapado en combustible. Su rostro lleno de moratones, de arañazos y los ojos inyectados en sangre, el temblor de su mano cuando la adelantó hacia el espejo del que sería durante unos años su hogar y el reflejo de su ángel salvador mirándole con ternura. No sabía que le había avergonzado más, si su propia cobardía o la valentía de una niña con un moribundo gato en brazos que llegó en el momento adecuado para salvarle del desastre.

Se había derrumbado allí mismo, llorando como un niño, como el jovencito que era y al que le habían

arrebatado todo, desgarrándose por dentro y enterrando en lo más profundo de su alma el tormento que nunca le había abandonado por completo.

Ágata le había salvado entonces, devolviéndole una vida que había desdeñado, permitiéndole no solo seguir con su profesión sino especializarse también en la inspección de incendios y llenando el vacío de su alma durante unos años más, hasta que la enfermedad se la llevó.

El sonoro maullido que reverberó en su salón lo trajo de vuelta. Ladeó la cabeza y vio a Gato, ambos habían sobrevivido después de todo y, quizá, solo quizá Camden tuviese razón y el que estuviesen hoy aquí era un motivo para seguir adelante.

Se llevó la botella de cerveza que todavía conservaba en la mano a los labios y le dio otro largo trago para luego quedarse allí, en silencio, solo en la oscuridad.

CAPÍTULO 20

Luna apenas había sacado las llaves de la puerta para cerrarla tras de sí cuando se encontró con una luz enfocándola directamente.

—Luna Moon Coulter, espero que tengas una muy buena excusa para llegar a estas horas.

Bizqueó levantando la mano para protegerse de la luz.

—Y que esa excusa sea de metro ochenta y pico, hombre y te haya hecho disfrutar como una loca.

—Ay dios, Cass, baja eso —refunfuñó apartándose de la molesta linterna con la que la enfocaba—. Vas a dejarme ciega.

La apagó y la devolvió al bolsillo de su peculiar bata; un albornoz blanco con corazones rosas y rojos.

—¿Te han traído? No he visto ningún taxi dando la vuelta.

Suspiró, conocía a su hermana *kappa* y sabía que no pararía hasta que respondiese a sus locas preguntas.

—Mira, estoy cansada y todo lo que quiero es meterme en la cama, así que abre los oídos porque esto

saldrá de mi boca solo una vez en la vida —le informó, llenó los pulmones de aire y se lanzó al resumen de la noche—. Mi noche ha sido la siguiente: He jodido al Amo Horus con mi boquita, lo que nos ha llevado a una discusión en la que tuve para todos hiriendo sin pretenderlo a una encantadora sumisa con mis palabras, aunque ella dice que ni se dio por aludida y a su Dom, el cual sí tenía algo que decir al respecto. Estaba dispuesta a mandarlos a todos a la mierda e irme, pero el Amo Brian no me dejó. Aquí fue cuando la cosa se puso tensa y, lo que comenzó como un malentendido y generó una discusión, subió de nivel. Pedí disculpas, pero los muy cabrones decidieron que no era suficiente, que merecía un castigo y mi autoproclamado Maestro de la noche decidió que sería divertido rotular mi nombre en una pala y zurrarme con ella; y joder eso duele, no veas como tengo el culo. Y no sé si fue por eso, porque me cabreé como una mona o por la vergüenza que me hicieron pasar, que terminé desmayándome. —Hizo un momento para coger de nuevo aire—. Después de eso me han atado, me han follado y me corrí solo para descubrir que me mareo durante el orgasmo. Ya para terminar, me he duchado con el Amo Brian. Y oh, sí, tengo que hacerme un chequeo médico completo y análisis de sangre y presentarlos el sábado de la semana que viene en su oficina, porque ha decidido, sin consultarme siquiera, que va a ser mi maestro mientras exploro… er… esto.

Su amiga se quedó de pie, pasmada, con los ojos saliéndole casi de las órbitas, los labios moviéndose sin ser capaz de pronunciar palabra.

—Sí, eso mismo pienso yo. —Le dio un beso en la mejilla y pasó a su lado para dirigirse a su habitación—. Buenas noches, Cass. Que descanses.

Dios sabía que ella lo haría, tan pronto pillase la cama iba a dormir como un bebé.

CAPÍTULO 21

Luna llevaba los últimos días levantándose temprano y saliendo casi a hurtadillas para no tener que coincidir con Cassandra y su nuevo juego favorito; someterla al tercer grado. Ya había sido suficiente con la vergüenza que había pasado el primer día, teniendo que sentarse en el trabajo y dar saltitos cada ver que su tierno trasero le recordaba el juego del fin de semana, sin tener que enfrentar de nuevo todo aquello a plena luz del día con su mejor amiga. El dolorcillo se había ido poco a poco gracias a su consejo de que utilizase aloe, pero no estaba dispuesta a darle detalles de lo que había ocurrido en la maldita clase.

Y aunque quisiese darle una respuesta, ni siquiera la tenía ella misma. Se había hecho mil y una preguntas y para algunas había dado con las respuestas, pero otras, seguían siendo un misterio.

¿Le había gustado que la atase? Sí. Había sido excitante, eso la había encendido. ¿Le había gustado que la azotase? No. De ninguna manera. Todavía tenía la esperanza de recuperar esa maldita pala y convertirla en un mondadientes. ¿Había disfrutado del sexo con el Amo

Brian? Dios. Tenía que ser estúpida para no disfrutarlo. Había sido el mejor sexo que había tenido en su vida y, no es que hubiese sido precisamente una monjita de clausura.

Pero, ¿era todo eso suficiente para que quisiese volver? ¿Quería seguir incursionando en ese estilo de vida? ¿Deseaba hacerlo con él como maestro?

Pensó en los Doms que había conocido, en lo enormes y excitantes que habían sido, pero pensar en sus manos sobre su cuerpo, tocándola de la manera en que la había tocado él... Se estremeció de solo pensarlo. No estaba segura de disfrutar de tales atenciones viniendo de otro hombre, no de algo tan íntimo, ni siquiera de ellos.

Suspiró y recogió los libros que había estado consultando, tenía que devolverlos a las estanterías antes que entrase el gilipollas de su jefe y la pillase con títulos como: *BDSM. Estudios sobre la dominación y sumisión* de Thomas S. Weingber, *Trópico de Cáncer* de Henry Miller, *Dominación y Sumisión: El manual de las relaciones BDSM* de Michael Makai encima de la mesa. Había leído algunas páginas, buceado entre ellas y se había encontrado con más dudas de las que ya tenía. En algunos había visto un refuerzo de las normas que ya había aprendido sobre las relaciones BDSM y cuál era la estructura que solía llevarse a cabo, otros habían sido demasiado para ella y los había cerrado en el acto.

Con todo, la curiosidad estaba allí, especialmente ahora que sabía de primera mano lo que relataban algunas de esas páginas era solo que no podía reconciliarse con que eso fuese algo que necesitase realmente en su vida, que pudiese verlo para algo más que un juego de pareja. Si tenía que escuchar a alguien decirle desde que se levantaba hasta que se acostaba lo que tenía que hacer,

como tenía que vestirse o quién podía o no hablar, le rompería el tomo más grande de la jodida biblioteca en la cabeza.

Sacudió la cabeza y dejó su oficina para dirigirse a la zona central a recolocar los libros en sus respectivas estanterías. Su jefe le había estado preguntando casi cada hora si ya habían venido a arreglar el tema del cortocircuito hasta el extremo de que lo había mandado a llamar él mismo para comprobarlo, ya que ella tenía más cosas que hacer.

La inesperada respuesta debió dejarle tan pasmado que no volvió a asomar la nariz por su área desde media mañana. Por su culpa incluso se había perdido la hora del café y tenía hambre.

Miró el reloj y calculó lo que le llevaría ir hasta la cafetería, tomarse un café y un bollo y volver a la biblioteca. La mayor parte del trabajo que tenía previsto para esa semana ya estaba adelantado, solía ser una vía de escape para no tener que pensar y esos días la había utilizado mucho.

—Café y una deliciosa porción de *caramel cheesecake*, por favor. —Se le hacía la boca con solo pensar en la deliciosa tarta deshaciéndose en su lengua. Su estómago protestó uniéndose a la petición—. Sí, sí. Dejamos esto y nos vamos a comer algo. Que le den al asno.

Curiosamente no había mucha gente en la zona principal, la mayoría de las mesas estaban vacías, a excepción de algún que otro estudioso que reconocía de otras visitas, gente que preparaba algún master o buscaba algo en concreto. Eran las tardes cuando solía llenarse de

jóvenes que venían a estudiar o hacer sus trabajos de clase.

Subió al piso superior y empezó a colocar cada uno de los libros en su lugar, echándole un vistazo a otros posibles títulos y descartándolos casi al momento; iba a obsesionarse con el tema y no era de esa clase de personas. Suspiró y giró sobre sus pies solo para encontrarse al otro lado del pasillo, en la zona de Botánica a la última persona que esperaba ver en la biblioteca. Vestida con un peto vaquero, y una chaqueta ancha, Siobhan, la sumisa que había conocido en el *Blackish* se contorsionaba intentando colocar un par de enormes tomos de diseño de jardines en su lugar.

—Espera, eso pesa una tonelada. —Se encontró quitándole de los brazos un par de libros antes de que se diese cuenta.

—Gracias, pensé que se me vendría toda la estantería encima —sonrió y, al girarse hacia ella se percató de quién era—. ¡Ey! Si eres Luna.

No pudo evitar sonreír ante la sorpresa en sus ojos y la efusividad que levantó algunas miradas desde el patio de butacas.

—*Oups*. Lo siento. —Bajó la voz al momento, sus mejillas sonrojándose. Entonces la miró de arriba abajo y frunció el ceño—. Espera, ¿eres bibliotecaria?

—Analista Documental —la corrigió devolviéndole la sonrisa al tiempo que le entregaba otro de los libros y colocaba el último—. Me encargo de la clasificación de las colecciones, archivos y cosas así. Un rollazo, lo sé, pero a mí me gusta. Pero sí, trabajo en la NYPL.

—Ey, estás hablando con una chica que les habla a las plantas mientras diseña jardines —aseguró Sio en tono confidencial—, así que de rollazo, nada.

La afabilidad de la chica hacía que no se sintiese incómoda, como solía ser el caso con gente que no conocía bien y, habiendo estado en el club, no era como si fuese realmente una total desconocida.

—De hecho, estaba haciendo un poco de investigación para el encargo que acaban de hacerme —repuso con un mohín—. No te haces una idea de los gustos tan raros que tienen algunos.

Sonrió.

—Um... no sé, por aquí viene gente de lo más interesante —comentó pensando en algunos investigadores que pasaban por la biblioteca—, a veces no sabes si han salido del siglo XVIII o viven en el mismo que tú.

Se rio por lo bajo y asintió.

—Sí, lo mismo pasa con mi trabajo —aceptó comprobando que los libros habían quedado en su sitio—. Bueno, no quiero entretenerte, yo estoy en mi hora de descanso y aproveché para pasarme por aquí.

—Yo también —replicó al momento—. Quiero decir, acabo de devolver unos libros e iba a ir al Starbucks de aquí al lado a darme un capricho.

—Suena bien, ¿te importa si te acompaño? —Fue cuidadosa al auto invitarse.

Negó con la cabeza, le gustaba Siobhan y quizá no fuese tan mala idea tener a alguien con quien hablar de lo ocurrido en el club, alguien que no la conociese tan bien como Cass.

—En absoluto. —Señaló con el pulgar por encima del hombro—. Cojo mi abrigo y nos vemos en la puerta en cinco minutos.

—Hecho —aceptó la chica, se despidió con la mano y se fue en sentido contrario.

Bueno, después de todo, la semana parecía que iba a enderezarse. Ya era hora.

CAPÍTULO 22

—Tienen que coger al cabrón que le ha hecho algo así a una mujer.

Brian levantó la mirada de la mesa tras el tembloroso comentario de Danielle, la secretaria estaba sentada a su lado, próxima a Garret y frente a Camden, solo Mich permanecía en pie, paseándose por la sala de juntas incapaz de mantenerse quieto. Nolan no estaba en la ciudad, aunque se le había informado de lo ocurrido tan pronto se supo de la noticia.

—Tienen que cogerlo y hacerle pedacitos —continuó Dani y había verdadera rabia en su voz—. No pueden seguir ocurriendo este tipo de cosas, no es justo.

—Están en ello, gatita, están en ello —aceptó Mich mirándola con gesto tranquilo—. La policía ya está sobre aviso, Logan está llevando el caso.

—¿Se sabe algo sobre cómo llegó allí? —Brian retomó el hilo de la conversación y miró a Mich.

El abogado se había presentado poco después de las seis con el rostro desencajado, la mandíbula apretada y una expresión que no había visto en él desde hacía años.

Mich Carmody era un hombre sereno, con perfecto dominio de sí mismo, así que verlo en esa tesitura asustaba. Acababa de ser informado por la policía que uno de sus clientes acababa de ser encontrado en el portal de su casa con obvios signos de agresión y una brutal paliza.

El caso es que no se trataba solo de un cliente del bufete que llevaba el abogado, la chica había pasado por la *Crossroad* un par de años atrás para superar un bache y una adicción. Solían llevar un registro de todas las personas que terminaban en la compañía y, durante el primer año se les mantenía un ojo para comprobar su evolución. Según su compañero, la mujer había regentando una galería de arte que había abierto hacía poco tiempo. Tenía al día sus exámenes médicos e iba a terapia de grupo todas las semanas para mantener bajo control si adicción a los ansiolíticos. No había dado motivo alguno que levantase las alarmas hasta hoy.

El hombre de color sacudió la cabeza.

—No —negó con la cabeza—. La abandonaron en el portal de la galería después de propinarle una paliza y con obvios signos de agresión sexual. Los testigos dicen haber visto un sedán negro deteniéndose unos segundos antes de que la puerta trasera se abriera y empujaran su cuerpo a la calle. No tenía matrícula y los cristales eran tintados.

—Hijos de puta —siseó Danielle, temblando de ira contenida—. Malditos y desgraciados cabrones.

Garret le cogió la mano, calmándola, manteniéndola estable.

—Eso parece algo personal —comentó manteniendo un férreo agarre en su chica. Brian podía ver cómo le afectaban las noticias. Danielle había ejercido de *scort* antes de conocerle y había tenido que ver también la cara

más amarga de la humanidad. Pero en el caso de su secretaria, su enfermedad la había llevado a buscar esa salida incluso cuando no deseaba seguir adelante—. Pero, ¿por qué? La recuerdo de su paso por la compañía y no era una mujer conflictiva, diablos, si hasta era tímida.

Mich sacudió la cabeza y miró a Camden.

—Todo lo que sé es lo que me han dicho en comisaría —respondió mirando al chef. Él vivía con el poli así que era posible que tuviese más información al respecto.

—La mujer fue llevada inmediatamente al hospital y sigue inconsciente —comentó Camden—. Desconozco el parte médico, pero hasta que despierte y puedan interrogarla, va a ser difícil saber a ciencia cierta qué demonios es lo que pasó.

El abogado sacudió la cabeza con visible irritación.

—Lleva casi dos años limpia, asiste a todas las sesiones de grupo, abrió la galería en primavera y le iba bien —sacudió la cabeza—. Hasta dónde yo sé siempre ha mantenido un perfil bajo. Esto es... absurdo.

Hubo un momento de silencio mientras cada uno de los presentes se sumía en sus propios pensamientos.

—¿Estás seguro que el negocio de la galería es legal?

La pregunta que dejó salir Garret colgó sobre la sala como una espada de Damocles.

—Yo mismo he sacado los permisos, la contabilidad la lleva una de nuestras asesorías... —enumeró—. Si esto tiene que ver con su trabajo o algún posible cliente, tendría que ser gestionado a parte y no hay movimientos que hayan hecho saltar las alarmas desde que se inauguró el lugar.

—No nos precipitemos en hacer juicios o sacar conclusiones y dejemos que la policía haga su trabajo —sugirió mirando a todos los presentes—. Esperemos a ver si la chica despierta y puede arrojar algo de luz sobre lo ocurrido —dicho eso, se giró hacia Camden. Conocía muy bien a su socio y amigo, podía imaginarse lo que este asunto traía a su mente dada la forma en la que se había vuelto a encontrar con Sio—. No dejes que Logan haga ninguna gilipollez.

Sonrió de soslayo, una mueca que poco tenía de alegría o diversión.

—Estará bien, Sio le sacará la mierda con la pala del jardín si se pone tonto —replicó con palpable ironía.

La mención de la pala le llevó a recordar una herramienta muy distinta y el delicioso culo de la curvilínea mujer que no podía sacarse de la cabeza.

—Parece que os va bien con la pequeña sumisa —comentó Garret atrayendo más cerca a su compañera.

El chef asintió, su mirada se transformaba cuando se trataba de ella.

—Ha sido un cambio bienvenido y necesario —aceptó pensativo, entonces sonrió de soslayo.

—Es increíble cómo han cambiado las cosas en el último año y medio —comentó Danielle mirándolos a todos—. Nolan parece otro desde que está con Charlotte, es como si se hubiese sacado un enorme peso de encima. Tú incluso te has vuelto tratable, chef —le dijo a Camden—, y Trey va con correa.

Todos se rieron con ese último comentario.

—¿Te unirás al grupo de los socios reformados, Jefe? —Su mirada estaba ahora sobre él, curiosa.

—No corras tanto, amor, no corras tanto —la atajó al momento.

—Yo diría que ya ha empezado a ir en la dirección correcta —soltó Camden, mirándolo de soslayo—. Llevas una pala de distancia por ahora.

No pudo evitar sonreír a pesar suyo, sacudió la cabeza y se recostó en el respaldo de la silla.

—Um... ¿qué me he perdido? —preguntó Garret visiblemente interesado.

—Nada, por ahora...

—¿No me digas que has encontrado a alguien que te aguante? —le soltó Dani visiblemente sorprendida.

—Nena, si fueses mía te pegaría en ese culito respingón hasta que no pudieses volver a sentarte.

—Gracias por tu interés, Brian, pero ya lo hago yo —se rio Garret.

Sacudió la cabeza y miró a sus compañeros, sus amigos y hermanos en más de una manera.

—Parece mentira que hayan pasado ya casi siete años desde que decidiste crear la Crossroad, Gar —comentó mirando la sala a su alrededor—. A veces me parece que fue ayer.

El aludido asintió.

—Sí, a mí también.

Su tono de voz evidenciaba algo que ya suponía, algo que no estaba seguro si llegaría a desaparecer algún día.

Garret había sido el instigador de la *Crossroad Company*, su necesidad de mantener viva la memoria de Ágata, lo había llevado a reunirles a todos tras el primer aniversario de su fallecimiento y acordar levantar este lugar.

El cometido de la compañía era el mismo que había movido a su pequeño ángel, el ayudar a las personas que lo necesitaban. Gracias a los distintos contactos que poseían y, especialmente, a los de Jax, habían conseguido ventajosas asociaciones. Clínicas, empresas de colocación y otras instituciones colaboraban abiertamente con el proyecto proveyéndoles de los servicios que necesitaban. Lo que había comenzado como una pequeña agencia de apoyo emocional, había ido creciendo hasta convertirse en lo que era hoy. Los tiempos en los que se ocupaban personalmente de cada cliente habían quedado atrás, seguían prestando un servicio de atención personalizada, pero con la comodidad de que contaban con profesionales que se encargarían de las necesidades de cada individuo.

El éxito cosechado venía también dado por el sistema de anonimato y discreción. No había un enorme letrero en la puerta del edificio que dijese *«si su vida es un pozo de desesperación, acuda a nosotros»*. No había publicidad agresiva, ni anuncios televisivos o cuñas publicitarias en las emisoras de radio, no se anunciaban a bombo y platillo en las azoteas, eso no era lo que querían, no era lo que Ágata había hecho.

Pero la realidad era que, hoy por hoy, la compañía había crecido hasta tal punto que era necesario implementar algunos cambios y el principal era conseguir a gente que pudiese involucrarse a tiempo completo en el proyecto.

Últimamente se hacía cuesta arriba compaginar sus propios empleos con la gestión de la compañía, Danielle había sido uno de los mejores fichajes, pero la chica estaba exhausta y no era para menos.

—Creo que ha llegado el momento en que la Crossroad Company abra sus puertas a sangre nueva.

Su inesperada admisión hizo que todos los presentes se girasen hacia él. Camden fue el primero en dejar escapar un suspiro, se reclinó contra el respaldo de la silla y asintió.

—Me alegra ver que no soy el único que ha pensado en ello —comentó el chef—. Cada día empieza a hacerse más complicado el poder sacar tiempo y compaginar una vida con otra.

Garret se removió en su asiento, se inclinó hacia delante y cruzó las manos encima de la mesa.

—Incluso yo he pensado en ello —aceptó, lo cual fue una sorpresa para más de uno. Él el primero. Brian sabía lo mucho que ese lugar significaba para él, lo que ella había significado para él y todavía significaba—. Pero no me siento cómodo ante la idea de abrirle las puertas a alguien ajeno a nosotros.

—Tío, eso es lo que hacemos todos los días cuando recibimos a los clientes —le recordó Camden.

—Podríais hacer que Jax salga de su *Jax-cueva* y os eche una mano —sugirió Danielle mirando a su pareja.

—¿Recuerdas lo que pasó la última vez que Jax se ocupó de la oficina? —comentó oportunamente—. Si mi memoria no me falla, querías sus huevos en bandeja porque se había cargado todo el fichero.

La chica soltó un gemido.

—Sí, olvida lo que dije. Pensamiento malo. Borradlo del mapa.

—Sigo pensando que eso lo hizo a propósito —dijo Mich con un bajo bufido.

—No me sorprendería —aceptó él. Entonces sacudió la cabeza y miró a Garret—. Pero deberíamos plantear esto en cuanto Nolan vuelva de viaje. No podremos seguir así mucho tiempo más. Incluso tú estás teniendo problemas para cuadrar fechas con los conciertos y atender al mismo tiempo a la empresa, y eres el que está más libre.

—Personalmente, me vendría muy bien tener un poco de ayuda —añadió Dani poniéndose de su lado—. Y vacaciones. Dios. Mataría por una semana de vacaciones sin veros la cara a ninguno… bueno, sin contarte a ti, amor.

Garret sacudió la cabeza, pero estaba sonriendo.

—Quizá ha llegado el momento de sentarnos y volver a plantearnos el futuro —recomendó Mich—. Ninguno somos ya los mismos que dejamos esa casa hace casi ocho años.

—Si hoy estamos aquí es precisamente porque se lo debemos a ella —recordó Garret levantando la mirada en respuesta.

—Sí, pero le debemos el seguir adelante con nuestras vidas, hermanito, eso es lo que nos pidió a todos —le recordó—. Y ya es hora de que lo hagamos.

Hubo un nuevo momento de silencio en la sala, entonces Garret se levantó y empezó a caminar hacia la puerta.

—Avisad a Nolan —pidió en voz baja, perdido en su propio mundo—. Cuando vuelva de viaje, nos reuniremos todos una vez más.

Abandonó la sala de juntas sin decir una sola palabra más, dejándoles a todos con un sabor agridulce en la boca.

—Maldito terco —escuchó musitar a Danielle un segundo antes de que se pusiera de pie y saliese tras él. La

chica se detuvo únicamente al llegar a la puerta—. Yo... intentaré hablar con él —dicho eso, salió por la puerta.

—Tiene que empezar a dejarla ir, a dejarla marchar de verdad —dijo Camden levantándose también—, o va a terminar haciéndole daño a la persona que tiene al lado.

Las palabras de Camden penetraron también en él incluso aún sin pretenderlo.

—Hablaré con Jax —comentó entonces, dejando también su asiento—. Si alguien puede llegar a Garret, además de Dani, es él.

Sus dos compañeros asintieron.

—A veces pienso que él es el único capaz de llegar a cada uno de nosotros la mayor parte del tiempo —resopló Camden–. No tengo ni idea de cómo lo hace, pero a veces es... como si fuese Ágata la que habla a través de él.

Sí, había tenido esa misma sensación en muchas ocasiones, lo cual resultaba espeluznante.

—Y hablando de Jax, ¿qué demonios está haciendo ahora ahí arriba? —preguntó Mich—. Cam me comentó que había traído nuevos muebles.

—Remodelación, imagino. —Se encogió de hombros—. Con ese hombre nunca se sabe —suspiró y miró a sus compañeros—. Dado que Garret va a estar con síndrome premenstrual durante un buen rato, ¿alguno puede cubrirme unos minutos mientras voy a la guarida a hablar con el ermitaño?

Camden se rio entre dientes y sacudió la cabeza.

—Te cubro hasta que bajes —aceptó y echó un vistazo al reloj—. Aprovecharé para ver si Logan tiene noticias sobre lo sucedido.

—Dile que me llame tan pronto las tenga, iré al bufete y luego me pasaré por el hospital.

Asintió y ambos salieron por la puerta dejándole solo.

—De acuerdo, hora de intercambiar un par de palabras con el oráculo —murmuró para sí mismo con una mueca. Después del día de hoy, pensaba ponerse las zapatillas deportivas y salir a correr, quizá entonces pudiese dormir toda la noche de un tirón.

CAPÍTULO 23

Jax examinó con ojo crítico la nueva estancia. El diván y las estanterías ya estaban en su lugar, la alfombra, las lámparas de pie, la habitación estaba cobrando la forma de una acogedora biblioteca. Su intención era añadir también un pequeño bar en la esquina, quizá incluso un televisor en un mueble empotrado, pero tenía que estudiarlo. El área era lo bastante grande para dar cabida a toda su familia, porque esos hombres, con sus defectos, su oscuro y doloroso pasado, eran su familia.

Se giró hacia la puerta entreabierta cuando escuchó el sonido del ascensor, alguno de los socios acababa de meter la llave del Purgatorio y subía a hacerle una visita. Salió de la habitación y cerró tras él, pronto esa puerta permanecería siempre abierta pero todavía no era el momento. El ascensor se detuvo y las puertas se abrieron dando paso a Brian, el más joven de los socios de la *Crossroad* y, en muchos aspectos, uno de los más maduros.

Unas visibles ojeras añadían cansancio a su agotado rostro, de algún modo las antiguas pesadillas parecían

haber abierto de nuevo las puertas para colarse en su sueño.

—¿Cuándo fue la última vez que dormiste una noche completa?

—Creo que fue antes de la guardia del fin de semana —replicó con un encogimiento de hombros—. Me he pasado el domingo y el lunes en el cuartel, hoy dormiré como un bebé.

Sacudió la cabeza, ambos sabían que su cansancio no tenía que ver con su trabajo en el departamento de bomberos y sí con su oscuro pasado.

—¿Y allí también te visitan las pesadillas?

El chico no vaciló.

—Allí es dónde las revivo cada segundo del día, Jax —le dijo sin inflexión alguna en la voz—, y es lo que me hace ser mejor bombero. No podría serlo y permitir que la tragedia que asoló mi vida destruya la de otras.

Si había alguien digno de admirar era ese muchacho. Cada vez que salía ahí fuera en una emergencia, que se enfrentaba a un incendio, tenía que ser cómo enfrentarse a aquello que no había podido evitar, como una puñalada en el alma y a pesar de ello, seguía haciéndolo, una y otra vez. No sabía si intentaba espiar sus pecados o castigarse por ellos.

—¿Has terminado ya con la remodelación?

El cambio de tema fue bienvenido.

—No. Me llevará algún tiempo más —aceptó mirando por encima del hombro la habitación cerrada al final del corredor que se dividía en varias habitaciones—. Estará lista, cuando deba estarlo. Pero dime, ¿cómo está ese satélite tuyo?

—¿Satélite?

—La llamaste Luna. —Sonrió para sí, guardándose sus pensamientos para sí mismo—. ¿Ha vuelto por tus dominios?

Asintió dando un paso adelante y metiendo las manos en los bolsillos.

—El pasado viernes asistió a la segunda clase del seminario del club.

Y a juzgar por la manera en que lo dijo, había mucho más interés en su voz de lo que quería dejar traslucir.

—¿Y? —lo empujó.

Sus ojos se encontraron.

—Es una sumisa interesante.

Enarcó una ceja con palpable ironía.

—Un folleteo de una noche es interesante, Bri, espero por tu bien que ella haya sido algo más.

Se tensó al escuchar el diminutivo de su nombre, no lo hacía consciente, pero los recuerdos todavía estaban allí, listos para saltar y apoderarse de su alma.

—Lo fue, Jax, lo fue —aceptó rotando los hombros—. Ahora le toca a ella hacer el próximo movimiento. Si acepta mi invitación, la tomaré como sumisa y... ya veremos a dónde nos lleva eso a ambos.

—Un movimiento arriesgado —comentó sin apartar la mirada de él—. ¿Eso es lo que ella quiere? ¿Lo que tú quieres?

—Ella está confundida, muy confundida en realidad —dijo retirando las manos de los bolsillos. No estaba cómodo, no quería hablar y, sin embargo, tirarles de la lengua a los socios era su trabajo; uno en el que era endiabladamente bueno—. En cuanto a mí... digamos que ella es más interesante de lo que había pensado. Pero no vengo a que me psicoanalices —lo cortó de raíz—. Ha

ocurrido algo a una de los clientes de la compañía, una chica que está todavía bajo supervisión.

Asintió. Danielle le había puesto al tanto de lo ocurrido. Sabía que el abogado de la compañía estaba que se subía por las paredes, lo cual no era algo usual.

—Sí, nuestra apetitosa secretaria me ha informado de los detalles —aceptó y esperó a ver si tenían nuevos datos sobre lo ocurrido—. ¿Se sabe algo más?

Negó con la cabeza.

—De momento no —le dijo. Entonces se pasó la mano por el pelo corto con gesto cansado—. Pero no es eso por lo que vengo a buscarte.

Interesante.

—La *Crossroad Company* necesita sangre fresca —le soltó sin más—. He puesto la idea en conocimiento de los socios, a falta de Nolan, quién está fuera por cuestiones de negocios. Se ha decidido convocar una reunión interna cuando vuelva…

Y por fin la rueda del destino empezaba a girar, pensó con un agradecido suspiro. Aquello era algo que tenía que pasar antes o después, pero debían ser ellos los que se diesen cuenta de ello, quienes decidiesen seguir adelante y avanzar.

—Garret… él…

—Garret sigue anclado en el pasado, aferrado al recuerdo de una mujer que ya no existe… —resumió por él.

Él todavía la lloraba. Podía haberse reconciliado con su partida, haberse enamorado de Dani y quererla de corazón, pero no había dejado ir todavía el primer amor.

Había sido testigo de esa relación, de ese enamoramiento, de la profundidad con la que habían

conectado, del amor que se habían profesado... había sido un infierno mantenerle anclado a la vida después de su partida pues había estado decidido a seguirla. Trey, esa otra personalidad que convivía con la propia, había sido el hilo del que había tirado, el único que lo había guiado a través del dolor, volcando en él toda la rabia y la impotencia y convirtiéndose en un hijo de puta de tomo y lomo. Gracias a él había tenido tiempo para encauzarle, para que llorase incluso en su recluso lugar interior a la mujer que amaba y encontrase en la *Crossroad* un motivo para seguir hacia delante. Ahora era él quien debía darse cuenta de que el motivo ya no era la compañia, que por quién debía levantarse cada día, por quién debía respirar y desear vivir era por la secretaria que él mismo había elegido, su amante, su compañera y el amor que intentaba enraizar en su corazón.

—Cada uno necesitamos un motor, un motivo por el que seguir adelante —comentó en voz alta, mirándole a los ojos—. Cuando Ágata os dejó, perdisteis el rumbo, algunos conseguisteis salir adelante y encontrar un puerto de abrigo en el que refugiaros momentáneamente. Durante mucho tiempo, el de Garret fue Trey, pero una vez pasada la tormenta, se debe seguir avanzando. Danielle es su meta, su destino final, es hora de que abra los ojos y lo vea. Nadie merece vivir toda la vida en soledad, ni tampoco anclado en el pasado y esto, amigo mío, va también por ti. Si Luna es la indicada, ve a por ella, envuélvela y átala con doble nudo, no hay muchas sumisas que puedan hacer frente a un dominante como tú.

Le palmeó el hombro para darle ánimos y añadió.

—Hablaré con Garret —le confirmó—. Ya es hora de que los socios de la *Crossroad* demos un nuevo paso en este camino que es la vida y dejemos paso a sangre nueva.

CAPÍTULO 24

—Debería cogerme unos días e ir a ver a mi madre, al menos sus locuras son coherentes y no me levantan dolor de cabeza —musitó Luna para sí misma—. Y pensar que todavía es martes.

Echó la cabeza hacia atrás y resopló. Había cogido el metro nada más salir del trabajo y se había venido al *Promenade*. Necesitaba despejarse, quitarse de la cabeza todo el estrés y teniendo reciente el encuentro de esa mañana con Siobhan, necesitaba más que nunca aclararse las ideas.

La mujer había resultado ser una compañía interesante, divertida, culta e inteligente, con sentido del humor y arrolladoramente sincera. No había tenido problema en hacer referencia a su encuentro del viernes y despejarle todas las dudas que pudieran surgir a raíz de su relación con dos maestros. Sin duda le había dado toda una lección de humildad.

Sio le había contado cómo había sido agredida por un asesino y dada casi por muerta, cómo conocía a Brian desde que su difunto marido la había introducido en el

mundo de la dominación y sumisión y cómo gracias a él había podido encauzar de nuevo su vida. En honor a la verdad, le había sorprendido sentir una punzada de celos al escucharla hablar con tanta confianza del Maestro, pero lo había enterrado inmediatamente. La paisajista estaba muy enamorada de sus hombres y había descubierto que era muy fácil hablar con ella de cosas tan íntimas como las que le habían ocurrido en ese club.

«Al principio puede resultar muy chocante, incluso duro, no por el hecho de que eres una mujer adulta y te están tratando como una niña, sino porque te excita eso. El saber que tu amo o maestro es quién toma las decisiones, que no tienes más opción que obedecerle y aceptar lo que te dará puede resultar difícil de asimilar. Pero una vez lo haces, creo que es como si una pieza de puzle encajase en su lugar».

La incomprensión de sus propias emociones, el saber qué era realmente lo que se quería, si encajabas en ese mundo, si era lo que necesitabas o por el contrario te estabas perdiendo a ti misma. Todo ello pesaba en su mente más que en su corazón, especialmente porque era lo que le había dicho Siobhan, si bien la mente decía que aquello no estaba bien, que no lo deseaba, su cuerpo obraba en sentido contrario, disfrutando de esa pérdida de control, de no pensar, de saber que nada te haría daño porque estabas a su cuidado.

«¿Cómo supiste que esto era lo que querías? En qué momento dijiste: sí, esto es lo que necesito, lo que deseo».

Ella le había sonreído entonces, sus mejillas sonrojándose.

«Con mi marido llevaba tiempo de relación cuando me di cuenta que había algo que simplemente faltaba en

mi interior, fue como si algo hiciese clic y las cosas encajasen en su lugar. Con Camden y Logan... bueno... El que uno de mis maestros sea capaz de entenderme con una mirada, que sepa lo que quiero incluso antes de que yo misma sea consciente de ello y que, con tan solo tener sus ojos sobre mi cuerpo sienta que me derrito... fue suficiente. Disfruto cuando los veo disfrutar, me siento realizada cuando sé que los complazco y no solo en el terreno sexual. Quiero decir, ¿no se te encoge el corazón cuando la persona a la que quieres está triste? ¿No quieres hacer algo para que sonría? Sucede incluso cuando ni siquiera sabes que estás enamorada, Luna, te lo aseguro».

Enamorada. Ella no estaba enamorada de Brian, era absurdo. Apenas si lo conocía, todo lo que habían hecho era follar...

—Y le has otorgado más confianza de la que nunca has puesto en manos de nadie —se recordó a sí misma.

Sacudió la cabeza. Envidiaba la tranquilidad y la aceptación que veía en los ojos de su nueva amiga, pero seguía sin estar segura si eso era algo para ella.

—¿Qué es lo que quiero? —Se planteó de nuevo en voz alta envolviendo los dedos en el forjado de la vaya, mirando la ciudad al otro lado del río y el puente de Brooklyn cada vez más cerca—. ¿Qué es lo que quieres, Luna?

Cerró los ojos y dejó que su mente volviese a esa última noche, a lo que había sentido, a cómo se había excitado y su cuerpo enseguida cobró vida. Sí, no podía negar que lo había disfrutado, que se había sentido liberada de muchas maneras, pero, ¿podía ir más allá? ¿Podía arriesgarse a iniciar algo más permanente con un hombre siguiendo esta línea?

—Si pensase que el maldito río iba a aclararme las dudas, me tiraría de cabeza —masculló mirando más allá de la explanada de los diques con una mueca—. Dios, que lío.

Tamborileó con los dedos la verja que cercaba el paseo y continuó caminando hacia el puente. Tenía intención de llegar hasta la entrada y dar media vuelta. Ya había hecho un buen trecho del paseo sumida en sus cavilaciones, como siempre, la zona le reportaba tranquilidad y a esas horas de la noche, el tráfico de turistas no era tan acuciante, con lo que era una buena hora para encontrarte con gente yendo en bici o incluso haciendo deporte.

Echó un vistazo al reloj, el último metro de vuelta salía a las 21:50 con lo que tenía algo más de hora y media para cogerlo con tranquilidad. No tenía prisa en volver a casa, no cuando se encontraría con Cass dispuesta a someterla un día más al tercer grado. Desde que le había soltado de carrerilla todo aquello el pasado viernes, no había dejado de atosigarla al punto de que había terminado gritando con su hermana de fraternidad.

Ella no era así. Cassandra podía ser desquiciante a veces, pero nunca habían llegado al extremo de gritarse. La sorpresa en el rostro de su amiga la había herido, se había sentido como la mierda y había optado que lo mejor, dadas las circunstancias, era mantenerse alejada al menos mientras pudiese poner en orden sus ideas.

—Mi vida se está yendo por la alcantarilla —resopló. Tiró de su bolso bandolera, descorrió la cremallera y hurgó en su interior hasta encontrar el teléfono. Tampoco quería que su hermana se preocupase después de la discusión

que habían tenido, especialmente cuando apenas se habían limitado a saludarse y poco más los últimos días.

Tomó una profunda respiración, desbloqueó la pantalla e hizo una mueca al ver que tenía un mensaje de audio de ella.

—Está claro que ambas pensamos igual —murmuró. Se apoyó de nuevo en la barandilla y se llevó el teléfono a la oreja para escuchar el mensaje—. De acuerdo, aquí vamos.

La voz de su amiga sonaba apagada, sin la chispa de costumbre, con un tono mucho más medido y calmado que le indicaba que el discurso había sido largamente meditado.

—Ey, Luna. Um... me habría gustado decirte eso en persona, de hecho, lo haré, pero está claro que estos días necesitas tiempo para ti y, bueno, que siento lo que pasó el otro día.

Hubo un momento de silencio, un suspiro y continuó.

—¿Sabes? Es verdad eso que dicen que uno solo ve la paja en el ojo ajeno y no en el propio. Me he comportado como una idiota poco reflexiva, especialmente porque yo he pasado por lo mismo que estás pasando tú ahora y en vez de apoyarte... te he presionado.

Un nuevo instante de silencio al que siguió el sonido de su amiga dejándose caer en el sofá.

—Quiero que sepas que me tienes aquí para lo que necesites. Si quieres hablar, te escucharé, si solo quieres sentarse en silencio, te haré compañía. —Pareció tomar aire para continuar—. Y si necesitas estar sola, lo

respetaré. Eres mi mejor amiga, mi hermana y te quiero, por eso no puedo evitar ser un coñazo de tía.

Su comentario le arrancó una sonrisa.

—Prometo no preguntarte, ni presionarte. A partir de ahora, esperaré a que tú decidas contármelo, si es lo que quieres. —El silencio inundó de nuevo la línea, entonces siguió—. Si te sirve de consejo: A veces la cabeza es la que tienes que dejar de escuchar, apagar el interruptor y dejar que tu cuerpo te aconseje. Te quiero mi hermana *kappa psi omega*. No pases mucho tiempo vagabundeando por ahí.

Sonrió para sí. Cass la conocía muy bien, mejor que ella misma en ocasiones y el que hubiese dado un paso atrás, la honraba. Se lamió los labios, accionó el icono del micrófono y se lo llevó a los labios.

—Disculpas aceptadas, hermana y gracias por el consejo.

Se mordió el labio inferior, sacudió la cabeza y continuó.

—Estoy echa un lío, Cass, pero es algo mío, algo que necesito resolver por mí misma. Lo entiendes, ¿verdad? Y para eso necesito tiempo, al menos un poco más para entender qué es lo que quiero y si tengo el valor suficiente para arriesgarme e ir a por ello —suspiró y miró hacia la ciudad—. Estoy en el Promenade, cuando coja el metro de vuelta te aviso y no te preocu… No… no me jodas, ¡la madre que me parió!

Soltó el botón y se quedó con el teléfono en la mano mirando al corredor que avanzaba en su dirección totalmente ajeno a sus alrededores, controlando algo en el reloj de pulsera que llevaba. Vestido de negro de los pies a la cabeza, con una camiseta que, a medida se acercaba,

empezó a reconocer como la típica del departamento de bomberos marcando la impresionante musculatura del Jefe Reynols. La manera en que se movía era hipnotizante, marcaba el ritmo con cada respiración, avanzando a zancadas, la camiseta ciñéndose con cada movimiento sobre un cuerpo escultural, oscurecida por zonas, lo que hablaba de sudor, el mismo que le perlaba el rostro y el cuello. Sus ojos iban ocultos bajo unas gafas de cristales plateados que reflejaban a luz creando unos curiosos destellos.

Se encontró dando un paso atrás, buscando el aire que se le había ido de los pulmones mientras miraba a un hombre que estaba tan bueno vestido como desnudo.

Su móvil emitió un sonido en esos momentos indicando la entrada de un mensaje. Bajó la mirada lo justo para averiguar el remitente y al momento escuchó un jadeo y su nombre.

—¿Luna?

Levantó la cabeza, emitió un pequeño jadeo y allí, sacándose las gafas entre jadeos, con ese enorme cuerpo bloqueándole el camino y una chispa entre curiosa y divertida en los ojos, estaba él.

—Vaya, pequeña, ¿qué haces tú por aquí? —preguntó antes de parar algo en su reloj para luego mirarla de uno—. Esta sí que ha sido toda una sorpresa.

Se lamió los labios y asintió.

—Sí, una de proporciones catastróficas.

Brian no esperaba encontrarse con esa encantadora muñequita de mechas azules cuando volvía de hacer sus

ocho kilómetros diarios. Detuvo el cronómetro, se llevó las manos a las caderas y la contempló con curiosidad mientras recuperaba la respiración. A juzgar por su pulcro aspecto, debía haber venido directa del trabajo.

La mordaz respuesta a su pregunta lo llevó a sonreír, seguía siendo tan irónica como siempre.

—¿Qué te trae por Brooklyn? —le preguntó de nuevo—. Estás un poco lejos de tu zona.

Vio como apretaba el teléfono entre los dedos, nerviosa y también incómoda. Al igual que él se había llevado toda una sorpresa al verle allí.

—Imagino que lo mismo que a mucha gente que viene al *Promenade*, dar un paseo por una de las zonas más pintorescas de la ciudad —respondió directa, recuperándose de la sorpresa—. ¿Y tú, señor? Er... quiero decir...

Sonrió y se inclinó hacia delante. Le gustaba que lo reconociese como su amo, aunque no lo fuese, todavía.

—Puedes llamarme Brian cuando no estemos dentro de la dinámica D/S, mascota —le informó, entonces volvió a separarse para dejarle espacio—. En cuanto a tu pregunta, estaba terminando mi carrera de hoy.

Parpadeó y dio un inmediato paso a un lado.

—Oh, en ese caso, no te interrumpo, sigue.

Su pequeña y divertida sumisa lo estaba echando con cajas destempladas.

—No te preocupes ya iba de vuelta para casa.

Su respuesta hizo que ladease la cabeza y mirase a su alrededor.

—Ah, ¿vives por aquí? —La curiosidad estaba presente en su voz.

—Sí, en Montague —señaló por encima del hombro al tiempo que se le ocurría una excusa perfecta para entretenerla un rato más—. ¿Tienes prisa? Puedo invitarte a un café o una cerveza. Me temo que es lo único que hay ahora mismo.

Parpadeó visiblemente sorprendida por la invitación.

—No, yo, no hace falta y... —Se detuvo, arrugó esa pecosa nariz que tanto le gustaba y ladeó la cabeza—. ¿Has dicho que vives en la calle Montague?

El interés que detectó en su voz captó de inmediato su atención de Dom, la observó detenidamente y vio como respondía a su escrutinio sonrojándose.

—Sí, en el 7 de *Montague Terrace*, justo en frente del *Promerade* —respondió atento a su expresión y no pudo evitar sonreír interiormente—. Déjame adivinar, eres de las que le gusta la arquitectura de las casas *brownstones*.

Punto, set y partido, pensó al ver cómo se sonrojaba aún más, sus ojos adquirían un tinte de vergüenza y se ponía al momento en modo defensivo.

—La última vez que repasé la Constitución, eso no era un delito.

—Con el nuevo presidente... dale tiempo —replicó con un bufido.

Puso los ojos en blanco, no pensaba entrar a debatir sobre política.

—No me vas a llevar por ahí, Brian.

Sonrió ampliamente.

—No tenía intención, Luna. —Pronunció su nombre con la misma intención que ella había pronunciado el suyo—. Pero insistiré en mi invitación. ¿Café?

La tensión se relajó entre ellos, parecía que volvían a estar medio en paz.

—Te lo agradezco, pero es tarde y no estoy de humor para visitas sociales.

La recorrió de pies a cabeza.

—No, tampoco estás vestida apropiadamente para ello porque imagino que llevarás bragas.

Abrió la boca para decir algo, pero optó por cerrarla al momento, sus mejillas iban a estallar en llamas de un momento a otro, era tan fácil hacerla sonrojar.

—Vamos, Luna, solo bromeaba —le dijo al tiempo que le rodeaba la cintura con el brazo y la encaminaba en la dirección correcta—. Un café y te dejaré en paz...

Lo miró de soslayo.

—Me lo pones por escrito.

—...por hoy.

—Ya decía yo.

No podía evitarlo, le encantaba hacerla rabiar.

—Hoy estás guerrillera, ¿eh, sumisita?

—Si piensas que solo es hoy, es que no has prestado mucha atención los días anteriores.

Se rio entre dientes y la obligó a caminar.

—Vamos, incluso te llevaré a casa si no quieres coger un taxi.

Sus ojos pardos volvieron a posarse en él.

—He venido en metro —le soltó muy digna—. ¿Tienes idea de lo que cuesta una carrera de taxi de aquí a Lenox?

—No, dulzura, no lo sé —replicó sin más—. Suelo ir en coche a todos lados o usar el metro como el común de los mortales.

—Y yo que pensaba que irías en patinete —masculló mordaz—, es más acorde a tu edad.

Dejó caer la mano sobre su apetitoso trasero haciendo que diese un salto.

—Esa boca, Luna, esa boca.

—Vuelve a hacer eso y...

—¿Te correrás gritando mi nombre? —sugirió apretándola más contra su costado.

—No —siseó la pequeña fiera—. Te morderé. Mucho. Hasta sacar sangre.

—*Auch.* —La miró con contenida diversión—. Ya estás sacando las uñas y todavía no has probado ni el café.

—No quiero café.

—¿Mejor una cerveza? —propuso guiándola hacia el recodo que giraba hacia su propia calle—. ¿Tengo que ordenártelo, pequeña?

Aquello hizo que saltase.

—No eres mi amo.

—No será por falta de interés de mi parte. —Y maldita fuera, porque esa era la verdad—. Piensa en las ventajas de aceptar mi invitación como amigos, Luna. Te tomarás un café, podrás ver una de las *brownstone* que parecen llamarte la atención en primera persona e incluso te ahorrarás el viaje en metro. Te llevaré a casa.

Hubo un sutil cambio en su lenguaje corporal, parecía como si su cuerpo tirase hacia un lado y su mente hacia otro. Así que lo mejor sería que él tomase las riendas y decidiese por ella.

—Vamos, si sigo esperando a que te lo pienses nos darán aquí las uvas —replicó empujándola de nuevo hacia la calle correcta—. Bienvenida a Montague Place, el número siete está por ahí.

Su reticencia quedó vencida al momento por los edificios, su cambio fue radical, pasó de estar irritada a enamorada de lo que estaba viendo. Sí, la pequeña sumisa estaba enamorada de las antiguas construcciones típicas de Brooklyn.

—Entonces, ¿sueles venir mucho por aquí? —le preguntó ahora que estaba distraída.

—Cuando puedo escaparme después del trabajo —respondió poniendo toda su atención en los edificios, entrecerrando los ojos cuando veía algún letrero que decía alquiler. ¿Estaba buscando vivienda?—. Me gusta pasear por el *Promenade* y las vistas son espectaculares.

—Eso no lo dudo. —Él había hecho su hogar allí precisamente por eso y porque estaba lo suficiente alejado de su antigua casa.

—Por cierto. —Se volvió hacia él como si hubiese recordado alguna cosa—. ¿Quién está a cargo de la reparación del sistema anti incendios de la biblioteca pública?

Frunció el ceño ante su extraña pregunta.

—La Biblioteca está gestionada de forma privada, a mí me contrataron por medio de una empresa interna —explicó—. Trabajo de forma pública como Jefe de Bomberos y para la privada, de vez en cuando, como Inspector de Incendios. ¿Todavía no se ha puesto nadie en contacto para recalibrar el sistema?

Negó con la cabeza.

—Que yo sepa y, teniendo en cuenta los gritos de mi jefe esta mañana, no, nadie se ha pasado todavía —aseguró—. Si fuese otra zona, sinceramente me daría igual, pero se supone que la nueva ala es para mi departamento y ya van con un retraso brutal.

Asintió.

—Veré que ha pasado con el informe, si lo han recibido y ya han puesto a alguien a cargo —le dijo pensativo—. Creo que sé qué empresa podría encargarse de ello. Ya te diré algo.

—Te lo agradezco —aceptó ella—. Especialmente porque así no tendré que escuchar a ese capullo.

—Parece que no te cae muy bien tu jefe de sección.

—Es imbécil y no soporto la imbecilidad. —Se encogió de hombros—. Bien mirado, creo que hay muy pocas personas a las que soporte.

Se rio entre dientes.

—Nunca habría dicho que fueses una persona antisocial.

Enarcó una ceja ante su respuesta.

—Y no lo soy —replicó con un mohín—. Soy una persona muy social, selectiva, pero social. De hecho, esta mañana me he encontrado con Siobhan y nos fuimos a tomarnos un café. Me ha caído muy bien.

Así que la pequeña sumisa había hecho migas con Sio. Eso era interesante, tendría que darle las gracias a la sumisa de Camden por prestarse a ello.

—Es una buena chica —aceptó mirándola—. Te vendrá bien contar con su amistad. Así podréis, como dice ella, chismear sobre las escenas y el tiempo en el club.

No respondió a su comentario, su mirada volvía a estar ahora puesta en su edificio. Los ojos casi le hacían chiribitas.

—¿Luna?

Se giró hacia él.

—¿Sí?

—¿Te has hecho ya las pruebas y los análisis?

Su pregunta fue como un verdadero golpe, lo vio en la forma en que la acusaron sus ojos y se replegó interiormente. *Bien, Brian, sutil, muy sutil.*

—Todavía no… sé si quiero… formar parte del club.

Tenía que agradecer su franqueza.

—Sigues teniendo dudas.

—¿No las tuviste tú también cuando entraste en este mundo?

—Las dudas empiezan a desaparecer a medida te vas adentrando en ello, a medida que descubres si esto es lo que deseas o, por el contrario, no es para ti. —Fue muy franco—. Si me permites guiarte, quizá pueda ayudarte a descubrir qué es lo que deseas en realidad.

—Serías mi Maestro —no fue una pregunta, sino la constatación de un hecho.

—Y tú mi sumisa —asintió sin andarse con rodeos.

La vio vacilar, estaba incómoda a pesar de todo.

—Brian, yo no…

Le cubrió los labios con un dedo.

—Tienes tiempo hasta el próximo sábado. —La atajó—. Por ahora, ven, te he invitado a un café.

Le sostuvo la mirada durante unos instantes, la vio suspirar y asentir.

—De acuerdo, aceptaré tu invitación si también me enseñas la casa —pidió con gesto coqueto.

Sonrió interiormente.

—Eso está hecho, Luna, eso está hecho.

CAPÍTULO 25

Luna no sabía que decir o cómo reaccionar ante lo que estaba viendo, Brian Reynols no solo tenía una de sus casas favoritas, el capullo poseía una en la que las tres plantas eran suyas. Habían entrado desde la puerta principal la cual empezaba con un pequeño recibidor que llevaba a una sala de estar típicamente masculina, de ahí pasaba a la cocina y un pequeño comedor. La planta principal contenía también un pequeño aseo, la entrada al sótano desde la cocina y el acceso al segundo piso con una escalera abierta que se abría tras el recibidor.

—Como ves, la planta principal es de concepto abierto —le indicó apoyado en la isla de la cocina—. Luego, en el piso de arriba está el dormitorio principal con baño, mi sala de pesas y el estudio —le indicó la escalera al inicio del salón—, y por aquí se baja al sótano, —abrió una puerta al lado de los armarios de cocina—, dónde está el cuarto de la colada, una habitación llena de trastos, porque no se usa y... la mazmorra.

—¿La qué?

—Es dónde encierro a sumisas díscolas para mi propia diversión —le soltó.

—Me estás tomando el pelo, ¿verdad?

—Sí. —Sonrió, entonces añadió—. Y no.

—Creo que no tengo el más mínimo interés de ver tu sótano —replicó al momento—. Pero esta planta es… asombrosa. Tienes una casa preciosa.

—Gracias —asintió. Tamborileó con los dedos sobre la superficie de mármol de la moderna cocina—. ¿Te importa si me ausento cinco minutos para darme una ducha y cambiarme de ropa? Puedes curiosear por la casa, incluso te dejo que bajes al sótano si quieres ver mi patio de juegos.

Sacudió la cabeza enérgicamente.

—No, gracias, puedo pasar sin ver tu colección de cromos y muñecos de acción —le soltó llena de ironía y lo despidió con la mano—. Adelante, auséntate el tiempo que necesites.

Sonrió, estiró la mano y para su sorpresa le soltó el moño.

—Tan educada. Eres una caja de sorpresas, ¿no? —le dijo soltándole el pelo—. Um… sí, esto está mejor. Me gustas más con el pelo suelto.

Dicho eso abandonó se apartó de su lado y la observó.

—Si quieres tomarte algo mientras, tienes la nevera a tu disposición —le indicó con un gesto de la barbilla.

Siguió su indicación con la mirada y vio la cafetera a un lado.

—Si quieres puedo ir haciendo el café —sugirió girándose hacia él—. Si me dices dónde guardas las cosas, lo tengo listo en cinco minutos.

—¿Estás segura de que sabrás hacerlo, mascota?

La obvia risa en su voz la llevó a entrecerrar los ojos y devolverle el desafío.

—Bueno, si quemo el café, dejaré que me des una vez con la pala —le soltó sin apartar la mirada de la suya, sobresaltándose cuando vio el brillo de deseo en sus ojos al mencionar tal sugerencia. Si creía que iba a volver a tocarla con esa cosa, la llevaba clara.

—No deberías hacer apuestas con tu Maestro, si pierdes tendrás que pagar.

Levantó la barbilla con gesto desafiante.

—En ese caso, no las haré —replicó con un ligero e inocente encogimiento de hombros—. De todas formas, no es como si te hubiese aceptado en el cargo, ¿no?

—Me están entrando ganas de volver a zurrarte el culo, Lunita.

—Pues contenlas, Jefe, contenlas —refutó—. Mi culo ha decidido quedarse fuera de tu jurisdicción.

—No tientes a tu suerte...

—No lo ha... —Perdió todo interés en replicarle cuando vio un enorme gato naranja atigrado, con las orejas recortadas, los bigotes retorcidos y con visibles calvas de pelo en patas y cola, además de una especie de jersey azul cubriendo gran parte de su voluminoso cuerpo—. Oye, ¿y tú de dónde has salido, chico?

Se agachó de manera automática, extendiendo la mano para que el gato la olisquease antes de escucharle ronronear y obtener así el permiso para rascarle entre las orejas.

—Oh, pobrecito. Mírate. Qué te ha pasado, ¿eh? —Siguió acariciándolo con mucho cuidado, intentando no tocar una piel que, si bien parecía que había cicatrizado

hacía tiempo, conservaba un color y una textura extraña. Levantó la cabeza y buscó la mirada de Brian para encontrarse con sus ojos clavados en ella y el semblante serio, casi lejano—. ¿Va todo bien?

El hombre parpadeó saliendo de lo que parecía un momentáneo trance, la miró a los ojos y luego al gato.

—Lo siento, ¿qué me decías?

La manera en que reaccionó le pareció extraña. Cogió al gato entre sus brazos, un minino que pesaba lo suyo, y se incorporó.

—¿Tiene nombre?

Una inesperada sombra de dolor cruzó los ojos masculinos cuando la vio con el animal en brazos.

—¿Brian? —Le resultaba extraño pronunciar su nombre sin llamarle antes Amo o directamente señor.

—Gato, se llama Gato —le dijo de manera cortante, sobresaltándola.

Miró al minino y luego a él.

—¿Le has llamado al «gato», Gato?

—No fui yo quien le puso el nombre —dijo sin más.

Vale, estaba claro que había tocado un tema sensible.

—¿Qué le pasó? —preguntó con todo el tacto que pudo. Estaba acostumbrada a ver a ese hombre como una montaña de seguridad, alguien que podía echarse a los hombros los problemas de todo el mundo y seguir en pie. El verle tan… perdido… le afectaba más de lo que debería.

—Sobrevivió a un incendio.

Y eso explicaba la apergaminada piel y la falta de pelo.

—Cuanto lo siento, Gato —acarició al minino—, nadie debería pasar por algo tan horrible y doloroso.

El animal parecía haberse encariñado de ella, pues se puso cómodo con intención de echarse una siesta en sus brazos.

—De acuerdo, entonces. —Sonrió al micho y levantó la mirada para encontrarse de nuevo con él—. Ve a ducharte, tendré el café listo cuando vuelvas.

Su mirada cambió de nuevo, volviendo a ser la del hombre que conocía. Miró al gato y luego a ella.

—Eres capaz de domesticar a la más herida de las almas, ¿eh? —Su comentario la cogió por sorpresa. Sacudió la cabeza y señaló con el pulgar el piso de arriba—. El café está en el primer estante de la derecha. Abre y cierra cajones y coge lo que necesites. Si no encuentras algo o me necesitas, según subes las escaleras, es la primera puerta a mano derecha, al final del pasillo. Ese es mi dormitorio.

—Lo tengo —admitió y se quedó abrazando al gato—. Vete.

Lo vio sonreír con ironía, entonces sacudió la cabeza y dio media vuelta rezongando por lo bajo.

—Increíble, la pequeña sumisa dándome órdenes en mi propia casa.

Sonrió también, no pudo evitarlo, parecía tan indignado como un crío al que no le salían las cosas como quería.

—Bueno Gato, enseñémosle al Amo Brian como se hace un fabuloso café en esa cafetera suya.

El minino soltó un maullido de protesta cuando lo dejó en el suelo.

—Ya veo que te pareces a tu amo, siempre con la última palabra en la boca.

Brian dejó que el agua se deslizase por su cara, se restregó el rostro y continuó con el resto del cuerpo, enjabonándose y quitándose de encima el sudor, así como los oscuros pensamientos que habían acudido en tropel al verla sostener el gato entre sus brazos. Había sido como volver en el tiempo, ver de nuevo a Ágata con el gato en brazos, aceptándola como nunca un minino arisco como ese aceptaría las caricias de una extraña. Había estado a punto de advertirla cuando se agachó para acariciarle que el felino no se llevaba bien con los extraños, pero entonces lo había escuchado ronronear y deleitarse con los mimos.

Invitarla a subir a casa había sido un impulso, el deseo de pasar más tiempo con una mujer que le llamaba la atención y con una sumisa que despertaba en él todos sus instintos de Dom.

Casi podía imaginársela en la cocina, abriendo y cerrando armarios, maldiciendo en voz baja mientras se peleaba con la estúpida cafetera para preparar el café. Se lamió los labios al pensar de nuevo en su trasero, en su mano sobre esos glúteos volviéndolos de un bonito color rojo, en el eco de la pala sobre su piel. Sus gemidos en el club lo habían excitado, lo habían hecho ponerse tan duro como lo estaba ahora.

¿Y decirle que en el sótano estaba la mazmorra? Sonrió al tiempo que echaba la cabeza hacia atrás y se libraba del jabón, barriéndolo con los dedos. No, no le había mentido. En los últimos meses se había pasado los ratos libres acondicionando una de las habitaciones vacías a su gusto, convirtiéndola en una mazmorra casera, una

que todavía no había recibido a ninguna sumisa. ¿Podría ser Luna la primera?

—Poco a poco, Brian, poco a poco. —Se tuvo que recordar en voz alta. Luna no era una sumisa experimentada, la mayor parte del tiempo no sabía ni lo que quería, estaba empezando a descubrirlo y debía proceder con cuidado, guiarla y tentar sus sentidos no asustarla a muerte.

Diablos. La quería, quería a esa mujer, la deseaba en su cama, atada, con una mordaza de bola callando esa petulante e insultante boca, la quería abierta y entregada a su placer.

—La quiero como mi sumisa.

La pregunta era si eso sería suficiente para Luna, si sería suficiente para él.

Cerró el grifo del agua, se limpió la humedad de la cara y se obligó a tomar una profunda bocanada de aire.

—Limítala al club —insistió hablando consigo mismo—, sedúcela y mantenla en el club, pero no te encariñes con ella.

Era peligroso cruzar esa línea, especialmente con una mujer que quizá no estuviese dispuesta a darle todo lo que quería, lo que necesitaba. Tenía que echar el freno, pisar el maldito pedal y esperar, observar y guiarla con suavidad, quizá entonces él también conseguiría despejar sus dudas.

Cuando regresó a la primera planta vestido con vaqueros y una camiseta, se la encontró canturreando mientras hacía una especie de dibujo en la segunda taza de café que ya tenía servida sobre la mesa.

—Así que, sí sabes cómo preparar un café.

Dio un salto sorprendida por su presencia, el gato seguía cerca de ella, restregándose entre sus piernas como si estuviese encantado de que esa mujer estuviese en su casa. Teniendo en cuenta que no había podido ver ni en pintura a su anterior sumisa, eso tenía que ser una señal.

—Mi madre le regaló a Cass esta misma cafetera, solo que con un patrón más… psicodélico —declaró claramente orgullosa de su manipulación—. Así que, el café está servido, señor.

Dejó escapar un pequeño bufido de risa.

—Así que, haciendo trampas, ya veo, ya.

Se llevó las manos a las caderas y le echó la lengua.

—Yo no hago trampas.

Su gesto infantil de pareció divertido y le vino que ni pintado.

—¿Acabas de echarme la lengua, mascota?

La forma en que se tensó, el sonrojo inmediato en sus mejillas le dijo que había captado el tono adecuado y respondía ante él.

—Ah… dijiste que…que me invitabas a un café. Solo café.

Chasqueó la lengua.

—Y ahora me replicas —sacudió la cabeza al tiempo que la acechaba—. Esa falta de disciplina requiere un correctivo.

Empezó a ponerse lívida, el aire escapó de su garganta y empezó a balbucear.

—Yo… yo no… no…

Empezaba a darle pena, la quería excitada, no asustada como un corderito.

—Un beso, Luna, ven aquí y dame un beso a modo de disculpa.

La aclaración surgió el efecto deseado, el color volvió a sus mejillas y la forma reticente en la que se movió le dijo que tendría que empujarla un poco más.

—Si tardas dos segundos más, cambiaré el beso por cuatro azotes en ese bonito culo, sumisita.

No había nada como ver a una pequeña gatita como ella fruncir el ceño para finalmente caminar hacia él y levantar la cabeza.

—A lo mejor, si te agachas puedo...

Capturó sus labios con suavidad, callándola, probándola desde fuera, cerrando las manos sobre su cintura para mantenerla quieta. La besó con calma, persuadiéndola poco a poco para abrir la boca y cuando por fin lo hizo, fue en busca de su lengua, succionándola, jugando con ella hasta que empezó a temblar y un dulce gemido escapó poniéndolo más duro aún.

—Gracias —le dijo mientras contemplaba como lo miraba aturdida—. Ahora, veamos cómo está el café.

La empujó suavemente hacia uno de los taburetes y la instaló.

—¿Esto te funciona siempre?

Enarcó una ceja llamándola al orden y esperó.

—Señor —concluyó no sin retintín.

—¿Besar a sumisas traviesas hasta dejarlas sin aliento? De vez en cuando.

Abrió la boca para protestar, entonces se lo pensó mejor, sacudió la cabeza y cogió su taza para darle un sorbo. El suave gemido que hizo casi lo lleva a saltar de la silla.

—*Capuchino moca* —musitó llena de deleite—. El cielo.

Iba a decirle que era exactamente el cielo en sus términos, pero un teléfono empezó a sonar en el interior del bolso que había apoyado al final de la isla.

—¡Ay dios! —Casi escupe el café—. ¡Se me había olvidado por completo! Mierda, mierda, mierda… —Se estiró para coger el bolso y sacar al momento un teléfono con una carcasa verde con florecillas rosas—. Oh… y qué narices le digo yo ahora…

Le quitó el teléfono de las manos y vio que se trataba de una llamada entrante con el nombre de «*Cassandra*».

—Oye, eso es mío y no…

Lo mantuvo lejos de su alcance.

—¿Tu compañera de piso?

Esos bonitos ojos se entrecerraron, su nariz se arrugó y tuvo unas irrefrenables ganas de besar de nuevo esas pecas.

—Devuélveme. El. Teléfono —puntualizó cada palabra.

—Luna. —Una firme advertencia ante su tono de voz.

Ella hizo un aspaviento y se sulfuró.

—Vale, muy bien, adelante, que te grite a ti, señor —rezongó cruzándose de brazos como una niña enfurruñada.

Accionó el manos libres y, antes de que pudiese siquiera decirle que él estaba al teléfono, escuchó la voz de la compañera de Luna.

—¡Luna Moon! Más te vale que te haya atropellado un coche, un camión, una bicicleta o te haya pasado algo realmente grave para no haberme respondido de inmediato —escuchó a la decidida chica del otro lado de la

línea. A juzgar por su tono de voz estaba realmente agobiada—. Por lo que más quieras, hermanita, dime que estás bien y que no te ha pasado nada grave.

—¿Luna Moon? —preguntó en voz alta.

—Er… ¿Tú no eres mi Luna? ¿Dónde está mi Luna? Y más importante aún, ¿quién coño eres tú?

—Sí, me llamo Luna Moon, puedes darle las gracias a mi madre por haber elegido un nombre tan divertido —rezongó y señaló el teléfono—. Venga, vamos, tú has respondido al teléfono, señor, así que… al toro y por los cuernos, Amo Brian.

—¿Luna? ¿Lunita eres tú? —De nuevo esa voz—. Espera… ¿has dicho…?

—Cassandra, antes de que digas algo de lo que puedas arrepentirte después, soy Brian del *Blackish* y Luna está conmigo —atajó con voz firme, intentando no reírse—. No te preocupes por ella, mascota, la llevaré a casa tan pronto hayamos terminado con nuestras tazas de café.

Escucharon una serie de ruidos, algo parecido a un exabrupto y no pudieron hacer otra cosa que mirarse.

—¿Cass? ¿Estás bien? ¿Sigues ahí?

—Sí, sí, sí —llegó la sofocada respuesta de la mujer—. Es que se me calló el teléfono de las manos… —Luna se tapó la cara con las manos mientras su amiga seguía—. Esto… ¡Hola Amo Brian! Gracias por cuidar de mi hermana, señor. Oh, y no hay prisa, como si no viene a dormir. Esto… Luna, mañana hablamos, ¿vale? ¡Buenas noches!

La llamada se cortó.

—Creo que no ha entendido lo del café —murmuró ella cogiendo su taza y llevándosela a los labios.

Sonrió de soslayo, cogió el móvil y tras localizar la cámara la enfocó con ella.

—Sonríe, Luna Moon.

Ella cogió la taza, la levantó y la señaló con un dedo.

—Envíasela, así no tendrás que dar explicaciones. —Le tendió el móvil.

—Eres una mala influencia, señor. —Cogió el teléfono e hizo lo que le pidió—. Una muy mala influencia.

Resopló cogiendo su propia bebida.

—Ven el sábado al club, mascota y verás exactamente la clase de mala influencia que puedo llegar a ser para ti —la retó.

Sus ojos se encontraron, pero ninguno de los dos dijo nada, se limitaron a disfrutar en silencio de una taza de café.

CAPÍTULO 26

Luna había recogido los resultados esa misma mañana. Cassandra la había acompañado a petición propia. Ambas se habían sentado a hablar largo y tendido los últimos días y su hermana les había dado una perspectiva de las cosas más abierta y razonable.

—Los resultados están todos bien, estoy sanísima y tengo el control de natalidad al día —comentó apretando con demasiada fuerza el sobre—. Y ya me estoy arrepintiendo de hacer esto.

—Piensa en lo que hablamos —le aconsejó—. No se trata de un contrato, simplemente de los requisitos normales del club. A Brian ya lo conoces, has jugado con él, ¿por qué no explorar un poco más y decidir si es lo que quieres con alguien en quien ya confías?

Esa era una de las razones por la que estaba dispuesta a dar ese nuevo paso.

—Tú eres la que puede decidir si quiere seguir o ponerle fin —concretó—. Y estamos hablando de ir al club, de pasar tiempo en un lugar dónde siempre hay gente. Habla con él, dile cómo te sientes, convenir lo que estás

dispuesta a probar y lo que no, busca un equilibrio y diviértete. Piensa en esto, Luna, si de veras te pareciese tan malo o fuese contra tus principios, ¿habrías vuelto después de la primera vez?

No, no lo habría hecho. Se estaba dando cabezazos contra una pared por el simple hecho de que quería volver, quería repetir y explorar ese nuevo mundo a pesar de que su mente le decía que no cayese de nuevo en los mismos errores.

Había aprovechado la semana para terminar su investigación, incluso la reparación del sistema de incendios había comenzado y suponía que en una semana más podrían continuar con el acondicionamiento.

Su vida era lo suficiente monótona a diario sin tener que privarse además de los momentos en los que se había sentido libre de alguna manera. Por más que quisiera negarlo, que intentase justificarse, esas dos noches en el *Blackish* habían supuesto un punto de reflexión.

Tomó una profunda bocanada de aire y lo dejó salir. Se miró en el espejo con ojo crítico, el color azul hacía juego con sus mechas, las franjas negras la estilizaban y las transparencias eran lo suficiente atrevidas como para adaptarse al código de vestimenta del club.

—Wow. Estás que ardes, nena —silbó Cass mirándola a través del espejo. Ella había decidido acompañarla al club del que ya era socia—. Ese vestido es espectacular. ¿Dónde lo compraste?

Se encontró con su mirada y sonrió.

—Ni te lo imaginas.

Había visitado una tienda *vintage* de segunda mano en el centro y había encontrado dos prendas por pocos dólares.

—¿No enseño demasiada carne?

—Luna. El lema del club es enseña todo lo que puedas —se rio—. Estás de muerte, hermanita.

Ella llevaba un brevísimo y ajustadísimo vestido amarillo que le levantaba los pechos, dejaba el estómago al aire y apenas le cubría las nalgas.

—Dime que llevas ropa interior.

Su respuesta fue llevarse las manos a los pechos y apretárselos.

—No —respondió traviesa y deslizó las manos hasta sus caderas—, y sí. De sabor fresa.

Enarcó una ceja.

—¿Bragas de fresa?

La chica se rio.

—Son todo un invento —le guiñó el ojo—. Entonces, ¿lista para la aventura?

Se atusó el pelo que se había dejado suelto sobre los hombros, comprobó el maquillaje y cogió el bolsito de encima de la cómoda.

—Espero no acabar metiendo la pata —le dijo a su propio reflejo antes de dar media vuelta y salir por la puerta.

El ambiente del club era totalmente distinto un sábado de lo que había sido en las clases. La música, las luces, la cantidad de gente era tal que empezaba a preguntarse si esto era lo que quería. Cass parecía estar muy a gusto, se movía como pez en el agua y sabía dónde estaba todo. Tras dejar los abrigos, se había dirigido a la recepción que hoy estaba ocupada por un atractivo

hombre de a mediados de los treinta que vestía una camiseta del club que resaltaba cada uno de sus definidos músculos.

—Ey, Cassandra. Has vuelto a dejarte caer por aquí. Wolf va a tener que comerse sus palabras —la saludó con visible familiaridad—. Se te ha echado de menos, dulzura.

—Hola señor —ronroneó y bajó inmediatamente la mirada, adquiriendo un tono suave, sumiso—. También me alegro de verte, ha pasado mucho tiempo.

—Bastante, sí —aceptó el desconocido con un curioso acento tejano. Entonces se fijó en ella—. ¿Has venido con una amiga?

La forma en que la recorrió con la mirada de la cabeza a los pies y frunció el ceño al mirar su pelo, resultó inquietante.

—Um… tú tienes que ser Luna.

El que supiese su nombre la cogió por sorpresa.

—Err… sí.

Clavó los ojos en ella, una advertencia no pronunciada que la llevó a dar un paso atrás.

—Deduzco que sabes cómo dirigirte a un Dom, ¿no pequeña?

Parpadeó ante el toque de atención.

—Ah, sí. Lo sé. Lo siento, señor —murmuró rápidamente.

Él la miró unos instantes más y sonrió de soslayo.

—Ya veo lo que quería decir Fire con «nueva» —comentó, entonces se giró hacia Cass—. Gatita, tú puedes pasar. —Dicho eso volvió a prestarle atención—. En cuanto a ti, el Amo Fire dejó aviso de que te enviásemos directamente a la oficina si venías.

—Um, Amo Jace.

El hombre miró a su amiga.

—No te preocupes, dulzura, la verás dentro. —Le guiñó el ojo y le tendió una pulsera de goma blanca con el nombre del club en negro.

La indecisión en su mirada le dijo que iba a meterse en problemas antes de entrar siquiera en el club, así que decidió hablar.

—Ve, Cass, nos veremos dentro.

Se mordió el labio inferior, pero asintió. Le dio un rápido abrazo y traspasó la puerta del umbral.

—Es un encanto tu amiga, ¿te pareces en algo a ella?

La pregunta hizo que se volviese de nuevo a él.

—No, ni lo más mínimo, señor.

Él pareció genuinamente sorprendido, entonces soltó una carcajada.

—Está bien saberlo —aceptó y le tendió la mano—. Soy Jace, por cierto. Me verás a menudo por aquí.

—Luna. Un placer conocerte, Amo Jace. —Le estrechó la mano.

Asintiendo, rodeó el mostrador y la invitó a acompañarle.

—Ven, te llevaré con el jefe.

La acompañó por el pasillo hacia un pasillo que no conocía de nada. No era de extrañar puesto que cuando había venido al seminario había entrado directamente a la sala principal. Nada más girar al fondo se encontró con una puerta medio abierta.

—Llama antes de entrar, bonita —le dijo él—. Y bienvenida al *Blackish*.

Sin más, le dedicó un guiño y se marchó por dónde había venido.

Frunció el ceño, miró a su espalda y luego la puerta que tenía ante ella. Se acercó, llamó suavemente con los nudillos y escuchó al momento la voz de Brian.

—Adelante.

Empujó hasta verle sentado detrás de la mesa, vestido con la camiseta del club y haciendo algo de papeleo.

—Um... Hola.

Levantó la mirada y, tras la primera impresión de sorpresa, pareció volver a respirar como si con su llegada le hubiese quitado un peso de encima.

—Buenas noches, mascota —la recibió—, me alegra verte por aquí.

Se lamió los labios, la miraba de una manera que la hacía estremecer, como si... la poseyese ya. Optó por distraerse, abrió el bolso y sacó el sobre.

—Los resultados de los chequeos y las analíticas. —Se lo dejó sobre la mesa—. Tan sana como una manzana.

Sacó los resultados y empezó a ojearlos mientras le indicaba que tomase asiento.

—Gracias. —Los dejó delante de él y abrió un cajón, de dónde extrajo unos impresos—. Siéntate, Luna. Solo será un momento. Necesito que rellenes el formulario de admisión con tus datos y firmes las renuncias estándares del club.

—¿Renuncias? ¿A qué? ¿A contraer la gripe? —murmuró cogiendo los papeles y empezando a hojearlos—. ¿No podíais escribirlos en una letra un poquito más pequeña?

Le escuchó bufar, pero cuando levantó la mirada estaba sonriendo.

—Es burocracia legal —le informó—. Ya sabes, que das tu consentimiento a las prácticas que se llevan a cabo y de las que aceptas formar parte, que el club no se hace responsable de tus decisiones, etc.

Sí, eso era básicamente lo que decía el papel en letra de imprenta.

—Y esta es otra lista que debes leer y cumplimentar. —Puso ante ella tres páginas más—. Es un cuestionario con los límites de prácticas en BDSM.

Empezó a hojear las preguntas por arriba y con cada nueva opción que leía empezaba a perder un poco más el color. Levantó la mirada y cogió el fajo de papeles señalándolo con un dedo.

—Tienes que estar de broma —jadeó y empezó a enumerar algunos—. Abrasión por roce o calor, adoración de botas, asfixia, bastonazos, camisas de fuerza... esta sí que os iba a hacer falta a algunos de vosotros...

—Te has ido directamente a los extremos, sumisita —le dijo con cierta jocosidad—. Empieza con ataduras, sexo oral, cosas que conozcas y otras que estarías dispuesta a probar...

Parpadeó intentando procesar lo que le estaba diciendo.

—¿De verdad quieres que rellene esto como si fuese una Quiniela? Porque va a ganar el *«por encima de mi cadáver»* con diferencia.

—Esa opción no la hay, Luna. Responde con sí, no o quizás y lo estudiaremos.

Se echó a reír, no pudo evitarlo. Dejó los papeles sobre la mesa y se cruzó de brazos.

—Te estás quedando conmigo, di la verdad.

Dejó lo que estaba haciendo, echó la silla hacia atrás y se levantó para terminar apoyándose en la mesa a su lado.

—¿Entiendes lo que has aceptado al venir aquí?

Señaló el papel.

—Entiendo que me niego en redondo a esas cosas —replicó tajante—. Si esperas que te deje hacerme algo… algo… así… mejor vuelve a resetearte el cerebro y piénsalo de nuevo.

Dejó escapar un pequeño bufido mitad risa y la miró.

—Déjame que te diga por qué estás aquí —le dijo entonces—. Estás aquí porque has probado lo que es la sumisión y quieres seguir explorándola. Para eso, yo, como tu Maestro, necesito saber qué clase de cosas estarías cómoda realizando, cuales te llaman la atención y cuales no permitirías jamás bajo ningún concepto.

Abrió la boca, pero la calló con tan solo un gesto.

—Hasta ahora has probado el *bondage*, la privación sensorial con vendas, las caricias y la penetración, también sabes lo que es un *spanking* y lo que es un poco de dolor erótico.

Jadeó.

—¿Un poco? ¿Erótico? ¡No pude sentarme en dos días!

—Y como sigas así de insultante, tampoco podrás sentarte mañana, Luna —la previno—. En el BDSM existe una jerarquía, un control, unas normas y ya es hora de que seas consciente de cada una de ellas, de su significado y de que aquí yo soy el dominante y tú la sumisa.

—No voy a jugar a eso. —Apuñaló la casilla en la que ponía asfixia—. Jamás en la vida.

—Pues marcamos un rotundo no —cogió un bolígrafo de la mesa e hizo precisamente eso.

—Si rompemos las tres páginas acabamos antes.

—Pero las cosas no funcionan así —le aseguró. Retiró los impresos de su alcance y empezó a marcar él—. ¿Ataduras? Sí. ¿*Bondage*? Sí. ¿Pinzas para pezones? Sí.

—Ey, estamos hablando de mis pezones y no vas a poner nada...

La ignoró deliberadamente mientras seguía marcando.

—¿Sexo oral? Sí. ¿Penetración anal? Pongamos un...

Le arrancó la lista de las manos y luego el bolígrafo.

—¿Voy a tener que pedirte permiso también para ir al baño? —le soltó cabreada.

—Hay una casilla por ahí para la negación de ir al baño, marca tu *«por encima de mi cadáver»*.

Lo fulminó con la mirada.

—Te lo estás pasando muy bien a mi costa.

—No, sumisita, no me lo estoy pasando bien —aseguró con un suspiro—. Solo intento hacer las cosas como deben hacerse, por tu bien y el mío.

Arrugó la nariz.

—En esta maldita lista hay cosas que no sé ni lo que son —replicó.

—Estoy aquí para responder a tus preguntas.

—Y para torturarme.

Sacudió la cabeza y se inclinó hasta quedar a su altura.

—Luna, has venido por tu propia elección. Si quieres quedarse lo harás como mi sumisa —le informó sin más—. Y para ello tienes que tener en cuenta que yo, como tu Dom, te exigiré obediencia, educación, te pediré cosas,

empujaré tus límites y estarás totalmente bajo mi cuidado. No aceptaré un «no». Si no estás de acuerdo con algo, me lo dices y lo hablamos. Si algo no te gusta, te asusta o es demasiado para ti, tienes una palabra de seguridad que espero utilices. La escena se detendrá y hablaremos de ello. La desobediencia, será castigada, ya conoces una de las posibles formas que existen.

—Eso suena a esclavitud —protestó visiblemente ofendida—. ¿Cómo esperas que... que me pliegue a... a todo así, sin más? ¡Yo nací discutiendo!

—Y eso es algo que encuentro refrescante y tolerable hasta cierto punto —aseguró con total practicidad—. Y no es esclavitud. Esto no será una relación 24/7, sino una relación D/S puramente sexual.

—Sigo sin ver qué gana el lado sumiso en esta ecuación.

—La completa atención y dedicación de su amo o maestro —replicó una vez más. No tenía ni que esforzarse o levantar la voz—. Mi cometido, como tu dominante, es cuidar de ti, darte lo que necesitas, confía en que sabré que es y cuando debo dártelo. No habrá secretos entre nosotros, la confianza será plena y mutua. Si me necesitas, estaré ahí para ti como tú lo estarás para mí.

Confianza plena. Sin secretos. ¿Realmente podía existir algo así entre un hombre y una mujer? ¿En una relación basada en el sexo?

—Déjame enseñarte, Luna —insistió—. Permíteme ser tu maestro.

Le sostuvo la mirada, él no la empujaba, no le exigía solo le hacía una petición.

—Si digo que sí, ¿podremos ir despacio? —preguntó reacia y a pesar de todo, deseando confiar en él.

—Iremos tan despacio como crea que tú lo necesitas —respondió. No era exactamente lo que quería oír, pero tendría que valer—. Dime, ¿aceptas ser mi sumisa a partir de ahora?

—Acepto ser tu sumisa, pero solo en el *Blackish* o cuando estemos solos —le dijo necesitando dejar claro que no estaba dispuesta a ir más allá—. Lo que quiero decir... yo no sé, no creo que pueda ir más allá.

—No tienes que ir más allá, no está en tu naturaleza, Luna, no naciste para ser esclava, pero sí eres sumisa en el dormitorio. —La tranquilizó con sus palabras—. Tu obediencia y sumisión en el club y en el dormitorio, es todo lo que quiero de ti pues es todo lo que tú estarás dispuesta a darme.

Eso tendría que valer.

—De acuerdo.

La miró a los ojos y levantó la barbilla.

—¿Cuál es la respuesta correcta que debes dar, Luna?

Se lamió los labios, respiró profundamente y dejó escapar el aire muy lentamente.

—Sí, señor. Acepto.

Y al decirlo en voz alta sintió que estaba aceptando mucho más que unos cuantos juegos sexuales, algo que no prometía ser fácil.

—Bien, en ese caso, deja aquí la ropa interior —le ordenó—. A partir de ahora, cada vez que vengas al club, te encargarás de no llevar nada debajo de la ropa, a menos que yo te informe de ante mano de lo contrario. ¿Entendido?

Se lamió los labios.

—Sí, señor.

Lo había entendido, había entendido que su vida estaba a punto de cambiar rotundamente, ¿y por qué demonios la idea le parecía tan excitante cómo aterradora?

CAPÍTULO 27

Luna estaba tan tensa que se rompería de un momento a otro. Su sumisión no era completa, todavía no habían llegado a ese grado de confianza y lo más probable era que terminase volviendo a los insultos. Y hoy, esas faltas de respeto podían salirle caras.

La condenada estaba preciosa con ese vestidito, el pelo suelto y su collar nuevo marcándola como suya. Estaba tan encantadora que sentía la necesidad de mostrarla, de compartir la visión de esa encantadora mujer.

No se había dado cuenta de lo tenso que estaba hasta que la vio aparecer en su oficina. En ese momento había vuelto a respirar. Esta mujer significaba mucho más de lo que debería, pero ahora que era suya esperaba que su actual obsesión por ella se desvaneciese.

—¿Vas a hacer pucheros toda la noche? —la picó buscando una reacción—. Porque si esa es tu intención, se me ocurre un mejor uso que darle a esa boquita tuya.

Su mirada voló sobre él y el destello que vio en sus ojos pardos lo hizo sonreír interiormente.

—Deberíamos probarlo —continuó—. Sí. Antes de que termine la noche tendré esos labios sobre mi polla.

Sus mejillas se sonrojaron, abrió la boca y su voz salió tan firme como podía.

—No contengas la respiración en la espera, señor.

—No. Si yo respiraré perfectamente, Luna, tú por otro lado… —Se volvió a ella, le acarició los labios con el dedo y presionó entre ellos—. Abre, pequeña.

—Estás deseando que te muerda, ¿verdad?

Aprovechó sus palabras para introducirse entre sus labios un par de centímetros.

—Y tú que te castigue. —Le acarició la lengua con la yema del dedo—. Empieza a llevar la cuenta, sumisita, acabas de ganarte tu primer azote de la noche. Veamos en cuantos termina la jornada.

Entrecerró los ojos y notó sus dientes alrededor de su dedo.

—Muérdeme y te levantó el vestido, te doblo sobre mi regazo aquí mismo y empiezo a azotarte hasta que se me canse la mano. —Sus dientes retrocedieron con un gemido de frustración—. Buena chica. Ahora usa la lengua. Imagínate que es mi pene y lámelo.

La expresión en su rostro era un poema, si los ojos pudiesen lanzar rayos X lo habría fulminado en el sitio. Tenía las mejillas rojas por la indignación y la vergüenza, estaba furiosa, pero al contrario que hacía unos minutos, la tensión había abandonado su cuerpo.

—Lo haces muy bien. Ardo en deseos de sentir tu boca alrededor de mi polla de la misma forma que ahora lo está mi dedo. —Retiró la falange de la húmeda cavidad y le apartó un rebelde mechón azul de la cara—. Vamos,

saludemos a los Maestros. Te alegrará saber que esta noche está aquí Sio.

—Estoy en éxtasis por la noticia...

—Luna.

—En éxtasis, señor.

Sacudió la cabeza.

—Si tengo que corregirte otra vez, añadiré una segunda azotaina. Estás advertida.

Estaba lista para replicar, pero volvió a callarla.

—Y, por cierto, mascota, esta vez Siobhan ha venido con sus dos Maestros.

La expresión horrorizada de sus ojos le arrancó una carcajada.

—Ahora podrás disculparte con Logan por insultar a su sumisa.

—Yo no insulté a su sumisa, señor.

—Tú fuiste la que se metió solita en el problema, ahora te disculparás de nuevo por ello.

Apoyó la mano en la parte baja de su espalda y la empujó, guiándola a través de la sala llena de gente a la esquina que contenía el pequeño bar, dónde su socio y amigos estaban charlando antes de dar por empezada la noche.

—Al fin. —Los recibió Horus—. Empezaba a prensar que ella se había rajado y tú te habías largado a buscarla.

—Ni lo uno, ni lo otro.

—Ya lo veo —aceptó mirándola con ojo crítico—. Buenas noches, Luna.

—Buenas noches, Amo Horus —replicó entre dientes.

—¿Soy yo o parece un pelín cabreada?

—Se le pasará. —Le restó importancia haciendo que su compañero se riese entre dientes.

—Hola otra vez, mascota. —La saludó ahora Camden, quién flanqueaba la derecha de su sumisa mientras Logan guardaba su izquierda—. Sumi nos ha comentado que habéis coincidido esta pasada semana. Me alegra saberlo.

Asintió y aventuró una mirada a la chica, quién le devolvió la sonrisa con calidez, pero mantuvo la boca cerrada. Sio estaba arrebatadora vestida únicamente con transparencias que dejaban a la vista sus pechos y el tanga bajo el vestido de encaje sin forro.

—Sí, señor —contestó de mala gana, entonces cambió el tono para con la chica—. Gracias por los consejos.

Los ojos de la sumisa brillaron, su sonrisa se amplió y miró a Logan, quién asintió con la cabeza.

—Tienes permiso para responderle, Sumi.

Así que esos dos habían instaurado el alto protocolo, ¿qué habría hecho?

—Ha sido un placer, Luna, espero que podamos quedar nuevamente para tomarnos otro café e intercambiar opiniones sobre el cuerpo humano.

Se rio entre dientes y vio como Logan hacía otro tanto mientras Camden negaba con la cabeza.

—Acabas de ganarte una escena en la cruz de San Andrés, Sumi —declaró Logan con voz fría, seria, aunque sus ojos desmentían sus palabras. Estaba encantado por el desafío. Entonces se dirigió a Luna, quién parecía haber palidecido un poco—. Hola de nuevo, Luna. Ya me han contado la travesura que iniciaste en la última sesión.

Su respuesta fue un inmediato sonrojo, dio un paso atrás y se vio obligado a cortarle la retaguardia para que no continuase.

—Ya que está aquí el Maestro Logan, puedes disculparte también con él. —Le anunció y le dio un par de golpecitos en el brazo—. De rodillas.

Estaba esperando que lo contrariase, que se quejase o protestase, pero para su sorpresa y la de los presentes, se arrodilló al momento.

—Lamento el malentendido, Maestro Logan —murmuró con voz suave, educada, la mirada baja, sumisa—. Interpreté de forma equivocada las cosas y por ello me gané un castigo. Siobhan ha sido muy amable al explicármelo. Te pido disculpas por la ofensa recibida. No volverá a pasar.

Tuvo que morderse una carcajada. Hartera muchacha, tenía recursos para todo.

—Una disculpa muy educada —replicó Logan, quien también estaba conteniendo su hilaridad—. Disculpas aceptadas, princesa. Mis chicos te han perdonado y Sumi te considera su amiga, para mí es un intercambio justo.

—Bien hecho, mascota. —La premió tendiéndole la mano para ayudarla a incorporarse. No era algo que debiese hacer para reforzar su sumisión, pero no podía dejar de ser quién era.

—Bueno, chicos, he prometido a Wolf que haría una demostración de *Shibari* —comentó Horus enfocando la mirada en Luna—. ¿Te gustaría hacer de modelo, mascota?

Una cuerda de arco no estaría jamás tan tensa como ella tras una invitación así.

—¿Incluye quedarse con la ropa puesta, Amo Horus? —preguntó entre curiosa y precavida.

—Sin ropa.

—Entonces ni de coña, señor.

Su rápida y rotunda réplica arrancó risitas en los Doms.

—Deberías enseñarle lo gratificante que resulta estar desnuda en el club, Fire —le soltó Horus—. Podría resultar interesante.

—No —replicó ella al momento.

—Luna, eso no es decisión tuya.

—No, no y no —dijo al tiempo que señalaba a todos los presentes—. Rotundamente no.

Resopló, su culo iba a terminar rojo antes de que pasase otra hora.

—Acabas de ganarte el segundo y tercer azote.

—Pero…

—Cuatro. —La doblegó con la mirada—. ¿Seguimos?

Apretó los labios e incluso llegó a contener la respiración.

—Respira, Luna, el collar no te aprieta tanto —le soltó al tiempo que la recorría con la mirada para finalmente chasquear la lengua—. Creo que voy a adelantarte el regalo que te tenía reservado para después. Dame las muñecas, mascota.

Sacó un par de sets de esposas a juego con el collar del bolsillo trasero del pantalón y se las enseñó.

—Son nuevecitas, ¿quieres que escriba también tu nombre en ellas?

CAPÍTULO 28

Luna no podía dejar de mirar las muñequeras que su Maestro estaba flexionando, moldeando el cuero mientras probaba las hebillas. Eran dos puños de cuero azul oscuro relleno con vellón de un tono más claro que sin duda hacían juego con el collar que ya llevaba puesto. Había visto antes esas esposas en algunas sumisas, pero esperaba tener que llevarlas ella.

—Dame la muñeca derecha.

No pudo evitarlo, escondió la mano detrás del culo.

—Luna, si lo que quieres es que te caliente el culo nada más empezar, será un verdadero placer —replicó serio, sin mirarla siquiera—. Con este son cinco los azotes.

Abrió los ojos y la boca dispuesta a protestar, pero su mirada la disuadió.

—Lo siento, señor —respondió en vez de eso, buscando una fórmula que no la metiese en más problemas—. No volverá a suceder.

Resopló.

—No prometas cosas que ambos sabemos que no podrás cumplir. —Parecía resignado y bastante cansado—. La mano. Ahora.

Se la tendió con renuencia y vio como el puño de cuero se cerraba alrededor de su muñeca. Brian ajustó la hebilla hasta ceñir la circunferencia a su mano.

—Intenta girar la muñeca.

Retiró la mano e hizo lo que le pidió, se le ajustaba bastante y le costaba mover la mano.

—Me aprieta…

Volvió a calibrar la hebilla, deslizó el dedo en su interior y volvió a cerrarla ahora satisfecho.

—La otra mano, por favor.

Repitió la operación en la otra mano y, tras comprobar que podía mover ambas y no le cortaban la circulación, añadió un par de pequeños candados a cada una.

—Yo tengo unas llaves y Horus otras. Es una maestra que abre el conjunto completo —le informó acariciándole también el collar—. Si empiezas a sentir hormigueo en las manos, me lo dices inmediatamente y, si yo no estoy disponible, se lo dices al Amo Horus. ¿Lo has entendido?

—Espero que no tengas pensado ponerme esto, atarme en algún sitio e irte —replicó en el acto incapaz de refrenar su lengua o su miedo—. Si ese es el caso, te ruego me lo digas ahora, señor, me iré tan rápido que no se verá ni mi estela.

Le ahuecó el rostro con la mano y sonrió.

—Nunca, bajo ningún concepto, vas a quedarte sola si hay restricciones de por medio —la tranquilizó—. Como tu maestro estoy a cargo de tu seguridad y enseñanza. Aunque no te prometo que no te castigue dejándote atada

un ratito si sigues empujando mi paciencia hasta sus límites como pareces decidida a hacer hoy. Pórtate bien y ambos pasaremos una noche agradable.

—Lo intentaré, señor —replicó mirándose los puños los cuales, curiosamente, hacían juego con su pelo.

La sensación del cuero y el liviano peso de los candados eran extraños, sumado al collar que le rodeaba el cuello, hacía que se sintiese incluso más atrapada, sin posibilidad de escapar.

—¿En qué estás pensando Luna?

Levantó la mirada hacia él al tiempo que se le hacía un nudo en la garganta.

—En que me siento como una prisionera —confesó dando voz a sus pensamientos—, y no me gusta esa sensación.

Un involuntario estremecimiento la recorrió de la cabeza a los pies.

—¿Cómo te sientes en estos momentos? —La estudiaba con detenimiento, como si estuviese decidiendo si le mentía o le decía la verdad—. Dame dos adjetivos.

—Atrapada. —Hizo una mueca pensando en otra palabra, pero solo encontraba miedo y un cabreo creciente—. Irritada.

Sonrió de soslayo.

—Sometida, ¿quizás?

¿A su voluntad, a su presencia, a su dominación? Desde el mismo instante en que había puesto un pie en su oficina y, eso la hacía sentirse tan extraña como excitada.

—Quizás.

—La duda en tu voz me dice otra cosa —comentó, estiró el brazo y posó la palma abierta en su espalda, empujándola hacia una zona de la sala acordonada, dónde

el Amo Horus ya preparaba el comienzo de la escena con una sumisa pelirroja que no reconoció—. Así que veamos si puedo reforzarlo para que no te queden dudas.

La guio hasta un pequeño grupo formado por dos parejas que recordaba de las clases de iniciación, otra pareja gay y el trío formado por Siobhan y sus maestros. La chica le guiñó el ojo al verla, pero se mantuvo quieta entre los dos hombres que la acompañaban justo en diagonal a dónde se habían detenido ellos.

—¿Sio siempre viene al club, señor?

—Desde que está con ellos, cada semana en la que puede arrastrar a uno de los maestros o a los dos —asintió posando las manos sobre sus hombros—. Ya te habrás dado cuenta que, a su modo, tiende a la travesura.

Levantó la mirada y se encontró con la suya.

—¿No me digas?

Entrecerró los ojos sobre ella, pero optó por continuar con sus propios planes y obviar su desafío.

—Quiero que prestes atención a la escena que está desarrollando Horus —la instruyó—. Es un maestro de *Shibari* realmente bueno, creo que puedes encontrarla muy elegante e interesante.

Shibari, el arte de la atadura erótica japonesa. Había leído sobre ello en internet cuando Cass le había comentado que había sido modelo para un practicante de la disciplina.

—¿Así que quieres que vea como envuelve en cuerdas a una sumisa *desnuda* hasta dejarla como si fuese un *roti* de cerdo?

Lo escuchó suspirar un segundo antes de que llevase la mano a la parte delantera de su vestido y tirase del

escote en pico un poco hacia abajo, dejando parte de sus pechos expuestos.

—Um, señor, ¿puedo saber qué estás haciendo?

—Lo que quiero. —Su respuesta fue cortante—. Los brazos a ambos lados de las caderas, sumisita, la vista en la escena. Si quiero que hables, te lo haré saber.

Cuando tuvo la tela a escasos centímetros de mostrar sus pezones, introdujo la mano dentro y la cerró sobre su pecho desnudo haciéndola malditamente consciente de lo que estaba haciendo.

—Señor...

—Silencio.

Se estremeció al notar el calor y el tacto de esa enorme mano contra su piel desnuda, la forma en que le ahuecaba el pecho mientras presionaba sus caderas contra su culo haciéndola notar la dura erección que confinaban sus vaqueros.

Se obligó a morderse un gemido mientras le acariciaba el pezón con el pulgar, endureciéndolo, apretándolo y retorciéndolo entre dos dedos hasta causarle un pellizco de dolor que conectó directamente con su sexo, humedeciéndola. La avergonzaba en el alma que tal hecho la excitase, pero no podía evitar que su respiración se acelerase o mover el trasero contra su erecto pene.

—Deja de frotarte o te levantaré la falda y te la clavaré aquí mismo.

La amenaza surgió resultado, se quedó quieta al momento, pero no por ello pudo reprimir un breve estremecimiento. ¿Por qué la idea le parecía tan horrible y excitante al mismo tiempo? Al momento sintió el cálido aliento en su oreja seguido de sus palabras.

—Quizá lo haga, ya que la idea no parece disgustarte.

Se tensó como una cuerda e intentó girarse para mirarle a la cara.

—Sí, me disgusta, señor, la encuentro detestable.

Él la mantuvo firme con una mano en la cadera, apretándola contra su cuerpo, oprimiéndole de nuevo el pezón hasta el punto de que resultó doloroso, pero no de una manera erótica.

—Acabas de añadir tu sexto azote a la lista, Luna —le informó serio—. Yo en tu lugar, empezaría a obedecer como debes.

Las lágrimas acudieron a picarle en los ojos, pero logró mantenerlas a raya a base de agitar las pestañas.

—¿Cuál debe ser tu respuesta, sumisa?

Se esforzó por pasar el nudo que tenía en la garganta y asintió.

—Sí, señor.

Su agarre se aflojó y volvió a acariciarla con suavidad, inflamando sus sentidos, jugando de nuevo con su abusada carne convirtiendo el dolorcillo en algo más caliente. Su cuerpo parecía responder como un piano bien afinado, dando los acordes adecuados en todo momento, licuándola por dentro y convirtiendo el dolor y la frustración en ardiente placer que se desbordaba por sus piernas.

La mano que le ceñía la cadera empezó a perder firmeza y se encontró con esos dedos acariciándole el costado, subiendo y bajando hasta llegar al muslo y acariciárselo.

—Te excitas maravillosamente bien. —Le acarició el oído con la boca, deslizando los labios por su garganta,

mordisqueándole la piel y arrancándole al mismo tiempo un pequeño gemido—. Dime, ¿ya estás llorando por mí?

Como si su cuerpo quisiera ofrecerle la respuesta, más humedad manó de su sexo.

—Responde. —Le mordisqueó una vez más el cuello mientras su mano incursionaba bajo la falda—. ¿Estás mojada?

Un jadeo a su izquierda hizo que abriese los ojos y girase la mirada en esa dirección. Una mujer de alrededor de los cuarenta señalaba la escena que veía a su compañero y comentaba algo. Su presencia la hizo repentinamente consciente de las personas que había en torno a ellos, del lugar en el que estaban, de la exposición pública y de le estaba permitiendo hacerle. ¿Cómo podía haberlo olvidado?

Se tensó al momento e intentó escapar, pero de nuevo el duro y fuerte brazo le rodeó la cintura, impidiéndole escapar.

—No te muevas —le dijo al oído—. Los ojos al frente. Ahora.

—Pero...

Su brazo la ciñó más, la mano en su seno abandonó el mismo para dirigirse al otro y pellizcarle el otro pezón.

—Empiezas a agotarme la paciencia, Luna, y ya sabes a dónde te conduce eso.

A una pala con su nombre, gimió interiormente.

—Lo siento, señor, lo siento mucho.

No quería probar de nuevo esa pala. Quería convertirla en un mondadientes, pero él se lo había impedido.

—Separa las piernas.

La nueva orden le provocó un nuevo estremecimiento.

—Por favor, Amo Brian… —Estaba dispuesta a suplicar. ¿Qué la tocase allí? ¿En público? No, ni hablar. No podía hacerle eso, no… lo quería… ¿verdad?—. Por favor.

—Las manos a ambos lados de la cadera, sumisa, abre las piernas.

Se mordió el labio inferior y se obligó a bajar las manos de nuevo; sin saberlo le había aferrado el brazo. Separar las piernas le llevó un poco más de tiempo.

—Buena chica. —La arrulló con su voz, excitándola con sus caricias, soltándola una vez más para dirigir la mano libre bajo la tela elástica del vestido y resbalar un dedo a lo largo de su empapado coño—. Quédate quieta… justo así… —Volvió a acariciarla una vez más—. Estás chorreando. Esto te excita mucho más de lo que quieres admitir. El intruso dedo la penetró finalmente haciendo que se pusiese de puntilla y pegase la espalda incluso más a su pecho. Se mordió los labios, cerró los ojos y aferró la tela de los vaqueros con los dedos.

—¿Te he dado permiso para tocarme? —Había un tono de risa en su voz.

¡*Arg*! ¡Maldito hombre!

Luchó por despegar los dedos para finalmente convertirlos en sendos puños, pegados a sus caderas.

—Haces que quiera levantarte la falda y enterrarme en ti —le susurró al oído con voz ronca—. Me tienes duro y palpitante. Quiero follarte con fuerza, sentir como me envuelves en ese apretado y caliente coñito y quiero hacerlo justo aquí —ronroneó con ese tono de voz tan profundo y sexy que la derretía—. ¿Serías capaz de guardar silencio?

No podía decirlo en serio, ¿verdad? ¿Y por qué demonios la ponía tan caliente el solo hecho de pensarlo siquiera? Sacudió la cabeza. No. No podía, él no le haría algo así. Pero en cambio, siguió atormentándola con su dedo, moviéndolo en su interior, haciéndola ponerse de puntillas y morderse los labios para no gemir.

—¿Confiarás en que sé que es lo que necesitas y que eso es lo que voy a darte, Luna? —le dijo de nuevo al oído—. ¿Confiarás en que no voy a hacerte daño, en que cuidaré de ti?

¿Confiar en él? ¿Darle el poder de decir? ¿De elegir? ¿Acaso no lo había hecho ya? ¿Acaso no lo hacía cada vez que él la miraba, cada vez que le decía incluso sin palabras que ya había vendido su alma al diablo?

—Dime, Lunita, ¿te someterás voluntariamente a mí?

Tembló, sintiéndole en el interior de su sexo, masturbándola, enloqueciéndola.

—Sí, Amo Brian. —Cerró los ojos y rogó por no estar equivocándose—. La respuesta es sí.

Dejó su pecho brevemente y le cogió la barbilla, girándola hacia él, mirándola a los ojos, buscando la confirmación de sus palabras en sus ojos.

—Dulce sumisita. —Le acarició la mejilla y bajó la boca sobre la suya, rozándole los labios en un tierno beso, recreándose en sus labios, acariciándoselos con la lengua antes de dejarla de nuevo jadeante—. Eres un extraño regalo, uno del que no estoy muy seguro que pueda prescindir.

Dicho eso volvió a besarla, ahora con pasión mientras le ceñía de nuevo el pecho, ahora por encima del vestido y retiraba el dedo de su interior, resbalando la

mano hacia atrás, entre sus nalgas un segundo antes de sentir como la punta de su polla se adentraba en su húmeda entrada desde atrás.

—Te has ganado un premio —le dijo al oído, la punta de su erección posicionada en su húmeda entrada, su unión presente y al mismo tiempo secreta para los que estaban a su alrededor—. Te penetraré el mismo número de azotes que has ganado hasta ahora.

Se estremeció y echó la cabeza hacia atrás, contra su hombro cuando notó su miembro deslizándose en su interior con deliciosa lentitud.

—Cuenta para mí —murmuró mordiéndole el lóbulo de la ojera mientras le pellizcaba el pezón ahora por encima del vestido y la mantenía quieta con una mano en la cadera mientras se impulsaba en su interior todo lo que le permitía esa posición y volvía retirarse—. Ahora, Luna.

Jadeó al sentirse llena por él.

—Uno.

Le besó la oreja mientras se retiraba para volver a penetrarla haciendo que se pusiese de puntillas con un ahogado gemido.

—¿Luna?

—Dos.

Se rio entre dientes, su mano bailó por encima del vestido para hundirse de nuevo por debajo de la tela y acariciarla piel con piel, mientras la apretaba contra él e iniciaba de nuevo la retirada antes de hundirse de golpe en su interior.

—Joder… tres.

—Una más, dulzura —replicó retirándose para volver a embestirla con fuerza, levantándola de sus pies con solo la potencia de sus caderas.

—Cuatro —susurró derretida contra él, tan necesitada de más que le daba exactamente igual quién estuviese a su alrededor.

La quinta le arrancó un débil jadeo apenas ahogado por sus propios labios. Le ardían las entrañas, sentía los pechos inflamados, necesitaba más, quería que la montase con fuerza, que la doblase sobre lo que fuese y terminase con esa tortura.

—Brian, por favor… —gimoteó, sin darse cuenta de que había pronunciado su nombre.

—Córrete para mí —le dijo al tiempo que introducía una mano entre sus cuerpos y le pellizcaba el clítoris al mismo tiempo que se hundía por sexta vez en su interior llevándola a un caliente y tórrido orgasmo allí mismo.

—Y seis. —Se rio él en su oído, sosteniéndola, cubriéndole la boca con una mano mientras gritaba su liberación y su cuerpo sucumbía a los espasmos de la lujuriosa liberación.

Al mismo tiempo la gente a su alrededor empezó a aplaudir y emitir jadeos y comentarios sobre el asombroso trabajo de *Shibari* que representaba la sumisa atada en el recinto acordonado. Ambos se miraron y compartieron una secreta sonrisa que llevó a su maestro a reírse entre dientes mientras se recomponía discretamente el pantalón, usándola a ella de pantalla para traerla a continuación a sus brazos.

—Y ahora que por fin he conseguido que estés de buen humor, sumisita. —La besó en los labios—. Creo que el conteo final había sido seis.

Abrió los ojos de par en par. No, no podía estar hablando en serio, él no podía…

—Ven, Luna. —Le cogió la mano y tiró de ella hacia una de los reservados—. Hora de ponernos al día con los azotes.

No había nada que le gustase más que descolocar por completo a una sumisa y si ella era Luna, el placer se multiplicaba. Esa gatita no solo se había convertido en todo un desafío, con ella disfrutaba de algo más que el sexo. Su mente despierta, su boca irreverente, todo suponía un continuo desafío que lo mantenía alerta y despierto.

Su rostro indignado estaba a punto de arrancarle una carcajada, tuvo que contenerse y no lanzarla inmediatamente sobre sus rodillas para disfrutar de ese precioso culo y volver a enterrarse de nuevo en su interior. Dios, si bien no se las había visto, tenía que tener las pelotas azules, la polla le palpitaba rabiosa, necesitada de liberación, pero él podía esperar si con ello conseguía una sumisión completa de ella, su confianza.

Se dejó caer cómodamente sobre uno de los sofás que formaban los cuatro reservados esparcidos a lo largo de la sala y la llamó con un dedo. Las mejillas sonrojadas, los labios entreabiertos, el pelo alborotado, los pezones marcándose contra el vestido y la brillante humedad manchándole la parte interior de los muslos, ¿había algo más bonito que una sumisa bien usada?

—Boca abajo sobre mis rodillas. —Se palmeó el muslo en una abierta invitación.

Esos ojos pardos se abrieron desmesuradamente. Todavía estaba vulnerable por el orgasmo, sus emociones fuera de su eficiente control.

—Es para hoy, Luna.

—Pero...

—Sabes, el siete es mi número favorito —le soltó, entonces endureció su voz y le clavó la mirada—. Ven.

Tragó, tembló y caminó hacia él con verdadera renuencia.

—Inclínate.

Casi le daba pena, la forma en que temblaba, en que se sobresaltó cuando la hizo perder el equilibrio manteniéndola boca abajo sobre su regazo hizo que desease acariciarle el pelo y decirle que iba a disfrutar del castigo, pero no le creería, tendría que descubrirlo por sí misma. Ambos descubrirían que era lo que la encendía y, a juzgar por lo que acababa de presenciar, no le cabía duda que esto lo haría.

La colocó en una posición cómoda para él, no tanto para ella, con la mitad del torso suspendida de un lado y las piernas por el otro. La empujó un poco hacia delante, hasta que sus manos tocaron el suelo y su culo quedó elevado.

—Ay dios, va a subírseme la sangre a la cabeza.

Se rio entre dientes ante el absurdo comentario, empezaba a entender que se perdía un poco cuando las cosas se le iban de las manos.

—Esa será la menor de tus preocupaciones en un minuto.

Inmovilizó sus piernas con una suya, cruzó el brazo libre sobre su espalda y esperó a ver qué hacía ella.

—¿Cuántos azotes hemos dicho que serían?

La escuchó gemir, entonces farfullar.

—No lo sé, perdí la cuenta cuando empezaste a contar, señor —siseó—. Deberíamos dejarlo en ninguno y pasar a lo siguiente en la lista.

Ah, su pequeña traviesa empezaba a recuperar de nuevo el ánimo.

Tiró hacia arriba de la falda del vestido dejando esas bonitas nalgas a la vista, estaba impaciente por ver cómo adquirían color, como se calentaban bajo su mano y cómo respondía su díscola alumna. Le acarició las mejillas, masajeando la piel, preparándola y envolviéndola en un tranquilizador toque que cumplió con el cometido de volver a relajarla, entonces descargó la primera palmada sobre su nalga derecha.

—¡La madre que te...!

—Uno —replicó él, sujetándola para evitar que con sus contoneos terminase en el suelo antes de aplicarle una segunda palmada en la otra nalga que resonó en la habitación—. Esa sería la dos.

—¡Te voy a atizar con el monda...! ¡Ay!

—Tres. —Tuvo que hacer un verdadero esfuerzo por no sonreír.

—¡Serás cap...! ¡Porras!

La cuarta y la quinta llegando una detrás de otra, rápidas, pero lo suficiente fuertes para que dejasen una bonita marca rojiza en su pálido culo. Era tan blanquita que la piel se le sonrojaba enseguida. Sus exabruptos se habían convertido en bajos siseos hasta que la sexta trajo las lágrimas y la séptima un bajo lloriqueo.

—Y siete. —Terminó acariciándole el enrojecido culo, haciéndola saltar. Sus lloriqueos cesaron, como cesó su lucha quedando laxa sobre sus rodillas.

—Te… te odio… —la escuchó musitar.

Enarcó una ceja ante el tono miserable en su voz y sintió simpatía por ella. Siguió acariciándola, extendiéndose por toda la piel, deslizando los dedos entre sus glúteos, hasta la entrada de su húmedo sexo haciendo que se estremeciese.

La sujetó con un brazo, acariciándole el caliente trasero al mismo tiempo que deslizaba dos dedos en su interior, mojado nuevamente y avivaba el fuego que habitaba en su interior.

—Oh… joder…

Se rio por lo bajo y continuó acariciándola, penetrándola cada vez más rápido y más fuerte hasta que notó sus músculos internos apretándose alrededor de sus dedos en un indudable orgasmo que la sacudió por entero.

—Ya te dije que ciertos castigos tenían también su parte divertida, Luna —le dijo al tiempo que le daba la vuelta y la cogía en brazos. Estaba tan confundida, con los ojos brillantes por la pasión y las lágrimas, las mejillas rojas y los labios separados en busca de aire—. Ahora ya sabes lo que se diferencia de unos azotes de castigo de unos eróticos.

La vio arrugar la nariz, sorber despacito y le recordó a una niña pequeña necesitada de mimos y de cuidados. Estaba totalmente descolocada, el agotamiento físico y mental la reclamaba mientras los últimos coletazos del orgasmo se repartían por su cuerpo. La acunó contra él, disfrutando de su peso, de su cercanía y aroma.

—Eres una cosita peligrosa, pequeña.

Ella parpadeó.

—¿Por qué?

—Porque podrías hacer que un Amo quisiera quedarse contigo.

Se llevó la mano a los ojos y se los frotó.

—Creo… que eso no sería tan malo —murmuró obviamente adormeciéndose—, aunque primero tendría que enseñarte modales, señor.

Sonrió ampliamente.

—¿Ah sí?

Asintió y recostó la cabeza contra su hombro, acurrucándose voluntariamente en su regazo.

—Sí —asintió con un bostezo.

—¿Luna?

—¿Huh?

—¿Vas a dormirte?

Tardó un poco en responder.

—No…

Bajó la mirada y sonrió con ternura ante el rostro húmedo por las lágrimas, las mejillas sonrojadas y esos labios rosados entreabiertos.

—No puedes dormirte ahora, Lunita.

—¿Por qué no?

La molestia en su voz era palpable.

—Porque todavía no hemos terminado.

Deslizó la mano entre sus piernas y le acarició el mojado sexo haciéndola jadear.

—Y, a pesar de que sé que te excita el ser tomada en público sin que nadie lo sepa —le susurró al oído—, no creo que lo aprecies igualmente cuando te haga gritar.

Sus palabras la despabilaron al momento, se incorporó en su regazo y lo miró incómoda.

—No, por favor, no. —Una suave y dulce súplica.

—Por favor no, ¿qué?

—Maestro —optó el título que le había dado.

—En ese caso, levántate, perezosa. —La empujó sobre sus piernas—, vas a continuar con esta lección en un lugar más privado.

CAPÍTULO 29

Luna estaba en ese momento post orgasmo en el que era lo suficiente dulce y maleable como para no tener demasiados deseos de protestar. Los azotes la habían cogido por sorpresa, el que el dolor hubiese activado su último orgasmo la había cogido por sorpresa dejándola si cabía más confundida de lo que ya estaba.

Miró la habitación a su alrededor, había escogido la que imitaba a una de las mazmorras que tenían en el primer piso, al fondo de la sala principal, pero para esta ocasión le permitiría un poco de privacidad.

—Esto… parece una… mazmorra de la edad media —la escuchó musitar a su espalda. Podía sentir su inquietud, su mente intentando surfear la sobredosis de emociones y encontrar una respuesta a su presencia allí—. Os habéis esmerado con el decorado, oh sí. Hasta hay cadenas y grilletes… Creo que quiero irme, pero ya…

—Ven aquí. —Le tendió la mano.

Ella no vaciló, dentro del miedo que despertaba en su interior estaba la creencia que con él estaría a salvo.

—Um, creo que la sala principal estaba perfectamente bien, señor, ¿podemos volver, por favor?

—Volveremos. —Le apartó el pelo de la cara, acariciándole la mejilla—. Después.

Su aprensión le tensó los músculos, haciéndola temblar.

—De verdad, estoy intentando ser educada, pero esto… esto es superior a mí —señaló al tiempo que se le quebraba la voz y las lágrimas le llenaban los ojos—. Quiero irme, por favor, Amo Brian, por favor.

Tiró de ella hacia sus brazos, apretándola contra él mientras le acariciaba el pelo.

—Shh, tranquila, Luna. —La acunó en sus brazos—. ¿De verdad piensas que te haría daño?

—Tú no, pero estas cosas —resopló contra su camiseta—. Prefiero que me ates a una de esas cruces de la planta principal y vuelvas a darme con la pala que quedarme aquí.

Sonrió, sabía que eso era lo último que quería hacer.

—Tienes miedo —continuó hablando con ella.

—Sí.

—Tienes miedo porque desconoces las utilidades eróticas que tiene el mobiliario de esta habitación y tu mente indagadora te ha llevado rápidamente a identificarlo con elementos típicos de tortura —le explicó con paciencia—. ¿Confiarás en mí en que te muestre que se trata de lo primero y no lo segundo?

Se apretó incluso más contra él, como si desease fundirse con su cuerpo.

—Luna, te he hecho una pregunta.

—No quiero estar aquí —musitó.

—Pero yo sí quiero que lo estés —le dijo al oído—. Quiero tenerte solo para mí. Quiero ser el único que escuche tus jadeos, que escuche tus gemidos, que vea cómo se te endurecen los pezones, como te ruborizas y cómo te mojas esperando por mi polla.

Se estremeció de nuevo, pero ahora podía notar la diferencia. Sus palabras la encendían.

—Quiero esposarte a la Cruz de San Andrés de la pared que está detrás de ti. —La movió, haciéndola retroceder pegada todavía a su cuerpo—. Quiero acariciarte, lamerte por todos lados, chupar esos duros pezones, hundir mi lengua en tu sexo.

Un nuevo estremecimiento.

—¿Confiarás en mí para que te cuide y te de lo que necesitas? —le susurró al oído, besándoselo, mordiéndole el lóbulo al tiempo que la recorría con las manos—. ¿Para borrar ese miedo que se ha instalado en tu mente?

La separó unos centímetros de su cuerpo, buscando su boca, capturando sus labios y degustando la dulzura que encontraba en su interior mientras deslizaba la mano sobre su cuerpo. La acarició con cuidado, despertando su deseo, deteniéndose sobre un pecho, amasándolo, jugando con el pezón hasta que se puso duro y ella exhaló un pequeño gemido.

—¿Cuál es tu palabra de seguridad, Luna?

Se lamió los labios, sus ojos encontrándose ahora con los suyos.

—Rojo.

Asintió y le acarició la cara.

—Si tienes miedo, si sientes molestias, dolor... dila en voz alta.

—Amo Brian —gimió lista para protestar.

—Mírame, Luna. —La obligó a sostenerle la mirada—. Te necesito ahora. Te quiero en la cruz, dispuesta a mi placer, ¿puedes darme eso? ¿Puedes confiar en que a cambio te daré tanto placer que no recordarás ni dónde estás?

Intentó mirar hacia atrás, pero no le dejó.

—Tus ojos sobre mí, sumisa —la detuvo—. Confianza, Luna. ¿Confías en mí?

Se lamió los labios, vaciló durante unos breves segundos, pero cuando asintió lo hizo con creencia, no solo por compromiso.

—Sí —musitó—. Por favor, no hagas que me arrepienta.

Le cogió el rostro entre las manos y la miró.

—Nunca haré nada que te perjudique ni que eche por tierra el enorme esfuerzo que estás haciendo al aceptar lo que te doy —la tranquilizó un momento más—. Ahora, necesito que respires profundamente un par de veces y sueltes el aire muy lentamente. Cierra los ojos...

—No... —La palabra brotó de sus labios en un agónico gemido.

Le acarició los párpados, obligándola a cerrarlos.

—Obedece —insistió con suavidad, pero sin negar por ello su orden—. Cierra los ojos.

Lo hizo, a regañadientes, pero lo hizo.

—Ahora imagínate como tu cuerpo empieza a relajarse, siente como tus dedos se aflojan. —La empujó un poco más, obligándola a retroceder, llevándola hasta la X forrada de cuero que había anclada a la pared—. Mueve los dedos, los de las manos, los de los pies... siente como tu cuerpo se vuelve más liviano, pierde su rigidez... eso es, dulzura, respira, lentamente.

Poco a poco se fue relajando, sus músculos perdieron la tensión y su respiración se hizo más pausada.

—Muy bien, pequeña, lo has hecho muy bien. —La premió con un suave beso en los labios—. Ahora abre los ojos muy despacio.

Obedeció, el tono pardo volvió a cobrar vida y había mucha más tranquilidad en esa mirada.

—¿Mejor?

Asintió.

—Sí, muchas gracias, señor.

Le acarició de nuevo la mejilla.

—El miedo a menudo nos envuelve en sus garras y nos cuesta deshacernos de él —aseguró. Entonces dio un paso atrás—. Ahora, quítate el vestido, por favor. Te quiero desnuda.

Vio el cambio en su respiración, el sobresalto en su mirada, pero la valiente sumisa obedeció al momento, quitándose el pedacito de tela y quedándose gloriosamente desnuda ante él.

—Detrás de ti. —Le puso la mano en la cintura y la instó a darse la vuelta—. Ese par de tablones forrado en forma de X se conoce como la Cruz de San Andrés. Quiero que la examines, porque en un momento te voy a tener atada a ella.

Se tensó de nuevo, le ciñó la cintura y deslizó la mano libre sobre su cuerpo.

—Toca la estructura, Luna, ve que nada puede hacerte daño —la instó a ello—. Imagínate ahí, con los brazos y las piernas separadas, atada, incapaz de moverte mientras mi boca está sobre tus pechos, en tu sexo...

Se estremeció y supo que lo estaba visualizando, la imagen excitándola.

—Quiero que sientas, que tu cuerpo sea muy consciente de todo lo que te hago —insistió acariciando ahora su oído, cogiendo su mano y presionándola contra la dura superficie de la cruz—, que no te dé tiempo para pensar por lo que voy a vendarte también los ojos.

Se giró como un resorte.

—Pero...

Le tapó los labios con un dedo.

—Tu respuesta a mis órdenes ha de ser siempre, «sí señor» —la aleccionó—. Si necesitas llamar mi atención, puedes llamarme Amo o Maestro y responderé a tus preguntas. Si tienes miedo, te duele algo o entras en pánico, tu palabra es...

—Rojo —asintió al tiempo que tomaba una profunda respiración—. Lo tengo, señor.

—Sumisa valiente. —Le acarició el pelo—. Me gustan tus mechas, ¿sabes? El color azul siempre ha sido mi favorito.

Esa confesión pareció iluminarle la mirada durante unos instantes.

—¿Te gusta el helado?

La inesperada pregunta la cogió por sorpresa.

—Sí. Sí, señor.

Sonrió ante su rápida corrección.

—¿Chocolate? —sugirió y sus ojos chispearon—. Ya veo. Eres una chica de chocolate.

—Sí, señor.

Deslizó la mano sobre sus pechos.

—En ese caso, ese será tu premio, Luna. —La miró a los ojos.

Sin darle opción a decir nada más, la recorrió una vez con la mirada y la empujó hacia la cruz.

—Dame tu mano.

La manera en que obedeció a pensar del estremecimiento de su cuerpo lo hizo sentir orgulloso de ella, estaba dispuesta a vencer sus miedos y confiar en él.

—Buena chica. —Enganchó la argolla de sus esposas a los ganchos de los brazos de la cruz, primero un brazo, luego el otro, manteniéndola estirada, pero sin que se resintiesen sus hombros—. Preciosa.

Deslizó las manos por sus brazos, sus hombros, bajando por su clavícula, tocándole los pechos y pellizcándole los pezones hasta que arqueó la espalda y sus labios se separaron en un suave jadeo.

—Eres la cosa más bonita que he visto en mucho tiempo, Luna —la halagó, disfrutando de esa visión—. Sensual y hermosa.

Bajó sobre sus caderas, moldeándolas para luego deslizar la mano entre sus muslos, encontrándolos húmedos.

—Abre las piernas —ordenó al tiempo que deslizaba la mano por el interior de su pantorrilla, acariciándole la rodilla y provocándole cosquillas—. Voy a poner una esposa de cuero alrededor de cada tobillo —le informó sin darle otra opción. Le ciñó el pie y lo ancló a la tobillera, ajustándola de modo que mantuviese una posición cómoda antes de hacer lo mismo con el otro.

Dio un paso atrás y admiró su obra.

—Perfecta —murmuró excitado por la visión, deseoso de ir más allá, de empujarla y ver hasta dónde podía hacerla llegar. Su piel pálida contrastaba con el negro del cuero, los pezones rosados permanecían erectos por sus caricias y sus rizos brillaban de humedad—. Creo

que empieza a apetecerme rasurar esta bonita mata oscura, sumisita.

Su intento por cerrar las piernas tiró de las cadenas de sus piernas y sus brazos, haciéndola consciente al momento de su inmovilidad y trayendo con ello el miedo y la ansiedad. Posó la mano en su estómago, manteniéndola quieta y se acercó de modo que le viese el rostro, sus ojos en los de ella.

—Respira —la instó a ello—. Despacio, dentro y fuera. Todo va bien. Estoy aquí.

—Esto... esto no es... esto...

Le acarició el rostro con un dedo, delineando su mandíbula y deslizó la otra mano entre sus piernas, más allá de los húmedos rizos hasta acariciar su sexo.

—Shhh. —La arrulló—. Todo va bien. Estoy justo aquí, no voy a dejarte sola. Mira, me empapas los dedos —se lo mostró—, a pesar del miedo estás mojada, muy mojada.

Sus ojos empezaron a aclararse, sus mejillas a adquirir de nuevo color y su respiración se aceleró a medida que retornaba a las caricias.

—Recuérdame una vez más tu palabra de seguridad —le dijo sin dejar de acariciarla, sosteniéndole la mirada.

—Ro... Rojo.

Asintió en respuesta, hundiendo ahora un dedo en su interior, notando como se tensaba, como aguantaba el aliento presa de la necesidad.

—Recuérdala —le dijo y se apartó de ella para abrir un cajón de un mueble cercano a la cruz y escoger un antifaz de raso azul. Sonrió para sí y volvió con ella—. Quiero que respires muy profundamente. Las manos, la

boca, los dedos, el pene que sientas en tu interior, solo seré yo. Entendido.

—Sí... sí, señor.

—Eres mía, Luna —insistió reclamándola—. Me perteneces. Tu cuerpo es mío, su voluntad es mía, tú eres mía.

Sus ojos se abrieron, sus labios se separaron un segundo antes de que la cegase obligando al resto de sus sentidos a tomar el relevo.

—Respira, preciosa —le susurró al oído—, y gime para mí.

—Amo Brian —jadeó al verse privada de visión, a merced de lo que quisiera hacerle.

—Mi Luna, mi pequeña y deliciosa sumisa.

Capturó sus labios en un profundo beso hasta que la dejó jadeando y necesitada de más, solo entonces descendió sobre su cuerpo dispuesto a darse un festín.

CAPÍTULO 30

Luna sintió el propio latido de su corazón en los oídos, ciega a todo excepto a las caricias de unas manos fuertes y callosas deslizándose sobre ella, a los húmedos labios que le besaban la piel y los dientes que la mordisqueaban. Sintió que se quedaba sin respiración, intentó moverse solo para darse cuenta que no podía, el tintineo de sus restricciones la asustaron casi tanto como la excitaron; estaba indefensa, abierta a todo lo que él quisiera hacerle.

El miedo empezó a clavar las garras en su interior, desplazando el placer y sintió las lágrimas reuniéndose tras sus ojos.

—Mi Luna, mi pequeña y deliciosa sumisa.

Escuchó su voz para luego notar sus labios sobre la boca, su lengua abriéndose paso y enlazándose con la suya, besándola tan profundamente que quiso llorar de alivio. Su cuerpo cobró vida de nuevo, el placer sobreponiéndose al miedo, el tacto conocido de esas manos apartando por completo el temor.

—Sabes a nata, cariño —la inesperada y tierna palabra la inundó como una ola de calor un instante antes

de que su pecho prendiese fuego al sentir la húmeda boca cerniéndose sobre su pezón.

Temblaba, el corazón le iba a mil, la sangre bombeaba con fuerza en sus venas y su sexo latía de necesidad. Jadeó al sentir la succión sobre su pecho, incapaz de moverse, ciega a todo lo que la rodeaba, el resto de sus sentidos se había magnificado y su piel parecía haberse hecho infinitamente más sensible.

Ahogó un gemido cuando su sexo se humedeció, derramando nuevos jugos por sus muslos, reaccionando a cada tirón de esa codiciosa boca sobre sus pezones. Sus manos le acariciaban el estómago, la cara interior de los muslos, los hombros, amasaban sus pechos, pero siempre evitaban la zona en la que realmente las necesitaba.

Quiso cerrar las piernas, apretar los muslos para frotarse a sí misma pero no podía moverse, la frustración hizo mella en ella arrancándole un quejido al que siguió una risita masculina.

—Déjame adivinar, te sientes abandonada aquí abajo, ¿eh?

Su respuesta quedó atascada cuando notó una mano cerrándose sobre su sexo y un grueso dedo introduciéndose en su interior.

—¡Señor! —arqueó la espalda, sus caderas se movieron involuntariamente, buscando acercarse más a esa deliciosa intrusión. Las paredes de su coño se cerraron alrededor del dedo intruso, succionándolo a su interior. El antifaz sobre sus ojos hacía que las emociones resultasen más crudas, que cada caricia fuese como un millar de diminutas agujas sobre su piel, que su propia respiración y jadeos resonasen en sus oídos más altos que nunca. Le dolían los pechos y podía sentir el sordo latir en sus

entrañas, queriendo más, necesitando más. La boca en sobre su seno se hizo más insistente, la chupó, lamió y mordisqueó a placer, torturó la delicada carne hasta dejarla palpitante y tan sensible que el simple aire de la habitación le provocaba escalofríos.

Gimió, arqueando la espalda, tirado de las restricciones, necesitando tocarle, notar bajo sus manos su piel, pero no podía moverse. Estaba indefensa, atada, expuesta, disponible para su placer y solo para su placer. Su cuerpo ya no le pertenecía, era de él, su juguete particular.

Su sexo se contrajo de nuevo al sentir la yema del pulgar acariciándole el clítoris, dejó escapar un agónico jadeo cuando el placer se derramó sobre ella, concentrándose en la parte inferior de su cuerpo. Luchó por retener sus gemidos, por acallar su placer, pero no le era posible. Ni siquiera podía cerrar las piernas o acercarse más a esa posesión que la volvía loca.

—Señor, por favor...

¿Qué? ¿Qué pedirle? ¿Qué suplicarle? ¿La escucharía siquiera?

Su respuesta no llegó en palabras sino con la calidez de su boca capturando de nuevo la suya en un brevísimo beso. Llegó en la forma de sus labios descendiendo por su cuerpo, besándola, mordisqueándola, envolviendo la lengua alrededor de su ombligo, acicateándola con la nariz solo para sentir a continuación el aliento entre sus piernas.

—Mío, Luna —escuchó su voz ronca—, mi coño, mi cuerpo, mi sumisa. Todo esto es mío.

No le dejó ni rebatirle, cualquier posible conexión neuronal quedó cortada al momento cuando su lengua se arrastró a lo largo de sus húmedos pliegues, cuando sus

labios se cerraron alrededor del hinchado brote y la hizo gritar, retorciéndose bajo su boca solo para ser empujada contra la unión de las aspas, inmovilizada por su mano mientras se amamantaba de su sexo.

La intensidad empezó a crecer en su interior, la necesidad convirtiéndose en un animal hambriento y desgarrador, pero la ansiada liberación no llegaba. Ella ya no era dueña de su cuerpo, ahora le pertenecía a él y su Amo no estaba dispuesto a permitirle todavía llegar.

—Amo, por favor… necesito…

Una nueva pasada de la lengua, una nueva succión, un nuevo dedo hundiéndose en su interior le arrancó cualquier palabra de la boca haciéndola llorar.

—Yo soy el que decide lo que necesitas, pequeña —le escuchó decir con voz ronca, un segundo dedo uniéndose al primero en una muy lenta caricia que la volvía loca—. Solo yo.

Lloriqueó. Tiró de las muñequeras y se frustró cuando no pudo hacer nada, su cuerpo estaba atado, preso a sus demandas y a sus necesidades.

—Por favor, por favor, por favor. —Acabó llorando. Le dolía, era tal la necesidad que le dolía—. Me duele… por favor… necesito… necesito…

Su aliento sopló de nuevo sobre su carne, enloqueciéndola mientras su dedo martilleaba en su interior sin detenerse.

—¿Te duele aquí, dulzura? ¿Esto es lo que te duele? —Movió los dedos en su interior, ensanchándola, volviéndola loca—. Dime, Luna. ¿Te duele aquí? —Le acarició de nuevo el clítoris y rompió a llorar como una niña.

—Sí, por favor, sí.

La tortura cesó durante unos instantes, su sexo latiendo rabiosamente alrededor del par de dedos que ahora se habían quedado inmóviles. Quiso gritar, quiso llorar incluso más fuerte, pegarle, lo que fuese para que terminase con esa tortura.

—Mi pequeña y dulce sumisa —escuchó cerca de su rostro, sus labios cerniéndose de nuevo sobre los suyos—. Aguanta un poquito más, Luna, puedes hacerlo, sabes que puedes.

Sacudió la cabeza. Quería decirle que no, que la dejase ir, pero su boca volvió a adueñarse de la suya y la tortura comenzó de nuevo, masturbándola, enloqueciéndola.

—Por favor, amo, por favor —suplicó entre lloriqueos—. Lo necesito, lo necesito ya... deja que me corra.

—Y esa es una muy bonita forma de dirigirte a tu amo, cariño —escuchó de nuevo ante sus labios—. Muy bien, Luna, córrete ahora...

El pellizco sobre su clítoris y la última incursión de sus dedos hicieron que su cuerpo se rompiese en mil pedazos. El aire le escapó de los pulmones, dejándola sin aliento, sin posibilidad de hacer otra cosa que entregarse al placer, a la locura de colores que explotó tras sus ojos y que amenazaba con arrebatarle hasta la vida.

Ni siquiera fue consciente de que le había soltado uno de los tobillos, manteniéndola igualmente sujeta por los otros tres miembros hasta que notó el roce de la tela vaquera en el muslo mientras lo instaba a rodearle la cadera con la pierna.

—No la muevas de ahí, sumisita —le dijo al oído. Sus pechos aplanándose contra el calor de un pecho desnudo,

sus labios capturando los suyos en un tórrido beso que la hizo jadear.

Todavía vapuleada por el orgasmo, nadando en sus rescoldos, no tuvo fuerzas para protestar u oponerse a su posesión cuando se hundió sin vacilar en su interior llenándola por completo. Estaba tan mojada que no le costó nada penetrarla, salir y volver a incursionar en su interior con fuerza.

—Sí, la funda perfecta para mi pene —le escuchó ronronear un segundo antes de aferrarle las caderas y empujarla contra el respaldo de la cruz. Se hundía en su interior golpeándola con furia, marcándola con un ritmo que no le permitía pensar, que hacía que su cuerpo estuviese a su merced sin posibilidad de hacer otra cosa que recibir lo que le diese.

—Amo... señor... oh dios... Brian....

Perdió el hilo de lo que salió de su boca, se dejó ir, entregándose por completo a ese hombre que tenía una facilidad pasmosa no solo para poseer su cuerpo, sino doblegar su espíritu. La montó sin piedad, aferrándola de las caderas, demostrándole tan solo con movimientos de cadera quién tenía el poder y quién era la sometida. Por primera vez desde que lo conoció, entendía lo que era someterse por completo, lo que era entregarse por completo a otra persona y dejar que esta tomase las decisiones.

Era su sumisa, la facilidad con la que había caído a sus pies, entregándole el poder, dejándole hacer con ella lo que quisiera hablaba por sí sola. El hecho de que disfrutase de ello, que la calentase el saber que él disfrutaba con su entrega, era incluso más perturbador,

pero asentó una paz en su interior que no había sentido hasta entonces.

Estaba perdida, irremediablemente perdida, ese fue el último pensamiento coherente que tuvo antes de que su mundo se rompiese de nuevo en pedazos y su mente se disociase por completo, sumergiéndose en un limbo de paz y tranquilidad absoluta.

—Bienvenida de nuevo.

La frase tardó en penetrar en su mente, al igual que lo hizo el reconocimiento del rostro que la miraba.

—Amo Brian —murmuró notando la garganta rasposa—. ¿Qué...?

—Parece que tienes un pequeño problema de desconexión, Lunita —respondió con una petulante sonrisa—. Después del segundo orgasmo, tu cuerpo desconecta y tu mente va por libre.

Arrugó la nariz y se movió solo para darse cuenta de que tenía algo calentito y mullido a su alrededor, que sus brazos estaban sobre su propio regazo y que él la sostenía en brazos. Miró a su alrededor y comprobó que seguían en la misma habitación, solo que él estaba repantingado con ella en el extraño sofá que había vislumbrado en una esquina.

—Ah... lo siento, señor.

Negó con la cabeza.

—No hay nada que sentir —replicó y la miró a los ojos—. ¿Cómo te sientes?

¿La pregunta tenía truco? Ahora mismo le pesaban hasta las pestañas.

—Me pesan hasta las pestañas, señor —confesó en voz alta, dándose cuenta de que le era mucho más fácil llamarle de la forma adecuada—. ¿Podemos quedarnos un rato aquí, por favor? Prometo que no me moveré.

Se rio y notó esa risa en sus propios huesos.

—De eso no me cabe la menor duda —aseguró y maniobró para poder apartarle el pelo de la cara—. Y sí, vamos a quedarnos un rato más —asintió al tiempo que se inclinaba hacia un lado y levantaba un botellín de agua, lo abría y se lo entregaba—. Bebe, vamos. Necesitas hidratarte. El chocolate tendremos de ir a buscarlo nosotros mismos.

—Chocolate... —La sola palabra le hizo agua la boca.

—Bebe. —Empujó la botella contra su boca, obligándola a tragar. Tras el primer sorbo se dio cuenta de que estaba sedienta—. Despacio.

Se lamió los labios y apartó la botella cuando estuvo saciada.

—Gracias, señor.

—De nada, mascota. —Dejó la botella a un lado y la arropó con la suave manta.

Un cómodo silencio se instaló entonces entre ellos, el cansancio tiraba de ella, pero se negaba a cerrar los ojos, así que para distraerse optó por tirar de los recuerdos.

—He visto que tienes fotos de una mujer y una niña en tu casa —comentó levantando la mirada para encontrarse con su rostro—. ¿Son tu familia?

La sombra de dolor y la repentina tensión que penetró en su mirada la hizo dar un respingo. Al momento se arrepintió de haber preguntado.

—Lo siento. Retiro la pregunta. —Intentó incorporarse en su regazo, pero sus brazos la aferraron con fuerza—. Lo siento, señor, no quería despertar dolorosos recuerdos. Te pido perdón.

Lo vio respirar profundamente y soltar el aire, la tensión de su cuerpo se alivió un poco y llegó la respuesta.

—Está bien, Luna, no tenías porqué saberlo —aceptó con voz lejana—. Sí, era mi familia.

Era. Pasado. Una punzada de pena y simpatía se mezcló en su interior. Acababa de traer un recuerdo doloroso cuando todo lo que había querido era distraerse.

—Fallecieron en un incendio —continuó con estoica, pero ya no era el Amo de siempre, este no era su Maestro, era Brian.

Levantó la mano y la posó sobre su mejilla, un gesto automático al que no le dio más importancia hasta que él la miró.

—¿Quieres contármelo? —sugirió—. Así como soy una enorme bocazas, se me da bien escuchar.

Brian se quedó mirando los ojos pardos de la pequeña sumisa. La pregunta había sido inesperada, especialmente dado el momento, pero no podía culparla. Por supuesto, había estado en su casa y habría tenido que ver las fotos. Era un milagro que todavía le preguntase ahora por ello.

—Yo no estuve allí para poder evitarlo —se encontró poniendo en voz alta algo que solo había contado a otra persona en vida, su niña, su Ágata—. Debí estarlo, pero me marché un par de días antes para asistir a un estúpido

encuentro del gremio. Se suponía que ellas se reunirían conmigo allí en un par de días, pero nunca acudieron...

Esos cálidos ojos empezaron a llenarse de lágrimas y se encontró acusando el golpe como si le hubiesen dado con un mazo en el pecho.

—Luna...

Parpadeó al momento, se secó los ojos y tras sacudir esa bonita melena bicolor hizo la cosa más rara de todas, lo abrazó.

—Lo siento mucho, Brian —le susurró apretándole entre sus tibios brazos—. Siento que hayas tenido que perder así a tu familia.

Bajó la cabeza y enterró el rostro contra su cálido y suave cuello, se mantuvo así un momento, permitiéndose aceptar el consuelo que ella le brindaba, dándose cuenta de que lo necesitaba, que siempre había necesitado de unos brazos a su alrededor y eso fue incluso lo más chocante de todo. La envolvió, atrayéndola más contra sí mismo, absorbiendo su calor al tiempo que apretaba los ojos con fuerza para impedir el paso de las lágrimas.

Ya había llorado bastante en su momento, no derramaría más.

—Gracias, sumisita —le dijo acariciándole el pelo—. Han pasado ya trece años, pero a veces parece que fue ayer.

Se separó de él lo justo para mirarle a los ojos.

—Cuando pierdes a alguien, nunca se va por completo, por eso duele —declaró llevándose la mano al corazón—. ¿Eran tu única familia?

Asintió.

—Lo eran.

Si bien Ágata había ocupado luego su lugar, al igual que Jax y el resto de sus hermanos de duelo, no era lo mismo, no eran... suyos.

—Tenía veintitrés años cuando mi tía y mi prima de diez años murieron en el accidente. —No podía reconciliarse con el incendio, no podía permitir que las llamas que nunca había visto y le atormentaban, entrasen ahora en su mundo—. Mi tía fue quién me crio cuando perdí a mis padres siendo un crío, mi prima fue como mi hermana pequeña. Parece bien que no se me da bien conservar a la familia.

La sorpresa la golpeó, lo vio en sus ojos, pero se repuso enseguida, se enderezó y lo acusó con un dedo, apuñalándole el pecho con ese mismo dedo.

—No digas eso ni en broma —lo sermoneó—. No es culpa tuya que ellos hayan tenido que seguir adelante. No lo es. Así que no lo digas ni en broma.

Bajó la mirada a su dedo y entrecerró los ojos al mirarla.

—¿Me estás sermoneando, sumisita?

Al momento captó su tono de voz, sus mejillas se colorearon y esos labios hinchados por sus besos compusieron un coqueto mohín. Era tan bonita, tan tierna... y era suya. Demonios, ¿podía atreverse siquiera a pensar en conservarla como algo más que una sumisa?

—No es justo, señor, solo intentaba animarte.

Sonrió de soslayo.

—Así que quieres animarme, ¿eh?

Asintió, aunque no parecía muy convencida. Empezaba a conocerle bien para desconfiar de sus acciones.

—En ese caso te indicaré exactamente la manera correcta de hacerlo —le quitó la manta que la envolvía devolviéndole su desnudez, y la deslizó de su regazo hacia el suelo—. De rodillas, Luna. Y abre la boca.

Los ojos pardos de la chica se abrieron de par en par al ver cómo se desabrochaba los pantalones y su pene saltaba listo para la acción. Esa pequeña era capaz de ponerle duro solo con mirarle.

—Si mal no recuerdo te dije al inicio de la noche que tendría mi polla en eso bonitos labios —le recordó divertido—. Enséñame lo que sabes hacer, sumisita.

La manera en la que la rosada lengua le lamió el labio inferior desmentía la mirada de rebeldía y el resoplido que soltó a continuación.

—¿Cómo debes responder, Luna?

Sus ojos se encontraron.

—Será un placer, señor.

Sonrió y se reclinó en el asiento, atento a lo que esa dulce mujercita haría con su polla.

Sí, Brian, ella está hecha para ser conservada, no puedes dejarla escapar.

Ahora solo tenía que encontrar la manera de que ella opinase de la misma manera. Eso prometía ser un poquito más complicado que obtener su sumisión.

CAPÍTULO 31

—¿Otra vez? ¿En serio?

Luna resopló, acomodó las enormes bolsas de la compra que llevaba y tanteó con el pie el escalón hasta la pared. Se había ido la luz otra vez y no veía nada.

—¡Cass! —la llamó a voz en grito—. Necesito ayuda. ¡Trae una maldita linterna o algo! Maldito sistema eléctrico.

En las últimas semanas no había hecho más que fallar como una mala escopeta de feria, ya se habían fundido varias bombillas y en su caso particular, también se había muerto la tostadora.

—¿Ha vuelto a irse la luz? —escuchó a su amiga después de oír la cerradura de su hogar un tramo de escaleras más arriba. Casi agradecía no tener ascensor, porque con su actual suerte se habría quedado encerrada—. Esto ya es una tomadura de pelo. Tienen que hacer algo, la semana pasada fue la tostadora, ¿qué será lo próximo? Tenemos que mudarnos ya.

—Como si fuese tan fácil —farfulló.

Aquello era algo que llevaban queriendo hacer desde hacía tiempo, pero no terminaban de ponerse de acuerdo sobre qué buscar. Ella quería una casa, una vivienda

unifamiliar mientras que Cass prefería encontrar un piso o un ático en el centro. Ambos sueños imposibles dada su escasa economía.

—Ven a echarme una mano, anda, estoy cargada de bolsas y ya no me queda ni resuello para seguir subiendo y menos a oscuras.

—Tu madre debería empezar a comer como el resto de los mortales y no todas esas cosas veganas; eso es pasto para conejos.

El danzarín haz de luz de una linterna le dio de lleno en la cara haciéndola bizquear.

—Explícale tú eso y quédate a escuchar su disertación sobre el sufrimiento animal, bla, bla, bla — bufó—. Baja eso, me estás cegando.

Su madre se había puesto en contacto con ella hacía cosa de una semana para decirle que se había cogido una semana libre en el trabajo y que iba a hacerle una visita. Casi se le había caído el teléfono al suelo de la impresión. Ella no era de las que viajaba, si podía evitar coger un avión, no movía el culo.

Las últimas dos semanas habían sido un continuo ir y venir de cambios, sorpresas y alteración de una rutina que venía conservando desde hacía años. Desde que había formalizado su ingreso como socia del *Blackish* y aceptó ser su sumisa, su maestro la había sorprendido un día llevándola a una famosa heladería de Brooklyn para recompensarla con un helado de chocolate, solían intercambiar mensajes y audios, cuando no decidía coger el metro después del trabajo e ir al *Promerade* para despejarse y al mismo tiempo tener una excusa para verle. Habían iniciado una especie de relación, si podía llamársele así, paralela a su tiempo en el club.

Él era un amo paciente la mayor parte del tiempo, hasta que se le cruzaban los cables o su boca la metía en algún problema cosa que terminaba en eróticos castigos y promesas de que no volvería a cometer ese error; el problema en su caso era que se le daba bien reincidir, especialmente cuando tenía que ver con el ego y la maquiavélica mente de los maestros del club.

Cassandra la había acompañado los últimos dos sábados al club, pero había algo en ella, como un sutil cambio que no estaba segura de cuándo se había instaurado. Seguía siendo la vivaracha y divertida chica de siempre, pero su relación parecía haberse enfriado de alguna manera, era como si le estuviese ocultando algo y no tenía la menor idea de qué era.

De hecho, solía desaparecer tan pronto traspasaban las puertas del local, coincidiendo únicamente en el bar en algún descanso a lo largo de la noche. Mientras ella estaba bajo el cuidado y la tutela de su maestro, su amiga siempre parecía encontrar a alguien nuevo, metiéndose en prácticas que llegaban a despertarle inquietud; la escena del látigo que había empezado a ver le había revuelto el estómago al punto de que Brian tuvo que sacarla de allí antes de que se pusiese más blanca.

En gran medida eso hacía que le fuese difícil hablar con ella de su estancia en el club, que se volviese también más reservada con ello y se acercase a Siobhan, con quién conectaba cada vez más. El tener a otra sumisa con la que compartir sus experiencias y dudas la estaba ayudando a comprender muchas cosas de sí misma, a entender el por qué le permitía a su amo usarla de esa manera. Y lo disfrutaba, si bien la inquietud seguía presente en algún

recoveco de su mente había empezado a disfrutar de veras de ese tiempo explorando otro lado de su sexualidad.

El tema de las escenas en público seguía ocasionándole un incómodo pudor y el Amo Brian parecía disfrutar enormemente exprimiendo dicho pudor, haciéndola enrojecer hasta que todo su cuerpo parecía una granada. Estar desnuda ante otras personas o ser tocada de esa forma por otros maestros, la había hecho gritar solo para luego avergonzarse por haberlo disfrutado. La mirada de ese maldito tenía la culpa, era cómo si él supiese lo que había en su mente incluso antes de que ella misma lo viese, que conociese su cuerpo mejor que ella misma y eso la inquietaba.

Por otro lado, no le había pasado por alto que tanto Horus, Wolf como Logan y Camden, cuando alguno de ellos dos estaba, solían turnarse para echarle un ojo en caso de que su Dom estuviese ocupado o fuese reclamado por alguno de los socios.

Su Dom. Empezaba a acostumbrarse a considerarle así, a entender lo que eso significaba y traía consigo. Él la hacía sentirse apreciada en una forma que no había conocido antes. Si bien durante su tiempo como dominante y sumisa adoptaba una actitud de Amo del Universo, como solía burlarse secretamente de él, en el día a día su carácter no variaba mucho. Era un hombre seguro, que prefería llevar la voz cantante y tener todo bajo control, pero también era un amigo, alguien capaz de escuchar, de reír y compartir algo tan sencillo como un café.

Sacudió la cabeza y miró a su compañera de piso quién había llegado ya en su rescate.

—Toma, coge esto para que yo pueda apoyarme en la pared y no termine rodando escaleras abajo. —Le pasó un par de bolsas pudiendo así disponer de un poco más de equilibrio y libertad—. Esto es el colmo, de verdad, ¿por qué no hace nada el conserje?

Las luces volvieron a saltar de nuevo cobrando vida, un pequeño estallido sonó bajo ellas y la planta inferior quedó sin luz.

—Estupendo —resopló Cass—. Ahí va la cuarta bombilla del edificio en toda la semana. Y mira, ya tenemos luces de discoteca —la maldita bombilla seguía parpadeando, encendiéndose y apagándose—. Solo nos falta la música.

Puso los ojos en blanco y se apresuró a subir antes de que la luz decidiese irse de nuevo por completo. Entró directa hacia la cocina que se encontraba en la parte de atrás, dejó las bolsas sobre la mesa y rescató al momento las que traía su amiga.

—Busca esas lámparas de pilas que habías comprado en la feria de antigüedades, si la cosa sigue así, eso será mejor que nada —suspiró empezando a quitar las cosas de la compra—. Al menos el horno es de gas y podré hacer la cena.

—Um, iluminación *vintage*, va a quedar sensacional con el mantel de hule —se burló y empezó a ayudarla a guardar la compra—. ¿Qué has traído? ¿Qué vas a preparar? Dime que no es todo comida para conejos.

—Aguacates rellenos con arroz y lasaña de espinacas y setas —le informó. Eran dos de los platos que más le gustaban a su madre y le había enseñado a hacerlos. Por suerte eran lo bastante fáciles como para que pudiese prepararlos sin quemar la comida o peor, la cocina.

—Um... bueno, podría ser peor —aceptó dándole a la cabeza—. Al menos no se te ha dado por hacer coles con bechamel, eso sí que sería divertido. ¿Te imaginas comer eso y tener que ir mañana al club? Sí... sería mítico...

No pudo evitar reír.

—Eres una guarra.

Sonrió ampliamente y meneó las cejas en un gesto cómico.

—Ya sabes cuál era mi apodo en la facultad.

—¿*Bambie*? —recordó. Le habían puesto el apodo no por chica bombón, sino por el pijama de ciervos con el que siempre andaba.

—Oh, ¿te acuerdas de ese? Yo todavía estoy traumatizada por ello —comentó. Entonces sacudió la cabeza—. Um... fresas con nata de postre. ¡Bien! Ay, tengo muchas ganas de ver a Audrey. ¿De qué color crees que traerá hoy el pelo? Es tan chic. Me encantaría parecerme a ella cuando llegue a su edad. Chica, casi cincuenta y seis y no tiene ni una sola arruga y su cutis es perfecto. Yo quiero.

—Pues tú vas por buen camino para parecerte a ella —canturreó—, eres igual de estridente e insensata.

Se rio entre dientes.

—Me tomaré eso como un cumplido, hermanita —aseguró y se llevó una mano a la cadera, apoyándose en la pesada mesa de madera maciza, un capricho que Cass había traído de algún lugar—. ¿Quieres que vaya yo a recogerla al aeropuerto para que puedas hacer la cena?

—¿No te importa?

Señaló la cocina.

—¿Y poder librarme así de todo esto? Nena, soy tu taxista cualquier día de la semana —le aseguró—. Tú

ponte a los fogones, que yo me encargo del coche. Te traeré las velas a pilas para que no te dé un pasmo si vuelve la discoteca.

—Eres la mejor hermana kappa psi Omega del mundo.

—Soy la única de las hermanas *kappa* que te aguanta, ¿por qué crees que nos llevamos tan bien?

—Mira que eres perrilla.

—Privilegio de ser la mayor, señorita Luna Moon Coulter, privilegio de ser la mayor.

Sacudió la cabeza mientras la veía salir de la cocina canturreando el estribillo de una canción de los ochenta. La escuchó abrir y cerrar cajones, gritar *«eureka»* y volver con gesto triunfal trayendo consigo las velas a pilas.

—Las encontré. —Entró en la cocina y las colocó en sitios estratégicos—. Y mira por dónde, todavía funcionan las pilas. Genial.

—Mi salvadora —le lanzó un beso.

Ella se rio entre dientes.

—Bueno, y ya que estamos solas y no me apetece decir esto con tu madre delante, aunque ambas sabemos que es súper liberal, ¿cómo llevas lo de ser la sumisa de alguien como el Amo Fire?

La miró sorprendida por la pregunta.

—¿Y eliges este momento para preguntarme por eso?

—Llevas tiempo suficiente para poder formarte una opinión real —se encogió de hombros, aunque su tono era mucho más serio que de costumbre. Parecía querer quitarle importancia, pero en el fondo estaba preocupada—. Para saber si esto es realmente lo que deseas y que no te están presionando a hacerlo…

Arrugó la nariz, dejó la bolsa de aguacates a un lado de la mesa y la miró a los ojos.

—De acuerdo Cassandra. Llevas una temporada muy, pero que muy rara y ahora, me preguntas esto. ¿Qué pasa? ¿Qué no me estás contando?

Su hermana de fraternidad resopló, se acercó a ella, le cogió las manos y se las sostuvo mirándola a los ojos. Jamás había visto a Cass tan seria como ahora.

—Luna, mírame a los ojos y dime la verdad, ¿estás bien?

Parpadeó ante la inesperada y angustiada pregunta.

—Perfectamente, no he cogido ni un solo catarro este año.

Le apretó un poco más las manos y dio una patadita al suelo.

—Oh, déjate de bromas, lo digo muy en serio.

Sacudió la cabeza.

—¿Qué es lo que te preocupa?

La soltó y empezó a gesticular.

—Pues que haya sido tan bocazas, tan insistente que te hayas metido en algo que realmente no deseas —soltó de sopetón—. Que lo que ocurrió en la maldita reunión de antiguos alumnos te haya llevado a hacer esto solo por despecho, que no sea lo que buscas, que te hayas metido y no sepas cómo salir, que él te esté obligando y... joder. —Se pasó la mano por el pelo y la miró tan angustiada que le dio pena—. Tengo miedo de haberte empujado a algo que no deseas.

Así que al final se trataba de eso, pensó aliviada.

—¿Por eso has estado tan distante conmigo últimamente?

Se sonrojó avergonzada.

—Estoy preocupada por ti.

—¿Por qué?

—En el club... hablan sobre ti.

Aquello sí que era toda una novedad.

—¿Qué hablan de mí? ¿Y qué dicen, si puede saberse?

—Te han apodado como la «sumisa rebelde» del *Blackish*. —Hizo una mueca—. Que no tienes respeto por nadie, que tu Dom cualquier día te retorcerá el cuello, que los Amos Horus y Wolf se turnan para castigarte... Y te juro que, si es así, yo misma le retuerzo los huevos al Amo Wolf.

Se echó a reír, no pudo evitarlo. Tuvo que agarrarse a la mesa por que las carcajadas empezaban a hacer que se doblara por la mitad.

—Ay Cass... —Casi lloraba—. De verdad... qué cosas escuchas...

—Luna, yo sé que no eres así —se quejó—. Tú no eres de las que buscaría un castigo, ni siquiera como recompensa.

No podía dejar de reír, empezaban a saltarle las lágrimas y tuvo que hacer un verdadero esfuerzo para recomponerse.

—Por favor... ¿sumisa rebelde? ¿Qué Horus y Wolf se turnan para castigarme? —Ahogó una risita—. El titular debería ser más bien «*Cuidado con Luna, Doms dispuestos a merendarse a cualquiera que se le acerque sin permiso de su maestro*».

—¿Ein? —La cara de puzle de su amiga la llevó a reírse de nuevo.

Sacudió la cabeza, respiró profundamente y le indicó uno de los taburetes que rodeaban la mesa.

—Siéntate, anda. —La empujó a ello—. Vamos a hablar y lo haremos una sola vez porque, al contrario que a ti, a mí me da una vergüenza mortal decir esto en voz alta.

Cass empezó a sentarse muy lentamente, como si tuviese miedo que de hacerlo más rápido la silla se rompiese o algo.

—Primero que nada, que sepas que estoy muy bien —dejó claro—, y que acepté ser la sumisa de Brian por decisión propia. Mi maestro fue muy claro y sincero cuando me dijo a lo que me enfrentaría, lo que me encontraría y qué esperaba de mí.

Le habló de la primera vez en la que puso un pie en el club durante el seminario, de cómo eso la desconcertó y despertó su interés por seguir indagando. De cómo él la retó en su segunda visita y cómo eso la llevó a continuar. Le habló de la lista que habían discutido, de sus ocurrentes amenazas y los castigos...

—Cuando dije que le había puesto mi nombre a una pala, lo decía de verdad —aseguró. Buscó su bolso y sacó el móvil para enseñarle una foto—. Se niega a darme el mondadientes, así que para que dejase de protestar, me ha enviado una foto. Aquí la tienes, con dibujo incluido.

Cuando vio la imagen los ojos de su hermana se abrieron de par en par, entonces se echó a reír.

—Ay dios, cuando me lo dijiste pensé que estabas exagerando, que era una broma o algo.

—El Amo Brian puede ser muy ocurrente algunas veces —murmuró pensando en algunas de esas ocasiones—, y maquiavélico... y...

—¿Te pone como una moto?

Abrió la boca y finalmente asintió con rotundidad.

—Sí, en más de un sentido —suspiró—. El sexo ha... el sexo... um... está a otro nivel, ¿vale? Y... me gusta, me enciende... es diferente y lo disfruto... disfruto de todo lo que me hace. Su voz... cuando me habla de esa forma... yo... me derrito... es...

—¿Cómo una compulsión que te pone caliente y te hace querer obedecer al momento?

Asintió, esa era la mejor definición que podía haber dado a cómo se sentía.

—Sí, justo así —aceptó sonrojada, le avergonzaba hablar de esto—. Y eso hace también que me entren los mil males. De verdad, a veces... lo estrangularía.

El rostro de Cass cambió, la vio suspirar y con ello pareció sacarse un enorme peso de encima.

—Entonces, estás bien con él.

—Todo lo bien que puedo estar —respondió pensativa—. De algún modo, es... él. No me interesan otros, quiero decir, posiblemente si Wolf o Horus me diesen órdenes de esa manera, tan íntima... los mandaría a paseo.

Se rio entre dientes.

—Eso, hermanita, es lo que hace a un hombre un buen Dom. Tu único Dom —aceptó más tranquila, con todo, no pudo evitar preguntar una última vez—. ¿Crees que es él?

Él. Ese hombre perfecto con el que ambas habían fantaseado, el único, el definitivo, el que sería especial por encima de todas las cosas.

—Lo único que sé es que estoy cómoda con él, que me hace sentir como ningún otro hasta ahora y, si soy sincera, es posible que incluso... bueno... que me haya enamorado un... poquito de él.

Una verdad que le costaba aceptar, especialmente porque no era del tipo enamoradizo, porque hacía tiempo que había dejado de creer en el amor romántico, pero de algún modo, Brian era ese él.

—En ese caso, no le dejes escapar, Luna. —Bajó de la silla y rodeó la mesa para abrazarla, apoyando su frente en la suya como solían hacer en la universidad—. Disfruta del tiempo con tu Dom y mantén la mente abierta.

—Lo haré, hermanita, lo haré.

CAPÍTULO 32

Brian miró por la venta, las luces de la ciudad empezaban a dejar atrás el atardecer para dar paso a la noche, una analogía que podía encajar perfectamente con el ambiente de transición que se estaba llevando a cabo en esa sala.

Todos y cada uno de los presentes tenían algo que decir, algo que aportar esa noche, incluso él. Era hora de dar un nuevo paso adelante, de decidir y esa decisión podía afectar a más vidas que la suya.

—Hemos llegado a un punto en el que es necesario contar con alguien más —decía Nolan, quien había llegado unos días antes—. Ya no se trata solo de nosotros, de nuestra expiación. Tenemos en nuestras manos muchas vidas, gente que se merece toda nuestra dedicación y no solo unas migajas. Ya no podemos dividirnos… no se lo merecen como tampoco lo merecen nuestras familias.

Charlotte estaba sentada a su lado, al igual que Danielle estaba con Garret y Logan y Siobhan con Camden. Miró su silla vacía y pensó en Luna y lo que ella había llegado a significar últimamente para él.

¿Podría amar de nuevo a una mujer? ¿Podría confiarle su vida y sobre todo su vergonzoso pasado?

Quizá fuese hora de averiguarlo y utilizar el regalo que Ágata le había hecho con su presencia.

—No podemos seguir anclados en el pasado —comentó volviéndose hacia ellos—. No podemos permanecer eternamente aquí, escondidos del mundo, no cuando las oportunidades están ahí fuera y solo tenemos que atrevernos a traspasar la puerta para alcanzarlas.

Jax lo miró y pareció sonreír con secreta satisfacción, sus miradas se encontraron y asintió.

—Todos habéis necesitado la *Crossroad* en algún momento de vuestras vidas, un puerto seguro en el que poder sanar las heridas, pero la tempestad ya ha pasado para la mayoría y pasará para los que quedan —intervino el mayor de los socios y miembro honorífico—. Es hora de que avancéis, de que dejéis los recuerdos, los remordimientos, el pasado en sí en el lugar que le corresponde y empecéis a mirar hacia delante e incluso al lado —dijo eso mirando a Garret—. Es hora de que dejéis sitio a la gente que necesite de este refugio y pueda liberaros de un trabajo que ya no estáis capacitados para realizar. Hace falta un corazón destrozado para comprender a otro y los vuestros, gracias a esos ángeles que habéis encontrado de nuevo en el camino, ya no lo están.

—Pero… este lugar… Crossroad… lo ha sido todo para mí… para cada uno de nosotros —insistió Garret, quién todavía tenía dudas.

—Y lo seguirá siendo, Gar —le aseguró Jax—. No te estoy diciendo que vendas tus acciones y te largues, sino que delegues. Que lo hagáis todos y cada uno de vosotros. Tenéis vidas propias, negocios que atender, familias que crear y aumentar, no os ancléis en el pasado, no os

aferréis a alguien que ya no está, máxime cuando todos sabéis que lo que ella deseaba para vosotros era precisamente esto... una secretaria, un amor de juventud, una amiga de la infancia... y una linda sumisa.

—¿Y en quién quieres que deleguemos? —volvió a comentar Garret. Su amigo entendía la situación, sabía que su futuro era Danielle, pero su pregunta era una que se la hacían todos ellos—. ¿En qué manos podemos dejar la compañía sin que lo que construimos se destruya por completo?

—En el mismo lugar dónde Ágata os encontró a vosotros —declaró Jax sin más vueltas y señaló hacia la ventana—. Ahí fuera.

—Ya, ¿y qué hacemos? ¿Patrullar las calles? ¿Ponemos un anuncio en el periódico? Siempre nos hemos regido por la discreción.

—Con Danielle funcionó —comentó Camden.

—En realidad a mí me pasó el anuncio mi antigua compañera de piso —replicó la secretaria—. Una antigua cliente de la compañía.

—Una antigua cliente —murmuró Nolan pensativo—. Quizá esa sea la solución.

—¿A qué te refieres? —se interesó. El constructor siempre tenía buenas ideas.

—¿Quiénes conocen mejor la *Crossroad* y su cometido que aquellos que se han visto beneficiados de alguna manera por ella? —resumió—. Podríamos hacer una búsqueda de empleo interna. Poner un anuncio y decirles a nuestros clientes que nos echen una mano, que recomienden a quién crean que podría estar en sintonía con la compañía.

—No es descabellado —aceptó Garret, quién podría haber sido el más crítico de todos ellos—. Y, podría dar resultado.

—Entonces, ¿lo hacemos? —preguntó Mich, quién se había mantenido en silencio hasta el momento—. ¿Empezamos a buscar sangre nueva?

Se miraron los unos a los otros, comunicándose sin palabras, sabiendo lo difícil que les resultaba pero que era la única salida también para ellos. Si deseaban seguir adelante, necesitaban dejar atrás lo que los frenaba.

—Por Ágata —murmuró Garret con voz profunda, llena de emoción por la mujer que les había salvado la vida de muchas maneras.

—Por Ágata —asintió, enviando una plegaria de agradecimiento a su ángel, prometiéndose a sí mismo intentarlo, seguir adelante. Por su pequeña Luna, su dulce sumisa.

—Por Ágata.

—Por Ágata.

—Por Ágata.

Cada uno de los presentes se unió en una sola voz, en un solo pensamiento. Por Ágata, la mujer que los había rescatado de las sombras y los había puesto en un cruce de caminos, listos para echar a andar en la dirección que les marcara el corazón.

CAPÍTULO 33

—Eso huele que es una delicia —gimió Cass asomándose por la cocina—. Si está igual de rico, creo que puedo pasarme al equipo de los conejos.

Luna puso los ojos en blanco y cerró la puerta del horno. Miró la hora e hizo una mueca.

—Será mejor que salgas ya, no sea que cojas tráfico —la echó.

—Voy, voy —canturreó sacudiendo las llaves—. Estaremos aquí antes de que te des cuenta… er… si la luz me deja salir de casa.

La última hora había sido una auténtica discoteca con la maldita electricidad yendo y viniendo. Había tenido que desenchufar todos los electrodomésticos que no fuesen indispensables para que no se estropeasen.

—Menos mal que el horno es de gas. —Bufó mirado a través del cristal como se iba gratinando la lasaña—. Como la cosa siga así, mañana le pongo una reclamación al dueño del edificio. Esto ya no hay quién lo aguante.

—Nos mudamos, Lunita, lo que tenemos que hacer es las maletas y mudarnos.

—Sí —asintió—. Es hora de buscar en serio.

Su amiga asintió y echó el pulgar por encima de la puerta.

—Me voy. Sé buena.

Le lanzó un beso, se puso el abrigo y salió hacia la puerta. Acababa de abrirla cuando la luz decidió volver de nuevo.

—¡Eureka! Se hizo la luz. —La escuchó antes de que cerrase la puerta tras de sí.

Sacudió la cabeza, sería mejor que se diese prisa en terminar con la comida antes que la luz decidiese marcharse de nuevo dejándolas sin electricidad. La iluminación de las lámparas vintage le había servido, pero iba a necesitar más pilas si la cosa seguía así.

—Y también más velas —resopló.

Le echó un último vistazo a la comida que se iba haciendo poco a poco en el horno y se puso a abrir y cerrar cajones en busca de las preciadas pilas. Apenas había rebuscado en un par de ellos cuando escuchó el ahogado sonido del teléfono.

—Estupendo —rezongó. Giró como una bailarina y se lanzó en su busca. Por el tono de la melodía sabía que era Brian, lo que hacía sin duda más acuciante dar con el maldito aparato en medio de la hecatombe en la que se había convertido la mesa de la cocina.

—¿Dónde estás? ¿Dónde estás? ¿Dónde...? ¡Al fin! —Lo rescató de debajo de una bolsa y puso el manos libres—. ¡Hola!

Hubo un momento de silencio, como si se hubiese cortado la llamada.

—Diablos, no me digas que no he encendido el teléfono... um... ¿señor?

—Y esa es la respuesta correcta, mascota —escuchó entonces al otro lado de la línea. Puso los ojos en blanco, incluso así la mangoneaba. La idea la puso caliente—. Hola, Luna. ¿Te cojo ocupada? Te ha llevado tiempo contestar.

Se apoyó en la mesa e hizo una mueca al ver todo el desastre.

—Aunque parezca mentira, había perdido el teléfono en el zafarrancho que es ahora la mesa de mi cocina, señor —contestó—. Seguimos con los cortes de luz, pero lo de hoy ya es de risa. No hay forma de que se mantengan encendidas. Ahora mismo tengo un par lámparas a pilas sobre la mesa mientras cocino.

—¿Y eres capaz de cocinar así?

Sonrió ante su tono.

—Aunque no lo creas, Amo Brian, sé hacer más cosas que café.

—Así que he conseguido una sumisa que además sabe cocinar.

Sacudió la cabeza.

—Te sorprendería lo bien que se me da no quemar el agua, señor —aseguró con un bajo canturreo.

Se echó a reír.

—Es bueno saberlo, dulzura —le dijo de buen humor—. ¿Ya ha llegado la profesora?

La semana anterior le había hablado de la visita de su progenitora, motivo por el que no podría asistir al club el sábado. Habían hablado de sus respectivas familias y ella le había contado a qué se dedicaba su liberal madre.

—Cass ha ido a buscarla al aeropuerto mientras yo me peleo con el horno, la lasaña y la discoteca.

—¿Discoteca?

—Las luces.

«*Brian, ¿tienes un momento?*».

Escuchó una voz masculina de fondo, al parecer la había llamado en medio de algo y ya lo estaban reclamando de nuevo.

—Parece que te reclaman, Maestro —le dijo.

—Ahora voy —contestó un poco más alejado del teléfono, entonces volvió con ella—. Sí, tengo que dejarte, sumisita. Disfruta de la velada y de la compañía de tu madre.

—Gracias, señor, eso pienso hacer —prometió y se sintió bien haciéndolo.

—Te llamaré a lo largo de la semana, Luna —le comunicó a modo de despedida—. Hay algo de lo que tenemos que hablar.

Su tono le llamó la atención.

—¿Va todo bien, señor?

—Sí, mascota —la tranquilizó—. Es solo, que quiero que vayamos un poco más allá.

Aquello la sorprendió.

—¿Más allá?

—Te llamaré el lunes y hablaremos —sentenció—. Sé buena, mascota. Cuídate.

—Tú también, maestro.

Arrugó la nariz mientras cortaba la comunicación y se quedó mirando el teléfono unos segundos. ¿De qué querría hablar con ella? ¿A qué se había referido exactamente con lo de ir más allá? Un sinfín de posibilidades empezaron a filtrase en su cabeza, cada cual más descabellada hasta que terminó por resoplar.

—No empieces a elucubrar, Luna —se reprendió a sí misma—. No empieces.

Se obligó a dejar a un lado la reciente conversación y volver a la tarea de la cena. Echó un vistazo a su alrededor y recapituló.

—Las pilas.

Tuvo el tiempo justo de abrir un nuevo cajón antes de oír un brutal estruendo al que siguió una explosión que hizo temblar la habitación, derribando la pared opuesta a la que estaba y lanzándola al suelo al mismo tiempo que veía como la mesa se volcaba sobre ella y el escombro y el polvo se le venía encima provocándole un horrible y lacerante dolor.

—¡Mamá Audrey!

Cass levantó las manos empezando a agitarlas para llamar la atención. La señora Coulter era todo un personaje. Nadie que se fijase en la mujer de pelo azul noche con mechas blancas, traje de chaqueta color crema, redondas gafas de cristal violeta, blusa estampada y una maleta que proclamaba las ventajas del sexo con formas del Kama Sutra podría pensar que se trataba de la directora del departamento de Literatura Clásica en *UCLA*. La mujer, que rondaba ya los cincuenta y algo —se negaba a decir su edad real— se parecía a su hija únicamente en el color de ojos y en la altura, por lo demás, eran como el día y la noche.

Audrey sonrió ampliamente al verla, dejó la maleta a un lado y abrió los brazos.

—Mi niña Cassandra. —La abrazó con cariño—. Sabía que serías tú nada más poner un pie en los Estados

Unidos. —La besó en la mejilla—. ¿Y mi Luna? Se ha quedado en casa preparando la cena, ¿verdad?

Se echó a reír.

—¿Estás segura de que no puedes darme los números que saldrán en la lotería de mañana?

Esa mujer era increíble. Tenía una percepción de las cosas que iba más allá de todo lo que podía considerarse normal. Su sensibilidad era apabullante y a menudo veía a través de ella y de su propia hija, siendo imposible guardar secreto alguno.

—Si los supiera, cariño, Luna Moon y tú seríais las primeras en tenerlos —aseguró risueña. Cogió la maleta y enlazó su brazo echando a caminar—. Dime, ¿cómo está mi bebé? No me ha vuelto a decir una sola palabra sobre su visita a ese club desde hace semanas.

Se rio y se inclinó de modo confidencial.

—Espera a verla —la avisó—, y tú misma podrás hacerte una idea.

La mujer la miró interesada.

—Así que, lo ha encontrado —murmuró pensativa—. Ya era hora.

—Creo que sí, al menos ha encontrado a un tío que sabe hacer algo más que decir lo bueno que está, lo bien que lo hace en la cama y se preocupa por ella y sus necesidades.

—Eso es lo que le hacía falta —asintió complacida—. Quiero conocerlo. Debo asegurarme que tiene el aura correcta para mi Luna Moon.

Se rio entre dientes. Iba a ser muy divertido ver un encuentro entre el Amo Fire y Audrey.

—Eso no me lo perdería por nada del mundo —aceptó en voz alta—. Seguro te gustará, es un monumento de hombre... es bombero.

—Bombero, nada más y nada menos, eso es...

Las palabras se perdieron, la mujer empezó a caminar más despacio hasta detenerse por completo. Su expresión se había vuelto pálida, parecía tener la mirada desenfocada, entonces jadeó.

—Luna Moon.

—¿Mamá Audrey?

La mujer se volvió hacia ella mortalmente pálida.

—Luna... algo le ha pasado a Luna.

Un escalofrío la recorrió de los pies a la cabeza. No preguntó, no cuestionó la firmeza de sus palabras. Sacó inmediatamente el teléfono del bolso y llamó a casa. Había visto esa conexión antes entre ellas. Su hermana siempre sabía que su madre la llamaría unos segundos antes de que lo hiciese, incluso supo que había tenido un accidente cayéndose por las escaleras y torciéndose el tobillo antes de que la llamase para decírselo. De algún modo, existía una conexión entre ambas que iba más allá de lo explicable.

—Vamos... vamos... vamos... Luna, coge el teléfono —suplicó sintiendo como sus nervios empezaban a desbocarse. El teléfono sonaba, daba línea, pero no lo cogía—. Mierda.

Miró a la mujer, la cogió de la mano y ambas emprendieron una desenfrenada carrera sobre tacones hacia el coche.

CAPÍTULO 34

—Espero no haber interrumpido nada importante.

Nolan se apoyó en la pared, con las manos en los bolsillos, mirándole con curiosidad. Se guardó una sonrisa ante la abierta curiosidad del hombre y sacudió la cabeza.

—Nada importante, ¿qué pasa?

El socio de la *Crossroad* lo miró durante unos instantes como si sopesase el insistir o seguir con lo que lo había llevado a interrumpirle. Al final optó por lo último.

—Necesito que me echen una mano con el nuevo sistema de incendios de la oficina que vamos a abrir —expuso—. Me vendría bien si pudieses recomendarme la misma empresa que instaló los del nuevo estudio.

Asintió.

—Así que al final has decidido ampliar horizontes.

Se encogió de hombros.

—Si algo funciona hay que seguir haciéndolo —se justificó—. La nueva sucursal de Lenox Hill se encargará de la parte comercial, más que nada.

—¿Está en Lenox? —No pudo disimular la sorpresa y el interés.

—No me digas que tienes pensado mudarte otra vez, ¿cuántas van ya? ¿Tres casas? —se burló, malinterpretando su interés.

—Que conserve, dos, aunque estoy pensando en vender la de las afueras, estoy muy cómodo en Montague.

Se frotó la barbilla considerando sus palabras.

—Pues si estás pensando seriamente deshacerte de la de las afueras, quizá me interese comprártela —aceptó pensativo—. Estaba pensando en mudarme, buscar algo nuevo y empezar de cero con Charlie.

Charlotte había sido su cuñada y el amor de toda su vida. La joven viuda había vuelto a entrar en su vida de forma permanente gracias a una treta que había dejado estipulada en el testamento su difunto marido. No conocía los detalles, pero el caso es que Nolan había recuperado a la mujer de su juventud y ella parecía estar muy enamorada.

—Cuando quieras verla, solo avísame, te daré las llaves —aceptó de buen grado. Si tenía que deshacerse de la casa, prefería dejarla en manos de alguien que sabía la disfrutaría—. En cuanto a la oficina de Lenox. Me pasaré por allí a echar un vistazo y te diré algo.

Su oferta no hizo más que aumentar su curiosidad.

—Y lo harás porque te queda tan cerca de casa…

Bufó y puso los ojos en blanco.

—Mi sumisa vive en Lenox. —No tenía problema en admitir algo que antes o después iba a ser de dominio público. Todos sabían cómo vivía su vida y si Luna iba a formar parte de ella, mejor dejarlo claro desde ya.

—Así que has encontrado sustituta a la última…

Hizo una mueca y negó con la cabeza.

—No, Luna difícilmente podría considerarse sustituta de algo —confesó y se pasó la mano por el pelo. Le ponía nervioso hablar de su vida privada—. Ella... digamos que es mucho más de lo que parece y eso me ha conquistado.

La expresión de Nolan era de conformidad y satisfacción. Le palmeó el hombro y asintió.

—En ese caso, no la dejes escapar, cachorro —le sugirió—. Mujeres así, aparecen muy pocas veces en la vida, a veces solo una.

Abrió la boca para responder, pero el teléfono empezó a sonar. Frunció el ceño al reconocer el tono de ambulancia que tenía puesto para las llamadas del cuartel.

—¿Trabajo?

—Eso parece —asintió descolgando—. Reynols.

—Jefe, tenemos una llamada de la central de Manhattan. Necesitan refuerzos, están en una salida y no pueden desplazarse a la nueva emergencia. Posible explosión de gas en el 231 de la 68 con la segunda avenida en el barrio de Lenox Hill. Después del parque St. Catherine´s.

La dirección penetró en su mente congelándolo.

—¿El 231 de la 68? —Necesitaba confirmación.

—Sí.

Un sudor frío lo recorrió por entero. Su mente volvió años atrás, a una llamada similar, a una tragedia que cambiaría su vida por completo.

—Brian.

La voz de Wolf lo devolvió al presente de una patada, obligándole a concentrarse a no dejarse llevar por el pánico.

—Salid para allá con dos camiones —ordenó metiéndose en modo profesional—. Acordonad la zona y

comprobad que no hay nadie atrapado dentro del edificio. Voy para allá.

—*Roger,* jefe.

Colgó el teléfono y lo devolvió al bolsillo trasero del pantalón no sin esfuerzo. Le temblaban las manos, apenas podía respirar. Luna. Era el edificio de Luna.

—Brian, ¿va todo bien?

Negó con la cabeza, las noticias filtrándose cada vez más hondo en su pecho.

—Ha habido una explosión de gas en un edificio de Lenox. Los bomberos de la zona están en otra salida y no tienen medios, han pedido refuerzos y he tenido que movilizar a mi gente —siseó. Desde el cuartel a Lenox había unos buenos quince minutos si no cogían tráfico y en un incendio u explosión, el tiempo era oro—. Mi… mujer vive en ese edificio.

Respiró profundamente. Tenía que calmarse, su gente ya estaba en camino, tenía que salir ya para allí.

—Mierda —escuchó sisear a Nolan—. Vamos. Vete.

No esperó a escuchar el final de la frase, ya echaba a correr hacia la salida, recuperando de nuevo el móvil y marcando a ciegas el número de necesitaba.

—Vamos, pequeña, vamos, coge el maldito teléfono… —siseó manteniéndolo en la oreja mientras dejaba el edificio y entraba en el coche. Conectó el manos libres, encendió el motor y se incorporó a la carretera como una exhalación.

La señal daba llamada, se oía el tono de fondo, pero no daban descolgado el teléfono. Apretó los dientes, colgó y volvió a llamar.

—Vamos, vamos, vamos.

Se obligó a desterrar el miedo, a hacer a un lado todo pensamiento negativo.

—Quizá está fuera, quizá le quedó el teléfono en algún sitio, pero está fuera —intentó convencerse a sí mismo de ello.

Tenía que ser así, ella tenía que estar bien, tenía que estarlo... Dios, no podía perder a nadie más, no de esa manera, nunca de esa manera y no a ella. Si le pasaba algo a esa mujer, su vida terminaría antes de empezar.

Cassandra estaba histérica, el humo salía del edificio, unas enormes llamas lamían toda la fachada mientras la gente se arremolinaba en la calle, apartándose del estallido de los cristales y los fragmentos que caían a la acera. Su casa estaba ardiendo, las llamas salían por la ventana del salón y por el boquete que se había producido en la pared a la que daba su cocina.

Luna no estaba por ningún lado, había gritado hasta quedarse afónica, la había buscado entre los vecinos que habían salido, entre los que ya estaban en la acera con lo puesto, aterrados, conmocionados.

—¡Luna! ¡Luna Moon! —Audrey la llamaba a gritos, buscando entre los presentes.

—¡Luna! —se unió a la llamada, pero algo le decía que ella no estaba allí, de lo contrario ya habría contestado. Y esa pared... ella había estado en la cocina, había estado haciendo la maldita cena.

—Los bomberos, ¿dónde están los malditos bomberos? —se giró de nuevo, mirando a ambos lados de la calle, el único acceso. Agudizó el oído intentando escuchar las sirenas.

—Una explosión… de repente tembló todo…

—Las llamas, está ardiendo la casa… dios mío…

Todos eran gritos, frases cortadas, el horror estaba presente en la calle y en su propio corazón. No, no podía estar pasando esto, su hermana no podía estar allí dentro.

—Por favor… por favor…

—Maldita sea esta ciudad y sus servicios de emergencias —masculló Audrey volviendo a colgarse del teléfono. Ella había tenido el suficiente temple para tirar del móvil nada más vieron la columna de humo al final de la calle, ya estaba hablando con el servicio de emergencias pidiendo la intervención de los medios de extinción cuando todavía no había ni apagado el motor del coche—. ¡Me da exactamente igual, señorita! ¡Mi hija no aparece y puede estar dentro del maldito edificio!

La voz de la mujer hizo que muchos a su alrededor de giraran en su dirección. Se mesó el pelo, tirando de él sin siquiera notar el dolor. No podía quedarse quieta, tenía que hacer algo, su hermana pequeña estaba ahí dentro.

—¡Cassandra! ¡Cassandra, vuelve aquí!

El brazo de Audrey la rodeó por la cintura, impidiéndole acercarse más al edificio.

—Mi hermana está ahí dentro… —Estaba llorando, las lágrimas inundándole los ojos—. Está ahí…

Antes de que pudiese decir una palabra más, las esperadas sirenas inundaron la noche, los destellos de luz multicolor colorearon los edificios.

—Gracias al cielo —musitó y corrió hacia la calle para empezar a hacer señas—. ¡Aquí! ¡Aquí!

Una nueva explosión resonó por encima de sus cabezas haciendo que se agachasen en el acto, los

cristales, posiblemente las ventanas y todo lo que fuese de vidrio estaba estallando a causa del calor.

Los camiones ocuparon sus lugares, los equipos de extinción empezaron a desplegarse, un hombre empezó a gritar órdenes mientras otros extraían las mangueras y acordonaban la zona alejando a la gente, impidiéndoles resultar heridos.

—Mi hermana... —empezó a gritar caminando hacia ellos—, mi hermana está todavía ahí dentro.

—Retroceda, señora, por favor, nosotros nos encargaremos.

—Sacad las mangueras, acordonad la zona, no quiero a nadie dentro del perímetro...

La inesperada y demandante voz la abofeteó, giró sobre sus pies y se encontró a la última persona que esperaba ver allí.

—Wolf —musitó. Sacudió la cabeza y empezó a gritar, intentando llegar a él—. ¡Wolf! ¡Wolf!

La detuvieron, tirando de ella hacia atrás, impidiéndole alcanzarle.

—Señora, por favor, tiene que ponerse a salvo...

—Le digo que mi hermana está ahí dentro —chilló, golpeándole—. ¡Wolf!

—¿Qué demonios pasa aquí? —se acercó por fin él—. ¿Cassandra?

Librándose del muchacho, se lanzó hacia él, aferrándose a su chaqueta.

—Es Luna —le dijo y señaló hacia arriba—. Luna no ha bajado. Estaba en la cocina, hacía la cena... Está dentro, Wolf. Mi hermana, mi hermana está dentro. El último piso. La cocina... la explosión... fue en la misma zona.

El rostro del hombre palideció un segundo antes de girarle y llamar a voz en grito a su gente.

—¡Markus! ¡Coge el equipo y ven conmigo! ¡Hay al menos una persona dentro! —clamó desasiéndose de las manos femeninas para luego empujarla—. Mantente detrás de la línea. Es una orden, mascota.

—Pero Luna…

—¡Hazlo, Cassandra! —bramó, entonces cogió la bombona de oxígeno que le traían, se la puso y tras comprobar que estaba su compañero listo, dio aviso a otro de sus hombres—. Cuando llegue Reynols, retenedlo.

—¿Qué retenga al jefe? —Su orden pareció causarle gracia, pero no tuvo tiempo a decir nada más pues los dos ya se habían traspasado el umbral del edificio.

Los bomberos siguieron moviéndose a su alrededor, unas manos tiraron de ella hacia atrás, llevándola a zona segura. Escuchó su nombre, escuchó los gritos de los bomberos y vio las llamas, todo lo que podía ver eran esas llamas devorando su hogar, el mismo en el que posiblemente permaneciese Luna.

—Por favor, dios, por favor, protégela, no dejes que le pase nada.

CAPÍTULO 35

No podía respirar.

Había humo, un olor ácido y penetrante que la llevó a toser, pero con cada exhalación el dolor sobre la parte inferior de su cuerpo se incrementaba haciéndolo insoportable. Un insistente soniquete se interponía en medio del dolor, repitiéndose una y otra vez, una melodía recurrente, algo que conocía... su teléfono.

Intentó prestar atención, no era solo un sonido, su cuerpo vibraba, más allá del dolor también vibraba acariciándole la pierna. Intentó moverse, pero el esfuerzo la hizo emitir un agónico grito de dolor, le estallaba la cabeza, sintió náuseas y tubo que obligarse a tragar la bilis que subía por su garganta para no ahogarse.

—Ayu... ayuda... po... por favor...

De sus labios escaparon unas palabras, un hilo de voz bajo aquella insistente música que seguía y seguía y seguía. De vez en cuando alternaba el ritmo, pero insistía e insistía volviéndola loca.

Se obligó a abrir los ojos, a buscar el lugar de dónde salía esa música para cortarla de raíz, tosió y el dolor le arrebató el aire, el picaban los ojos, la débil luz de una de las linternas *vintage* parecía burlarse de ella a escasos

centímetros de su mano. Estaba tirada en el suelo, olía a quemado, había suciedad, polvo y restos de su compra y lo que solo podían ser partes de la pared.

Una explosión. La pared de la cocina se había venido abajo, la mesa se le había caído encima con todo lo demás. Aventuró un vistazo por encima de la cabeza y le entraron ganas de reírse. La maldita mesa, esa monstruosidad de la que siempre se quejaba había formado una especie de tejado al quedar apoyada entre el suelo y el fregadero.

Miró una vez más a su alrededor, el pequeño movimiento la hizo gritar de nuevo cuando un horrible dolor le atravesó la pierna derecha, la pierna que tenía atrapaba entre la parte baja de la mesa y un pedazo enorme de pared. Se le llenaron los ojos de lágrimas, la angustia le arrebató el aire de los pulmones y empezó a hiperventilar.

—No… no puedo… no puedo…

Se obligó a mantenerse quieta, dejando que las olas de dolor la traspasaran como le había enseñado su maestro, solo que esto iba mucho más allá de un dolorcillo erótico, esto era una agónica tortura.

—Está bien… —Tosió y se obligó a mantener la boca cerrada. Había demasiado humo, acabaría asfixiándose si no salía de allí.

La melodía seguía. El teléfono. Se concentró en ello, palpó a su alrededor, sobre su cuerpo hasta que notó la vibración bajo su palma. Aliviada luchó para extraerlo, apretando los dientes para aguantar el dolor. Notó como se deslizaba del bolsillo y caía al suelo, la luz y la vibración bailaban ahora reflejándose en la madera de la mesa.

—*OK. DESCOLGAR.*

Se concentró en que su voz saliese clara para que el teléfono la registrase y se activa la opción de voz del teléfono.

—...maldita sea, Luna, responde, coge el maldito teléfono...

Un aliviado jadeo escapó de sus labios, una débil risa.

—Brian... —Los ojos se le llenaron de nuevo de lágrimas.

—¡Luna!

Escuchar su nombre fue como un bálsamo.

—Ayuda... por favor... señor... ayu... da

Un nuevo siseo, el sonido de lo que le parecieron cláxones de coches y de nuevo su voz.

—¿Dónde estás?

—Por favor...

—Luna. Escúchame. —Palabras, frases cortas, tenía que concentrarse en lo que decía—. ¿Dónde estás?

—En casa. La cocina. —Tosió y sintió que se moría, acabó echándose a llorar—. Una explosión... no puedo... oh dios... por favor... ayúdame.

—Tranquila, mi vida, la ayuda va en camino —le dijo. ¿Acaba de llamarla «mi vida»?—. Sigue hablándome. ¿Estás herida?

Apretó los dientes y asintió.

—Sí —lloró—. Me duele... estoy... atrapada... no puedo... —empezó a toser de nuevo y gimió de dolor—. Brian, por favor. Me duele, me duele mucho... hay humo...

Volvió a toser, el humo se metía en sus pulmones quitando espacio al oxígeno, cerrándole las vías respiratorias. Le picaba la garganta, le dolía el cuerpo, la cabeza, la pierna... era insoportable.

—Ayuda... por favor... ayu...

—Luna. ¿Luna?

No pudo responder, ya no tenía fuerzas, empezaron a cerrársele los ojos, el dolor era atroz, ya no podía más y la oscuridad la consumió por completo.

Brian apretó los dientes y dio un volantazo antes de pisar de nuevo el acelerador. Su niña estaba herida, en peligro, atrapada bajo escombros o a saber qué. Había humo, probablemente de un maldito incendio. Los recuerdos acudieron en tropel, las pesadillas volvieron a cobrar vida allí mismo, en su mente... Los gritos, el calor de las llamas, voces de reproche... todo era producto de su imaginación, de la culpabilidad que sentía por no haber estado allí para salvarles, pero ahora sí había escuchado la de Luna pidiéndole ayuda.

Cambió de nuevo de marcha, los neumáticos rechinaron mientras cambiaba de carril en una peligrosa maniobra y enfilaba hacia la paralela que le permitiría llegar a la calle. Utilizó el manos libres y llamó de nuevo.

—Soy Reynols —alzó la voz—. Decidme que ya estáis en el lugar de la intervención.

—Sí, Jefe. Wolf y Markus han entrado, hay al menos una persona atrapada.

—Sí. Su nombre es Luna, acabo de hablar con ella —informó rápidamente—. Estaba consciente hasta hace unos segundos. Parece que está herida, posiblemente aprisionada bajo algo. Necesitará oxígeno. Pásale la información a Wolf y tenme preparado el equipo. Estaré ahí en dos minutos.

Colgó y aceleró el último tramo.

Nadie iba a morirse estando él de guardia, ella menos que nadie.

Cass no podía dejar de temblar. Sentada en la parte trasera de una ambulancia no podía dejar de mirar las llamas que seguían saliendo por una de las ventanas del salón. Habían tenido que atenderla cuando empezó a faltarle el aire; un ataque de pánico en toda regla. Audrey seguía a su lado, esa mujer era como una roca. Su hija estaba ahí dentro, no sabían nada de ella y estaba ejerciendo de apoyo para ella. El humo que salía ahora era blanco, si bien las llamas habían remitido en altura, seguían presentes y eso era lo que más la asustaba de todo.

—¿Por qué no se apaga? ¿Dónde están? ¿Por qué no sale Wolf? ¿Por qué no sacan a Luna?

No podía seguir sentada por más tiempo, se arrancó el oxígeno y bajó de la ambulancia.

—¿A dónde crees que vas, señorita? —la detuvo Audrey—. Vuelve a sentarte ahora mismo...

No la escuchaba, empezó a avanzar hacia el lugar con la mirada puesta en el edificio, en las llamas, consciente de que toda su vida se estaba quemando ante sus ojos.

—El temblor fue terrible, la explosión sacudió todo el edificio, las plantas cayeron al suelo y salí corriendo —escuchó a sus vecinas.

—Ha tenido que ser la caldera —comentó un hombre de mediana edad que vivía justo debajo de ellas—. Ha estado haciendo cosas raras últimamente. He avisado por activa y pasiva al conserje, ¿y qué te dice? Que no hay dinero para cambiarla.

—Esas pobres muchachas, parece que una de ellas todavía está ahí dentro —comentó otra mujer—. Podría estar muerta.

El cuchicheo de la mujer la puso enferma.

—¡Cállese! ¡No diga esas cosas! ¡Luna está bien! ¡La sacarán de ahí!

La mujer se quedó blanca, no se había dado cuenta de que ella estaba cerca.

—Cariño yo…

—Gertrude, por favor, la muchacha tiene razón —la retó también el hombre—. Los bomberos están aquí y si esa chiquilla está ahí dentro, la sacarán.

—Dios quiera.

Se giró dándoles la espalda, incapaz de quedarse allí ni un minuto más. Se deshizo de la manta con la que la habían cubierto en la ambulancia, la entregó al anciano y caminó decidida hacia el camión de bomberos cuando alguien apareció por el otro lado ladrando órdenes.

—Peters, ese equipo, ¡ya!

—Jefe, Wolf me pidió que no…

—¡Ahora!

Abrió los ojos y se quedó sin respiración al reconocer a la voz y al hombre al que pertenecía. Echó a correr, pasando una vez más debajo del cordón para desesperación de los bomberos.

—Joder…

—¡Brian!

El hombre levantó la mirada mientras se enfundaba la parte de abajo del traje y procedía a seguir rápidamente con la chaqueta.

—Cassandra.

Dribló al bombero que quería detenerla y derrapó junto a él.

—Luna está ahí dentro —clamó desesperada—. Estaba en casa, en la cocina... se lo dije a Wolf, pero no sale... no sale ninguno de los dos...

—Está bien, Cass, está bien. —La tranquilizó como solo un Dom podía hacerlo—. He hablado con ella. Está viva y vamos a sacarla de ahí dentro.

El alivio la inundó al momento, haciendo que se le aflojasen las piernas y cayese al suelo de no ser por sus rápidos reflejos.

—Gracias a dios.

—¡Cassandra! —Audrey llegó corriendo, pasó bajo la línea y se ocupó de ella.

—Está viva, mamá Audrey, Luna está viva —lloraba y señaló a Brian—. Brian ha hablado con ella, van a sacarla...

—¿Puede quedarse con ella? —pidió él a la mujer, quién asintió.

—Mascota, necesito que me digas rápidamente dónde está la cocina.

Asintió y señaló hacia arriba.

—Las llamas... es el salón, la cocina está del otro lado —indicó intentando ser precisa—. La pared... la que estalló... ese agujero. Esa pared daba con nuestra cocina, con la parte alejada. Desde la puerta... todo recto, la última a la izquierda.

—Buena chica. —Le tocó la cabeza como solía hacer.

—Rescátala, señor, por favor.

—No dejaré que nos la quiten, cariño, ni un maldito incendio o una explosión la apartarán de nuestro lado.

Dicho eso, cogió el caso, dio un par de órdenes y entró en el edificio.

—Él es...

Miró a su madre política y asintió.

—Lo es, mamá —susurró—. Y un Dom nunca rompe sus promesas, no con su sumisa.

CAPÍTULO 36

—Ten cuidado, maldita sea, habrá que apuntalar esto o se nos vendrá encima —siseó Wolf observando con ojo clínico toda la estructura que tenían ante ellos. Las paredes estaban resquebrajadas, habían caído algunas divisiones y el acceso al piso más afectado estaba prácticamente intransitable—. Hay que buscar otra entrada, no podemos acceder por ahí.

—Al fondo —señaló su compañero—. Habrá que hacer un boquete a la pared para poder entrar.

—Pues ya estás empezando a darle al mazo —anunció Brian aproximándose a ellos—. ¿Qué tenemos?

—Joder, le dije a Petes que no te dejara entrar —resopló Wolf—. Es imposible acceder desde el frente, habrá que entrar o desde abajo o abrir un hueco en esa pared.

—Luna está en la cocina, hablé con ella, está atrapada posiblemente bajo algún electrodoméstico o parte de los escombros —informó examinando detenidamente la estructura, valorando dónde podían abrir una brecha—. Dijo que había mucho humo. Deduzco que se ha desmayado, hay que sacarla de ahí ya.

Se movió hacia delante, cuidando de dónde ponía los pies y dándose así mismo toda la prisa que podía. No podía ir más rápido, la estabilidad del edificio era precaria, si tiraban un muro equivocado o abrían un agujero dónde no debían, no solo ella correría peligro.

—Aquí. —Señaló un lado de la pared—. El muro de carga soportará el peso a ambos lados.

—De acuerdo —aceptó Wolf, que ya llevaba una maza en las manos—. Atrás.

Empezó a derribar la pared, abriendo un hueco lo suficiente grande para que pudiesen entrar sin comprometer la estructura.

—Las máscaras —ordenó Brian poniéndose ya la suya. La cantidad de humo en el interior era considerable, ahora que tenía otro tiro, empezaría a inundar también el corredor.

Pasó primero intentando orientarse rápidamente, las paredes estaban resquebrajadas, la puerta abierta del salón mostraba todavía las llamas haciendo presa en los muebles de madera, pero el agua entraba a presión y no tardaría en extinguirse por completo. Apartó lo que encontró a lo largo del pasillo, comprobando cada pedazo de pared, cada parte de la estructura hasta llegar al lugar de la explosión. Un enorme boquete a su derecha revelaba parte del exterior del edificio y lo que parecía haber sido un cuarto adyacente totalmente destruido. Solo quedaban unas tuberías.

—¿El gas?

—Fue lo primero que cortamos.

Buenos chicos, anotó mentalmente y continuó hacia la cocina.

—¡Luna! Luna, ¿puedes oírme?

El lugar estaba destrozado, los electrodomésticos que había contra la pared que estalló habían terminado empotrados al otro lado de la pared, había un montón de humo y polvo, pero gracias al boquete empezaba a diluirse. Un enorme trozo de la pared había caído entero sobre una estructura de madera.

—Luna, pequeña, responde.

Su voz sonó débil, pero la escuchó a pesar de todo.

—Se... señor.

Escaneó lentamente el lugar, avanzó y entonces vio un charco de sangre entre los escombros saliendo por debajo de la estructura de madera, la cual resultó ser una mesa.

—Cuidado —previno a sus compañeros que lo seguían—. Luna, ¿dónde...?

No terminó la frase, vio su pelo azul lleno de suciedad y polvo. La mesa de madera había actuado como un parapeto salvándole la vida.

—Luna. —Se lanzó hacia ella, comprobando la estructura, con miedo a tocar cualquier cosa y que la aplastase. Se quitó la máscara al instante para ponérsela a ella—. Está atrapada. La mesa está haciendo de parapeto. Creo... buen dios... —la mayor parte de la pared había caído sobre su pierna derecha y lo que veía hizo que se le encogiesen los intestinos—. Hay que apuntalarlo antes de poder levantarlo.

Wolf se adelantó y vio lo mismo que él, intercambiaron una mirada y asintió al momento.

—Quédate con ella, voy a buscar algo para levantar esto. La sacaremos de aquí.

—Brian...

Su maullido atrajo inmediatamente su atención.

—Estoy aquí, amor. —Apretó la máscara contra su rostro—. Respira profundamente. Pronto habrá terminado todo. Te lo prometo.

Lo miró con esa inocencia y confianza que le encogía las entrañas.

—Gracias... por venir... a buscarme.

Pequeña sumisa.

—¡Esos puntales! —alzó la voz. Necesitaba sacarla de allí, no respiraría tranquilo hasta tenerla fuera de ese maldito lugar—. Te sacaré ahora mismo.

Los segundos se hicieron eternos, solo podía mirar sus ojos, volver sobre su hombro y sisear.

—Los sanitarios nos esperan abajo con la ambulancia lista —anunció Wolf volviendo ya con lo necesario para liberarla—. Traigo una camilla de palas.

—Bien —aceptó, se inclinó sobre ella y le apretó la mano que le estaba cogiendo desde que llegó—. Dulzura, vamos a levantar el trozo de pared que ha invadido tu cocina y te mantiene aquí, perdiendo el tiempo en el suelo, para que podamos irnos, de acuerdo.

La vio poner los ojos en blanco.

—No es... un buen momento... para que me hagas reír, maestro... me duele.

Sonrió y la besó por encima de la máscara.

—Aguanta un poquito más, casi estamos. —Se volvió hacia sus compañeros y asintió.

Su alarido le perforó el corazón, pero se obligó a mantenerla quieta para poder sacarla y trasladarla a la camilla de palas.

—Brian... mi pierna... —lloraba. El dolor tenía que ser atroz.

—Shh, amor, todo está bien. —La tranquilizó mientras Wolf la cubría con una manta térmica.

—¡Salimos! —avisó y entre los dos, levantaron la camilla a una y la sacaron del infierno en el que se había convertido su casa.

Cassandra no podía dejar de pasearse de un lado a otro mientras echaba un ojo sobre los bomberos que entraban y salían. Ya no se atrevía a acercarse por miedo a entorpecer las labores de rescate.

—¿Por qué tardan tanto? ¿Dónde están?

Junto a ella, Audrey esperaba también en tensión. Esa mujer era todo un ejemplo para ella, cómo era capaz de mantener la calma en una situación así, no lo sabía. Wolf había salido una primera vez, la había ignorado o quizá ni siquiera la había visto mientras se acercaba a una de las ambulancias y hablaba con los médicos. Los servicios sanitarios estaban ya esperando con una camilla lista, sin duda esperando a que sacasen al herido.

—Dios mío... ¿Dónde...?

Sus palabras se perdieron cuando vio aparecer de nuevo a los bomberos portando una camilla de palas con un cuerpo cubierto con una manta térmica. A juzgar por cómo la chica respondía con un gesto de la cabeza a Brian, Luna estaba consciente.

—¡Luna!

—Gracias al cielo.

Ambas corrieron hacia la camilla mientras los bomberos colaboraban con los sanitarios para pasar a su amiga de una camilla a otra.

—Luna Moon, mi bebé —se acercó su madre.

—Mamá… —Escuchó su murmullo—. Cass…

—…tiene varias fracturas en la pierna y ha perdido sangre —escuchó de fondo que enumeraba Brian—. Ha estado tiempo inconsciente, posiblemente haya inhalado bastante humo y polvo. Tiene un golpe en la sien…

—De acuerdo, ya nos encargamos nosotros. —Tomó el relevo uno de los enfermeros—. Vamos a llevarla al Lenox Hill Hospital. ¿Algún familiar?

—Ve con ella —se adelantó Audrey y se giró hacia Cass—. Vamos. Iremos directamente al hospital.

Asintió y miró a Brian.

—Gracias.

Él solo asintió y subió a la ambulancia. Al momento encendieron las sirenas y abandonaron el lugar a toda velocidad.

CAPÍTULO 37

La sala de urgencias era la pesadilla de cualquier persona. Si añadías una ansiedad desbordante, nervios a flor de piel e intentar mantener todo eso bajo control, el coctel era explosivo. No podía quitarse de la cabeza lo que había visto, su pequeño cuerpo atrapado bajo los escombros a centímetros de terminar completamente aplastada. Esa tosca mesa le había salvado la vida, posiblemente librándola de la brutalidad a la que se había visto sometido su pierna derecha.

Se pasó la mano por el pelo con gesto frustrado. Podía haberla perdido, apenas la había encontrado y podían habérsela quitado para siempre. Nunca se había sentido tan asustado en su vida como cuando escuchó el nombre de la calle de boca de Wolf, el pasado había resurgido entonces con inusitada fuerza, pero esta vez había estado allí para ayudarla, había podido salvarla como no ocurrió con su familia.

Si le quedaba alguna duda al respecto, después de esto se había esfumado. Amaba con locura a esa mujer, no sabía ni cómo ni cuándo se había metido de esa manera debajo de su piel, pero así había sido. No solo era la sumisa que llevaba toda la vida buscando, era la mujer que

lo complementaba como ninguna otra, que estaba dispuesta a escucharle y aceptaba quién era, aunque ella misma estuviese todavía perdida.

Pero ya no más. Ahora que era suya, la ayudaría a encontrarse, a descubrirse a sí misma, dejaría que la guiasen sus necesidades y estaría a su lado para sostenerla cuando lo necesitase. Solo esperaba que, a cambio, algún día, pudiese ganarse su corazón.

Nunca había sido un hombre romántico, por el contrario, era práctico, buscando el placer por encima de todo lo demás, pero cuando encontrabas a la persona adecuada y obtenías es clic que hacía que todo encajase en su sitio… era hora de detenerse y dejar de buscar. De abrazar esa fortuna y cuidarla como el más grande de los tesoros.

Echó un vistazo al reloj de la sala de espera y resopló, apenas habían pasado veinte minutos desde que la habían metido en quirófano y probablemente pasarían varias horas antes de que alguien saliese a decirle algo.

Se recostó contra la pared, golpeó con la nuca el cemento sin importarle realmente el dolor.

—Han dicho que la sala de espera estaba por aquí.

Reconoció la voz, abrió los ojos y se levantó para ver a Cassandra girando sobre si misma acompañada por la misma mujer que se había presentado ante los médicos de la ambulancia como su madre. Luna había sido muy fiel en su descripción y a pesar de ello, se había quedado corta. Esa mujer parecía ser capaz de organizar a todo un ejército sin que se le moviese un solo pelo.

—Cassandra —la llamó y levantó el brazo a modo de señal.

La chica se giró al momento y abrió los ojos al verle.

—Brian. —No tardó más que unos segundos en llegar a su lado—. ¿Cómo está Luna? ¿A dónde la han llevado?

—La han metido en quirófano —le informó posando la mano sobre su hombro, tranquilizándola instintivamente—. Ha perdido bastante sangre y necesitan... curarle la pierna.

La mujer se detuvo ante ellos, su mirada igual a la de su hija.

—¿Han dicho cuándo saldrá?

Negó con la cabeza.

—La operación es probable que lleve algunas horas, su pierna... —Cómo decirle a esta mujer, a la madre de su pequeña que ni siquiera los médicos sabían muy bien cómo arreglar aquel destrozo.

—No intentes adornar los hechos —le pidió con firmeza—. Solo escucharé la verdad. O me la dices tú o lo harán los médicos. ¿Cuál es el estado de mi hija?

Sí, lo dicho. Tenía dos ovarios bien puestos.

—Ha tragado bastante humo, pero sus pulmones, por fortuna están bien —le informó dándole el informe preliminar que le habían dado previamente—. Tiene un golpe en la sien, algunas contusiones menores... La bendita mesa de la cocina ha impedido que todos los escombros le cayesen encima aplastándola.

—¡Sabía que tenía que comprar esa mesa! ¡Lo sabía! —dijo Cass alzando la voz.

—Su pierna. —La mujer ignoró el exabrupto de la chica y se centró en lo que quería saber.

—Quedó atrapada bajo los escombros —intentó ser sincero—. El peso de la mesa, la brutalidad de la

explosión... se la fracturó por varios sitios. No es algo... no es una operación sencilla.

Ella asintió. Posó la mano sobre su brazo y lo miró.

—Gracias.

La mujer se tambaleó entonces, llevándolos tanto a él como a Cass a sujetarla y ayudarla a sentarse.

—Venga, siéntese aquí —la acomodó.

—Mamá Audrey.

—Estoy bien, estoy bien... —Apartó las manos de ambos—. Estoy bien. Luna Moon es la que está en el quirófano. Yo... estoy bien.

Se tomó unos segundos para recomponerse, entonces volvió a levantar la mirada y se la sostuvo; ahora sabía de dónde había sacado esa costumbre su sumisa.

—Gracias por haberla sacado de ese infierno —le dijo con la voz ligeramente afectada—. Luna Moon tiene suerte de contar con usted. Soy Audrey Coulter, por cierto, su madre.

Asintió y medio sonrió.

—Lo suponía. Luna me comentó que venía a pasar unos días y la describió... a la perfección —aseguró sin andarse por rodeos.

Ella sonrió en respuesta.

—En ese caso creo que podemos tutearnos, ¿Brian?

—Brian Reynols, sí, soy el... novio de Luna. —Buscó una manera adecuada de explicarle quién diablos era él y le tendió la mano—. Es un placer conocerte, Audrey, aunque hubiese sido preferible que fuese en otras circunstancias.

La mujer no podía estar más de acuerdo, pensó a juzgar por su expresión.

—Estoy de acuerdo —asintió, entonces miró a Cass, quién se le había quedado mirando con una expresión demasiado satisfecha después de haberle escuchado presentarse—. Cassandra, esta noche nos quedaremos en el hotel que nos han asignado y mañana a primera hora, presentaré una denuncia al propietario, al constructor y al maldito conserje si es necesario.

—Ten por seguro que eso será lo primero que haré, mamá —replicó la chica con voz encendida—. No solo casi pierdo a mi hermana... nuestra casa... nuestras cosas... — sacudió la cabeza. Empezaba a darse cuenta de lo que la explosión y el incendio había hecho con su hogar—. Nadie se va a ir de rositas después de lo que ha pasado.

—Voy a ocuparme personalmente del peritaje del edificio y el informe de evaluación —les informó—. Nadie saldrá impune de esto.

Cassandra asintió, entonces se giró hacia la mujer.

—Audrey, ¿por qué no te llevo al hotel y luego me vengo para el hospital? —sugirió—. Has hecho un largo viaje y ahora esto... Necesitas descansar.

—Estoy bien, Cassandra. No voy a moverme de aquí hasta que salga un médico y me diga cómo está mi hija — declaró con firmeza—. Pero puedes ir a buscarme un capuchino si quieres.

La chica puso los ojos en blanco y le miró.

—¿No te suena de algo? —le soltó y no pudo menos que sonreírle en respuesta. Sí, Luna tenía el mismo carácter de su madre—. De acuerdo. Te iré a buscar el café. Pero tan pronto aparezca un médico, lo interrogaré y te irás a casa.

El interrogatorio tuvo que esperar varias horas, demasiadas para su propia salud mental. Para cuando

apareció el médico con el que había hablado al llegar, ya llevaban casi cuatro horas paseándose de un lado a otro.

—Doctor —lo recibió. El médico lo miró y a sus acompañantes—. La señora Coulter es la madre de Luna.

El hombre asintió.

—Señora —la saludó—. Su hija acaba de salir ahora de quirófano. Van a llevarla a la sala de reanimación y después la subirán a planta. La operación ha ido bien, la pierna estaba bastante dañada, hemos tenido que ponerle un refuerzo metálico para reparar una parte muy dañada, pero tengo buenas expectativas con su proceso de recuperación. Habrá que esperar a que se suelden las roturas y posiblemente necesite algo de fisioterapia con la pierna, pero podrá caminar con normalidad.

Hubo un suspiro colectivo que él solo expresó interiormente.

—Eso sí, va a ser una recuperación lenta, así que les sugiero que se lo tomen con calma —les avisó, entonces se dirigió en exclusiva a él—. Espero que hundas a los responsables del derrumbe, Reynols, esa chiquilla ha tenido mucha suerte de seguir aquí.

Apretó los dientes.

—Que no le quepa la menor duda de que lo haré, doctor.

Satisfecho, volvió a dirigirse a los tres.

—Todavía dormirá una hora más o así —informó—. Es tarde, todos llevan mucho tiempo aquí y ella está bien atendida. Vayan a descansar y vengan mañana más frescos. Buenas noches.

Ambos vieron como el doctor se alejaba por el pasillo.

—El médico tiene razón —comentó Cass volviendo a la carga con Audrey—. Es tardísimo, Luna todavía dormirá y tú necesitas echarte una siesta sí o sí —le dijo con ese tono contundente tan suyo—. Son... las cinco de la mañana. Vamos al hotel, te das una ducha, descansas y mañana a primera hora regresas.

—Hazle caso a Cassandra —apoyó a la sumisa—. Si ocurriese cualquier cosa, os avisaré.

La mujer pareció meditar durante unos momentos, entonces se levantó y asintió.

—De acuerdo. Es absurdo que nos quedemos los tres aquí como pasmarotes cuando no podemos ni verla todavía —declaró. Dejó escapar un profundo suspiro y le miró—. Avísanos si pasa alguna cosa.

—No te preocupes —asintió y miró a Cassandra—. ¿Tienes mi número, mascota?

Las mejillas se colorearon ligeramente.

—Um... digamos que se lo pillé a Luna... por si acaso —canturreó culpable—. Te haré una perdida.

Sacudió la cabeza, pero asintió.

—De acuerdo. —No le sorprendía que trajese a medio club por la calle de la amargura, esa pequeña era una buscapleitos nata—. Te avisaré si ocurre alguna cosa.

Para su sorpresa, la gatita se acercó para abrazarlo.

—Gracias por salvarla, Brian. —Tenía la voz quebrada—. Te relevaré por la mañana si no me llamas antes.

—Ve —la echó.

Se quedó allí hasta que las vio desaparecer por el pasillo, solo entonces se dio el lujo de volver a sentarse y respirar tranquilo. En cuanto subieran a Luna a planta, iría a ella.

CAPÍTULO 38

Luna no podía dejar de mirarle. Dormido parecía un niño perdido, un alma inocente que no reflejaba al maquiavélico hombre que era en realidad. Se había despertado desorientada, había empezado a buscar a su alrededor y entonces lo había visto allí, sentado en una silla, con el brazo apoyado en la mesa auxiliar, dormitando. Su nariz detectó enseguida el olor a humo, ni siquiera se había cambiado, vistiendo el uniforme con el que creía haberlo visto.

Le dolía la cabeza, el sabor pastoso de la boca hablaba del uso de medicamentos, sin duda administrado por la vía intravenosa que tenía en la mano izquierda. Su mente parecía sufrir un martillazo cada vez que intentaba pensar, pero eso no evitó que recordase lo que había pasado. Una explosión, la mesa cayéndole encima, el dolor lacerante sobre su pierna.

Bajó la mirada sobre la cama y suspiro de alivio al ver la figura de ambas extremidades, descubrió un poco las sábanas y se encontró con su pierna derecha vendada casi hasta el muslo e inmovilizada, pero allí. Deslizó lentamente los dedos sobre la piel que quedaba al descubierto y suspiró al ver que notaba el contacto.

—Vale, no es tan malo después de todo.

No. No lo había sido y todo se lo debía a él. A ese niño dormido que la guardaba incluso en el sueño. Ladeó el rostro para poder contemplarlo a placer, sus facciones, esa fragilidad que no veía en él cuando estaba despierto, todo despertaba en su interior las ganas de abrazarlo, de consolarlo. Este era el otro Brian, el que todavía no conocía y que ardía en deseos de conocer, el que estaba debajo de ese hombre dominante que la encendía, que hacía que se derritiera y había cautivado su corazón.

Le había escuchado llamarla «amor», sabía que no se lo había imagino, el que él estuviese aquí era la prueba.

Volvió a quedarse mirando al techo, pero no estaba cómoda. Bajó de nuevo la mirada sobre sus piernas y pensó en lo que sería de ella a partir de ahora.

—¿Y ahora cómo voy a dar mis paseos de la tarde?

—Durante un tiempo no vas a dar paseo alguno, mascota.

La inesperada voz masculina la hizo saltar lo que consiguió que un calambrazo de dolor la recorriera de pies a cabeza.

—Ay dios. —Apretó los dientes—. Joder, Brian, no hagas eso… duele.

Un bajo resoplido y unos calientes labios capturaron los suyos en un suave beso.

—Um… esto otro, en cambio, puedes hacerlo cuando quieras, señor —musitó cuando rompió el beso—. Hola.

—Hola. —Le acarició el pelo sin dejar de mirarla—. Dios, el susto que me has dado, Luna.

Hizo una mueca.

—¿Eh? ¿Perdón? ¿No tenía ni idea de que iba a explotar la cocina? ¿Qué demonios pasó, por cierto?

Sus preguntas parecieron causarle gracia.

—Sumisita, solo tú podrías poner tanto ímpetu en las palabras después de haber pasado por quirófano y acabar de despertar.

Correspondió a su sonrisa.

—Parece que he metido la pata hasta el fondo, ¿no? —Señaló lo obvio. Entonces se puso más seria, la preocupación genuina—. Mi pierna... qué... yo podré...

Le tapó los labios con un dedo.

—Te la has roto por varios sitios, te han puesto un refuerzo de acero y sí, los médicos son muy optimistas al respecto. Quizá necesites fisioterapia, pero podrás caminar de nuevo.

Dejó escapar el aire que ni siquiera se daba cuenta que había estado conteniendo.

—Bien —aceptó. Cerró los ojos un momento y volvió a abrirlos para verle todavía allí—. Por cierto, gracias por venir a buscarme.

—No podía darme el lujo de perder a una sumisa como tú ahora que la he encontrado, ¿no? —respondió sentándose en el borde de la cama con tan cuidado que casi la hace reír—. No iba a ser fácil sustituirte.

—¿No?

Negó con la cabeza.

—No, Luna, me he dado cuenta que eres insustituible —aseguró, su mirada adquiriendo un tono más profundo, triste—. Si te hubiese pasado algo... —Sus palabras se extinguieron bajo el peso del dolor—. Te conté que había perdido a mi familia en un incendio...

Asintió.

—Lo sé y no puedo imaginarme lo duro que debe haber sido...

Enlazó los dedos con los de ella, con suavidad, para no lastimarla.

—Se quemaron, Luna, nunca pudieron salir de la casa —murmuró en voz baja, mirando su mano—. No sé si tan siquiera se dieron cuenta de lo que estaba ocurriendo, si sucedió mientras dormían… Pero escucho sus gritos… su angustia… cómo me llaman… a pesar de que nunca estuve allí para escucharlos.

Levantó la mirada, el dolor se reflejaba en sus ojos, un dolor desgarrador, culpabilidad, miedo, impotencia.

—Yo ni siquiera tenía que estar aquí, mi gente ni siquiera tenía que atender este accidente —dijo con rabia en la voz—, y entonces nos llaman como refuerzos, porque no había camiones disponibles y dieron tu dirección… tu edificio… —Sacudió de nuevo la cabeza—. No contestabas al teléfono. Yo… dios, Luna, nunca he muerto tantas veces como en ese momento.

Una solitaria lágrima se deslizó por su mejilla, su dolor penetrando en su propio pecho.

—No dejaba de preguntarme qué pasaría si no llegaba a tiempo, si te perdería… y la sola idea… no podía aguantarlo —confesó—. Te quiero traviesa, te quiero tanto que me aterra el verte en esta cama, el pensar que si esa maldita mesa no te hubiese protegido yo no te tendría… He perdido ya a una familia, Luna. Estaba lejos y no pude hacer nada por ellos. He cargado gran parte de mi vida por la culpa de ello, porque decidí irme un día antes al maldito desafío en vez de esperarlas. Si me hubiese quedado, si hubiese estado allí…

—Si hubieses estado allí, posiblemente, ahora yo no te tendría. —Lo atajó apretándole los dedos, luchando con el dolor para incorporarse—. Y eso no es aceptable,

Maestro. No lo es. Así que, ni lo pienses. Tú estás aquí, yo estoy aquí, mi pierna está aquí... ¡Que le den al mundo!

Su estallido lo hizo reír, una sonrisa parca, insuficiente, pero estaba ahí.

—Una forma un tanto... curiosa de ver las cosas, sumisita.

Respiró profundamente y volvió a recostarse.

—Sí, bueno, a mi manera, soy única para eso —comentó limpiándose la cara. Se lamió los labios y lo miró—. ¿Fue por eso por lo que te hiciste inspector de incendios? ¿Por tu familia?

La miró durante unos instantes, entonces sacudió la cabeza.

—¿La verdad? No —negó—. Mi única meta después del incendio... era reunirme con ellas.

La admisión fue como una puñalada en el pecho. Que alguien tan fuerte como él hubiese pensado siquiera en terminar con su vida. Pero entonces, ¿quién sabe a qué extremos se puede llegar durante un momento de desesperación, de abrumadora pena?

—Lo que voy a decirte ahora, es algo que no he dicho jamás a nadie, de hecho, la única que lo sabía tampoco está ahora entre nosotros —continuó con gesto ausente. Su voz se volvió monótona, casi fría, como si intentase desasociarse consigo mismo—. No recuerdo gran cosa sobre lo que ocurrió después de mi llegada a casa, todo lo que veo aún hoy son las volutas de humo saliendo de una estructura ennegrecida, dos cuerpos siendo sacados de la casa en dos bolsas negras... no recuerdo que pasó exactamente, ni quién asistió al funeral... las siguientes dos semanas a ese momento son incluso más oscuras, una completa laguna en mi mente.

Hizo una pausa, los dedos que habían estado acariciando su mano se detuvieron.

—Volví allí, de la casa que había sido solo quedaban paredes ennegrecidas y el olor del hollín —siguió con voz tensa—. La estructura estaba en tan mal estado que no me explico cómo no venció debajo de mí. Volví con intención de completar lo que no se completó esa noche… olía a combustible, tenía la ropa completamente empapada y un encendedor en la mano, todo lo que quería era irme con ellos…

Las lágrimas volvieron a sus ojos, deslizándose en tropel por sus mejillas, los ojos se le vidriaron y a pesar de ello Luna podía verlo como debió haber sido entonces; un niño abandonado al que le habían arrebatado su familia.

—Entonces Ágata estaba allí, pálida, delgada, con el largo pelo rubio enmarcándola como un tibio ángel y tenía a ese estúpido gato en brazos, envuelto en una manta y con vendas por todas partes. —Hizo una mueca—. Era el gato de mi prima, solo era un cachorro por aquel entonces y ni siquiera contaban que sobreviviera, pero el minino parecía dispuesto a luchar.

Sacudió la cabeza como si todavía pudiese ver aquel momento en su memoria, como si tuviese el recuerdo grabado a fuego.

—Me dijo si iba a arrebatarle a él también la única familia que le quedaba, a un gato —comentó con una mueca—. Se presentó como Ágata y no tuvo problema alguno en decirme que apestaba y necesitaba un baño con urgencia.

La miró y sus ojos fueron gradualmente volviendo al presente.

—Me había rociado a mí mismo con combustible, Luna, tenía un mechero y estaba dispuesto a quemarme allí mismo —replicó con firmeza, con frialdad, como si buscase asustarla o que lo culpase por ello—. Quería irme con ellas...

—Pero no lo hiciste —repuso segura, con una sonrisa.

—No, no lo hice —aceptó, sabiendo lo duro que había sido para él encontrar el valor de seguir el camino más difícil y vivir.

Asintió de nuevo y arrugó esa pecosa nariz.

—Y solo para que conste, yo también creo que necesitas ahora mismo un baño, señor. —Deslizó el dedo por su mejilla—. Apestas a humo.

No sabía que le causó más gracia sí su expresión de asombro inicial o que llevase la nariz sobre el brazo para olérselo.

—Demonios, vine directamente, no me he movido de tu lado hasta ahora —comentó más para consigo mismo que para ella, pensó Luna—. Lo siento.

Sonrió, no pudo evitarlo.

—Te perdonaré tan pronto te bañes, pero antes, déjame que te diga algo —pidió—. El Brian Reynols que yo conozco es Inspector de Incendios, un tipo enorme, dominante, con un peculiar sentido del humor al que no le importó escribir mi nombre en una pala. Es un hombre que decidió tenerme aun cuando ni yo misma sabía que eso era lo mejor que podía pasarme, que prácticamente me arrastró a su casa para tomarme un café, que me hace suspirar, gritar y desear estar atada y encadenada a él. Es el hombre que prometió que cuidaría de mí si aceptaba ser su sumisa, que me enseñaría, que caminaría a mi lado en

este mundo desconocido para mí y es el hombre que no dudó en venir a salvarme incluso aun cuando sus miedos y demonios le gritaban que era demasiado tarde.

Se lamió los labios y apretó su mano en la de ella.

—Ese hombre es el único al que yo llamo Maestro, el único al que entrego mi sumisión, el que se ha ganado mi corazón y el que sabe lo mucho que me gusta el helado de chocolate. —Le acarició los dedos con el pulgar—. No me importa quién fuiste en otra vida, señor, me importa quién eres en esta, quién eres en la mía.

—Ya he perdido una familia, Luna, no soportaría perderte también a ti.

Y esa era una declaración en toda regla.

—No vas a perderme, estoy aquí, mi señor. —Luchó con el dolor y levantó el brazo para poder acariciarle el rostro una vez más—. Gracias por rescatarme, Maestro. Lo has hecho en más de una manera.

Se inclinó sobre ella, le besó la palma y la miró a los ojos.

—No soy muy bueno en este tipo de cosas, nunca antes había querido a nadie de esta manera —confesó con cierta renuencia o vergüenza—. Pero a ti te quiero no solo como mi sumisa, Luna, sino como la mujer irritante, respondona y díscola que eres, como la traviesa alumna que me encontré en un taller de mi club y estoy dispuesto a hacer hasta lo imposible para conservarte, ¿lo has entendido?

—¿Crees que después de haberme llamado *amor* en medio de un incendio voy a dejar que te largues de rositas?

Sacudió la cabeza y sonrió, una sonrisa genuina que poco a poco se fue extendiendo a sus ojos.

—No, supongo que no lo harías, sumisita.

—Supones bien, mi señor, supones muy bien.

Nunca le dejaría escapar, siempre que él desease estar a su lado, ella estaría allí, con los brazos abiertos, dispuesta a servirle, dispuesta a entregarse a él y, sobre todo, dispuesta a amarle como solo ella podía hacerlo.

EPÍLOGO

Siete meses después…

Luna se sentó con cuidado, dejó la muleta a un lado y estiró la pierna. Las gafas de sol le protegían los ojos y la gorra con el emblema del departamento de bomberos de Brooklyn evitaba que su pelo, ahora completamente azul, resaltase demasiado en medio de las gradas.

—¿Lista para gritar como una posesa? —preguntó Cass sentándose a su lado. Su afable sonrisa pintada de un bonito carmín rojo, sus ojos cubiertos por unas gafas de lo más chic y en su cabeza la misma gorra que llevaba ella. Le tendió un cartón con patatas y negó con la cabeza.

—¿Lista para amenazar a todo tío bueno del equipo contrario?

—Eso siempre, hermanita, eso siempre, ¿dónde estaría sino la diversión de buscarse un castigo?

Sonrió ampliamente y bajó la mirada hacia el centro del recinto en el que empezaban a preparar la siguiente prueba del *Firefighter Combat Challenger*. Brian daba órdenes a diestro y siniestro, parecía más un general que

un jefe de bomberos, pero lo más importante es que estaba allí, participando de la competición, y no dirigiendo desde fuera.

Recorrió con la mirada a cada uno de los hombres que lo acompañaban, ya conocía a todos, especialmente a Wolf.

—Parece que tu Dom no está de acuerdo con el jefe —le dijo a su amiga.

Ella la miró de soslayo y bufó.

—¿Y te sorprende? Esos dos nunca están de acuerdo, a menos que se trate de castigar a una sumisa.

Se rio, no podía negar que tenía razón, su trasero todavía llevaba las marcas de su última sublevación.

—Pero me alegra que estén ahí los dos, Brian lo necesita y Wolf, bueno, es la mejor oportunidad que tiene para que su jefe muerda el polvo —canturreó Cass.

Sonrió y echó un vistazo a su alrededor. Era sorprendente como pasaba el tiempo y la de cosas que habían cambiado en los últimos siete meses.

Tanto Cass como ella lo habían perdido prácticamente todo en la explosión. No solo se habían quedado sin casa, sino que sus cosas habían sido prácticamente irrecuperables; Curiosamente todavía conservaba la lámpara a pilas que la había acompañado en sus horas más oscuras.

Brian se había ocupado de la inspección del edificio. Los vecinos y ellas mismas habían interpuesto denuncias por la falta de mantenimiento y, en conjunto, se habían encargado de dejar caer todo el peso de la ley sobre el propietario del edificio y el conserje, quién había hecho oídos sordos a las quejas de los inquilinos. Tras la investigación se había llegado a la conclusión que la

explosión había venido de la caldera, una mala combustión que hizo que reventase llevándose consigo toda la planta superior del edificio. El inmueble había sido irrecuperable y todos los vecinos habían sido recolocados provisionalmente en hoteles y otras viviendas a la espera de noticias sobre las indemnizaciones. Afortunadamente, su maestro conocía a un buen abogado que había conseguido que se produjese el milagro y hoy mismo tenían el dinero que les habían prometido en sus cuentas.

—¿Y cuando dices que te mudas con tu Dom?

Cass la miró con esa expresión traviesa que conocía tan bien, se inclinó hacia ella y acarició el collar con un corazón azul estrellado en forma de candado que colgaba de la gruesa cadena de oro blanco que le rodeaba el cuello; el símbolo del compromiso que había cerrado con Brian como su sumisa.

—Cuando Wolf esté dispuesto a ponerme uno de esos en esta maravillosa garganta —le dedicó un guiño—. Lo cual espero que sea pronto, por el bien de sus juguetes.

La pérdida de su hogar había traído consigo también los primeros cambios, uno de ellos había sido precisamente el hecho de que cierto Dom hubiese decidido poner las cartas sobre la mesa con una díscola sumisa. Según se había enterado después por su Maestro, Wolf y Cass tenían una historia antigua, una que tenía que ver con un tira y afloja en el que ninguno de los dos cedía. Últimamente ese juego se había trasladado al club con el resultado de un Dom hastiado del comportamiento díscolo de una sumisa y su intención de meterla en vereda. La charla había sido larga, tan larga como un completo fin de semana en el que no se le había visto el pelo a ninguno de los dos, pero tras el que habían vuelto serenos y unidos.

Su estancia en el hospital había sido más larga de lo que le habría gustado, pero ese tiempo le había servido para poder reorganizar un poco su vida y conocer mejor al hombre que amaba. Brian había estado a su lado en todo momento, había sido quien le había abierto las puertas de su casa, era quien la cuidaba, quien la empujaba una y otra vez cuando decidía que ya era suficiente, que no volvería a fisioterapia y quien la había vuelvo a ver caminar después de meses sentada en una silla de ruedas o apoyándose en dos muletas; el que ahora usase una sola era todo un logro.

Pero Luna también había estado allí para él, convirtiéndose en su soporte, en su amiga, calmando sus pesadillas cuando estas penetraban en las más oscuras noches y conociendo a través de sus recuerdos a la mujer a quién le debía tener hoy en su vida a su Maestro; *Ágata Crossroad*.

Su trabajo en la biblioteca fue otra de sus distracciones. Contar con la nueva área ya ubicada, poder disponer de ella a su antojo, hacía llevaderas incluso las incursiones del capullo de su jefe para quejarse de alguna nueva becaria. A menudo solía quedar con Siobhan en el descanso matutino si su amiga estaba trabajando en la zona, sino, solían verse en el Blackish o en alguna fiesta que organizaban algunas de las dos parejas. Ahora más que nunca entendía lo que ella le había querido decir con amar a sus dos maestros.

Se llevó la mano al cuello y al collar que simbolizaba su sumisión y su amor por el hombre que estaba dispuesto a darlo todo en la competición.

Sí, él la había rescatado de una vida monótona, típica y aburrida y le había abierto un mundo totalmente

distinto, uno en el que no solo podía ser ella misma, sino que podía dar todo lo que nunca antes había dado.

Sonrió, se levantó lentamente con la ayuda de la muleta y se apoyó en la barandilla para gritar a pleno pulmón.

—¡Brian Reynols! ¡Si dejas que Wolf te haga morder el polvo, no lo catarás en toda la semana!

Cass se echó a reír, la gente que estaba a su alrededor y la había escuchado se unieron a las risas y pronto hubo más comentarios parecidos referidos a otros participantes.

—Lunita, ten cuidado con las amenazas, porque si gano, seré el que use el mondadientes esta noche —le gritó él a modo de réplica. Le guiñó el ojo y le lanzó un beso.

Sacudió la cabeza, esa pala estaba ahora bien guardada en un lugar al que nunca podría acceder.

—¿Por qué sonríes cuando acaba de amenazarte con dejarte el culo fino con la pala?

Miró a Cass con gesto misterioso.

—Oh, porque ardo en deseos de saber que castigo ideará cuando no la encuentre —aseguró inocente. Su Maestro había resultado ser muy ingenioso con los castigos, real y maravillosamente ingenioso.

Su amiga se echó a reír y la abrazó.

—Esta es la Luna que yo quería ver de nuevo, mi hermana de fraternidad.

Se rio y le devolvió el abrazo. Sí, esta era la Luna que quería ser, la traviesa alumna, deseada mujer y amada sumisa de su maestro.

9152317R00238

Printed in Germany
by Amazon Distribution
GmbH, Leipzig